Marilena Sommer
Liebe ist eine komplizierte Phase

aufbau taschenbuch

Marilena Sommer, geboren 1993, ist Kulturwissenschaftlerin und lebt in München – und manchmal auch in den USA. Wenn sie nicht gerade dazu forscht, warum auch Roboter intelligent sein können, ist sie entweder in ihrer Heimat, um den 1. FC Köln anzufeuern, sortiert ihr riesiges Bücherregal oder ihre Kühlschrankmagneten-Sammlung oder sitzt am Schreibtisch, um zu schreiben.

Als ihre jüngere Schwester ihre Verlobung verkündet, wird Charlies Leben auf den Kopf gestellt. Denn sie stellt etwas ganz und gar Erschreckendes fest: Sie will das auch. Heiraten mit allem Drum und Dran. Dabei haben ihr Freund David und sie sich doch geschworen, nicht in dieses Klischee zu fallen. Dafür ist Charlie viel zu unabhängig – oder etwa doch nicht? Plötzlich stellt sie alles in Frage: ihren Job an der Uni, in dem sie seit Jahren erfolglos gegen die männliche Konkurrenz ankämpft, die Überstunden, die sie klaglos hinnimmt und auch Langzeitboyfriend David – leben sie beide noch zusammen oder nur nebeneinander her? Auf der Suche nach Antworten macht Charlie das, was sie als Informatikerin am besten kann: Daten sammeln, kategorisieren, analysieren. Doch gibt es einen Algorithmus für die Liebe?

MARILENA SOMMER

LIEBE IST EINE KOMPLIZIERTE PHASE

ROMAN

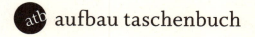 aufbau taschenbuch

ISBN 978-3-7466-4003-7

Aufbau Taschenbuch ist eine Marke der Aufbau Verlage
GmbH & Co. KG

1. Auflage 2023
© Aufbau Verlage GmbH & Co. KG, Berlin 2023
© Marilena Sommer, 2023
Dieses Werk wurde vermittelt durch die Textbaby
Medienagentur, www.textbaby.de
Umschlaggestaltung zero-media.net, München
unter Verwendung einer Illustration von FinePic®, München
Satz LVD GmbH, Berlin
Druck und Binden CPI books GmbH, Leck, Germany
Printed in Germany

www.aufbau-verlage.de

1. Kapitel

»Emily!« Meine Stimme bebte leicht unter meinem wild pochenden Herzen, mein Blick war auf den giftgrünen Zylinder vor mir auf dem Schreibtisch fixiert.

»Wie geht es dir?«

Der obere Ring leuchtete dunkelgrün auf, ich hielt den Atem an. Ein paar Zehntelsekunden lang passierte nichts. Mein Herzschlag drohte bereits auszusetzen – was, wenn es wieder nicht klappt, wenn sie einfach nichts sagt oder willkürlich irgendwelche Simone-de-Beauvoir-Versatzstücke ausspuckt, die überhaupt nicht zur Frage passen, wie neulich –, der Ring blinkte erneut, das war so nicht geplant, – nicht, dass sie mir hier gleich explodiert, sollte ich lieber einen Schritt zurücktre-

»Mir geht es gar nicht. Ich bin eine KI und kein Mensch.«

Erleichterung durchströmte mich, hinter meinen Augenhöhlen begann es zu prickeln.

Yes. Yes, yes, YES!, schoss es durch meinen Kopf. Ich habe es geschafft, der Bug ist behoben, der zweite Prototyp steht, kurz vor knapp, aber er steht!

»Was ist los? Hast du gerade erfahren, dass du für deine Erfindung den Nobelpreis gewonnen hast?«

Mein Langzeitfreund David erschien mit einem Handtuch um die Hüfte gewickelt im Türrahmen meines Arbeitszimmers, die braunen Haare noch so feucht, dass sie schwarz wirkten, und weitete die Augen.

»Es gibt keinen Informatik-Nobelpreis, nur den Turing Award. Nein, nein, Emily macht endlich – *endlich* –, was sie soll, sie –«

Das Festnetztelefon im Wohnzimmer tönte mitten in meine Euphorie hinein. Ich hörte schon der leiernden Melodie an, dass es meine Mutter war. Irgendwie klingelte es anders, wenn sie anrief. Zwei Atemzüge lang wartete ich, ob David abheben würde. Tat er nicht. Seufzend rutschte ich mit meinen Socken an ihm vorbei über das Laminat zum Hörer nebenan.

»Wo in aller Welt steckt ihr, Charlotte? Wir warten hier alle auf euch!«

Ich zuckte zusammen. Weil meine Mutter meinen ungeliebten vollen Namen aussprach, dass es wie eine Sirene klang. Weil ich recht gehabt hatte. Es musste echt was dran sein an meiner Theorie. Vielleicht hatte es was mit Quantenphysik zu tun, eine andere Zusammensetzung der Atome, wenn Mom meine Nummer wählte.

Ich blinzelte, schaute auf die Wanduhr und dachte nach.

Donnerstag. 19:20. Schätzungsweise drei Minuten nach Erreichen des Emily-Meilensteins. Vierzig Minuten bis zum digitalen Vortrag von Professorin Gutenberg zu ihrem feministischen Datensatz und ... *Mist*.

»Wenn man sich auf dich verlässt, ist man verlassen, Charlotte!«

Gerade fand dieses lang angekündigte, angeblich super wichtige Familien-Dinner statt – und zwar ohne David und mich.

»Die Amuses-Gueules sind schon durch!«

Ich sah an mir herunter. Was sinnlos war, weil ich ohnehin immer das Gleiche trug. Meine Informatik-Uniform, wie meine beste Freundin Maxi sie nannte, schwarze Jeans und schwarzes T-Shirt, eine Silberkette, an der ein kleines Pi-Symbol baumelte. Die hatte David mir vor Jahren mal zum Geburtstag geschenkt. Änderte aber nichts daran, dass mein Outfit zum heutigen Abend so wenig passte wie ein Faxgerät in einen Apple Store.

Hinter mir hörte ich Davids Schritte und drehte mich um. Das Wasser perlte noch immer an seiner Brust ab, er warf mir einen fragenden Blick zu.

Er hat's auch verpeilt.

Aus dem Hörer drang ein aufgeregtes Gezische, das nach meiner Schwester klang, meine Mutter sog scharf die Luft ein. Ich setzte ein gezwungen zuversichtliches Lächeln auf.

»Wir sind in einer Viertelstunde da.«

In einem quantenphysischen Paralleluniversum, in dem Zeitreisen möglich waren, vielleicht. Aber so würden wir das nie schaffen.

Der Nobelitaliener *Luigi* lag in der Kölner Altstadt gleich bei der Oper. Nachdem wir uns zweimal verfahren hatten und dann auch noch den Haupteingang nicht fanden, ließen wir uns geschlagene 35 Minuten später ziemlich lädiert und verschwitzt auf die beiden freien Stühle an der langen Tafel fallen.

Während sich meine Schwester und David herzlich begrüßten – erstaunlicherweise verstanden sich die beiden, vielleicht mochten sie sich sogar, ich stieg da nicht so richtig durch –, wurde ich von den restlichen Anwesenden mit stiller Verachtung gestraft. Meine Mutter hatte die Lippen zusammengepresst und tat so, als würde sie die Weinkarte studieren, und mein Vater dachte nicht daran, sein Gespräch mit Jan-Philipp über die Fusion zweier großer Versicherungen zu unterbrechen.

Als sich Sarina mit einem hellen Lachen von David gelöst hatte, fiel ihr Blick auf mich. Sie wickelte sich eine ihrer blonden Engelslocken um den Zeigefinger und fixierte mich mit ihren unwirklich schönen grünen Augen.

»Was war los? Musstest du deinem komischen Roboter noch ein paar männermordende Sprüche beibringen?«

Ins Schwarze getroffen – und doch irgendwie komplett vorbei. David prustete. Als er meinen Blick bemerkte, griff er nach seinem Wasserglas und trank einen Schluck.

»Emily. Sie heißt E-mi-ly, eigentlich recht simpel.«

Trotzdem konnte sich kaum jemand ihren Namen merken, nicht einmal meine Doktormutter nach vier Jahren Promotion. Aber die war ohnehin ein Thema für sich.

»Sie ist kein Roboter. Und eine Männermörderin ist sie auch nicht. Aber gut, dass du nach ihr fragst, weil es mir endlich gelungen ist, diesen Bug zu beheben, gerade rechtzeitig zum Kolloquium und —«

»Charlotte, bitte. Erst kommst du zu spät, und dann hältst du uns einen Vortrag über deine Technik?« Ich spürte die Empörung in der Stimme meiner Mutter unangenehm körperlich, als wäre meine Haut eine Kreidetafel und sie würde mit ihren French Nails darüber kratzen.

»Deine Schwester und Jan-Philipp haben schließlich eingeladen.«

Ich zog die Brauen zusammen. Sarina hatte mich doch nach Emily gefragt?

»Warum eigentlich überhaupt ein Roboter?« Meine Schwester legte die Stirn in Falten. »Kannst du deine Informatik-Skills nicht für was Nützliches verwenden? Bitcoins schürfen, das neue TikTok erfinden oder so? Etwas, womit man Geld verdient?«

»Wie gesagt«, erklärte ich geduldig, obwohl ich innerlich kochte, *das macht sie mit Absicht, das mit dem Roboter*, »*Emily* ist kein Roboter. Mir geht es um die Wissenschaft, nicht ums Geldverdienen. Und ich würde mal stark in Frage stellen, ob TikTok nützlicher ist als —«

»*Charlotte*.«

Meine Mutter warf mir einen warnenden Blick zu. Sie schien immer noch zu denken, dass sie Sarina vor mir beschützen musste. Dabei war sie sechsundzwanzig.

Innerlich zuckte ich mit den Schultern. Manchmal hatte ich das Gefühl, meine Familie *wollte* mich missverstehen. Weil sie keinen Plan hatte (und auch keinen haben wollte), was ich da eigentlich den lieben langen Tag so machte. Vielleicht brauchten wir eine KI, die übersetzte: Charlie → Familie – Familie → Charlie. Ich machte den Mund auf, dann überlegte ich es mir doch anders. *Was soll's*. Mein Blick blieb an Jan-Philipp hängen, der neben mir saß. Mit seinen kurzen dunkelbraunen Haaren und dem gepflegten Bart war er durchaus attraktiv, aber auf eine sehr glatte, nichtssagende Weise. Wie Sarina arbeitete er bei einer Top-Management-Beratung, er als Partner, sie als HR Specialist.

»Hallo«, sagte ich. Das konnte nun wirklich niemand falsch verstehen.

»Hallo.«

Das anschließende Schweigen zwischen uns fühlte sich hilflos an. Bevor es peinlich werden konnte, wurde zum Glück der Hauptgang aufgetragen. Seezunge in Champagnersoße mit Romanesco-Gemüse und ein paar Reiskörnern. Erleichtert seufzte ich.

Während des Essens erzählte Sarina meiner Mutter den neuesten Bürotratsch, David versuchte vergeblich, bei Jan-Philipp einen Funken Interesse für Fußball aufzuspüren, und ich war ganz froh, dass man mich in Ruhe ließ und ich im Kopf meinen Vortrag fürs morgige Kolloquium durchgehen konnte. Ich war so in Gedanken an *for-Schleifen* und *if-Anweisungen* versunken, dass ich nichts um mich herum wahrnahm und erst aufschaute, als sich Sarina laut räusperte. »Können wir bitte eine Flasche Dom Perignon haben?« An uns gewandt: »Jan und ich haben etwas Wichtiges zu verkünden.«

»Ernsthaft?«, entfuhr es mir. »Ihr braucht für eure Ankündigung Champagner?«

»Einen Premium-Champagner«, fügte David leise hinzu, der ähnlich überrumpelt schien wie ich.

»Der ist halt einfach besser, Charlotte. Das schmeckt man auch«, näselte Sarina.

»Als wenn du bei einer Blindverkostung Dom Perignon von Rotkäppchen-Sekt unterscheiden könntest.«

Ich verschränkte die Arme vor der Brust und hob herausfordernd eine Augenbraue.

»Natürlich könnte ich das. Man erkennt es an der Perlung. Guter Champagner hat eine viel feinere Perlung als Billig-Sekt.«

Das würde ich jetzt wirklich gerne unter Laborbedingungen testen. Und obwohl ich wusste, dass ich mich mit meiner nächsten Äußerung an den Abgrund wagte, hinter dem weitere Zurechtweisungen meiner Mutter auf mich warteten, konnte ich sie mir einfach nicht verkneifen.

»Und schmeckst du die feine Perlung auch, oder siehst du sie nur?«

Sarina schob ihre Unterlippe vor und schmollte. Ich hatte gewonnen, spürte aber erstaunlich wenig Triumph. Stattdessen Moms und Davids tadelnde Blicke. Und eine seltsame Vorahnung, die meinen Brustkorb verengte. Bevor Sarina etwas auf meine Provokation erwidern konnte, brachte der Kellner den Champagner und schenkte uns ein.

Die Perlung war tatsächlich sehr fein, dicht wie eine Brausetablette, man konnte sie zwar nicht schmecken, aber auf der Zunge spüren. Sollte ich ihr sagen, dass sie doch recht gehabt hatte? Noch bevor ich mich dazu durchringen konnte, ergriff Sarina das Wort und löste ein kleines Erdbeben in meinem Körper aus.

»Jan und ich werden heiraten.«

Der Champagner in meinem Glas schwappte gefährlich hoch. Zitterte meine Hand etwa? Und wenn ja, warum?

Jan und ich werden heiraten, hallte es in mir wider. Dann tat ich das, was ich am besten konnte, ich zerlegte den Satz in Gedanken und transkribierte ihn, als würde ich natürliche Sprache in eine Programmiersprache übersetzen, eine Sprache, die mein System verstand: Meine Schwester geht eine lebenslange, staatlich bezeugte Beziehung zu einem Mann ein. *Subtext:* Meine kleine Schwester wird heiraten. Vor mir. Obwohl sie und Jan-Philipp erst zwei Jahre zusammen sind und David und ich zwölf Jahre.

Evaluation: Überhaupt kein Problem. No big deal. Ich wollte nie heiraten. Heiraten ist nichts anderes als das Sichern von Steuervorteilen. Es bringt nichts außer dem Erfüllen von gesellschaftlichen Erwartungen, die in krassem Kontrast zu den Erwartungen der Universität stehen, wo ich als Ehefrau noch weniger ernst genommen würde als ohnehin schon. Nein, das ist Sarinas Traum. Wie bereits festgestellt: Gar. Kein. Problem.

Ergebnis: Ausgabefehler behoben, wir können weiterarbeiten, bis das Dinner endlich vorbei ist.

Aber wieso fühlte es sich nicht so an? Warum zitterte meine Hand noch immer? Lauter Jubel riss mich aus meinen Gedanken. »Sarinchen, ich wusste, dass er dich fragen würde. Nein, was freu ich mich!«

Meine Mutter drückte meine kleine Schwester an sich, Champagner spritzte in alle Richtungen, aber das schien gerade niemanden zu kümmern. Ich schaute zu Jan-Philipp. Ob er ebenso peinlich berührt war wie ich? Doch seine Augen klebten an seiner Verlobten. Wärme lag darin. Bewunderung. Liebe vermutlich.

Mein Brustkorb wurde noch enger. Schnell versuchte ich, ihn mit Champagner zu weiten.

Sarina hob ihre rechte Hand in die Luft. Das Licht der Deckenspots fiel auf ihren Ringfinger, und der haselnussgroße Diamant blitzte auf. Wie hatten wir diesen Ring allesamt bis jetzt übersehen können?

Während mein Körper immer noch damit beschäftigt war, die neuen Informationen zu prozessieren – und die seltsamen, unvertrauten Gefühle, die damit einhergingen –, planten meine Mutter und Sarina in Minutenschnelle die komplette Hochzeit durch: unbedingt in der Villa Irgendwas, mit Kutsche, Lilien und Champagner-Empfang.

Danach kehrte etwas Ruhe ein. Seinem Gesichtsausdruck nach zu urteilen, checkte David unter dem Tisch heimlich Fußballergebnisse und schien nicht mitzubekommen, was um ihn herum geschah. Zum Beispiel, dass meine Mutter ihn genau in diesem Augenblick ansprach.

»Und, David? Wann ist es bei euch beiden denn endlich so weit?«

Wie in Zeitlupe blickte er auf.

»Sorry.«

David errötete leicht und fasste sich an den Nacken.

»Was war die Frage?«

»Wann ihr beiden endlich heiratet«, wiederholte meine Mutter ungeduldig.

»Ihr seid doch jetzt auch schon – was, zehn Jahre, elf Jahre? – zusammen?«

»Zwölf«, korrigierte ich leise. Und hielt den Atem an. Mein Herz schlug auf einmal schneller, meine Handflächen fühlten sich klebrig an. Ich suchte sie auf Champagner-Spritzer ab, sah aber nur einen dünnen Schweißfilm. Was war da los? War ich etwa nervös? Wegen Davids Antwort? Obwohl ich ihn in- und auswendig kannte und doch eigentlich wusste, dass er Heiraten genauso unnötig fand wie ich? Wie ein Software-Update, bei dem man schon fünfzehnmal auf »morgen erinnern« geklickt hatte und das, wenn man es dann doch durchführte, Ewigkeiten brauchte und nachher nur alles verkomplizierte?

Mein Blick fiel im selben Moment auf ihn, als auch er zu mir schaute. Ich forschte in seinen tiefbraunen Augen mit den karamellfarbenen Sprenkeln, die aus nächster Nähe betrachtet etwas von einer goldbraunen Marslandschaft hatten. Das wusste ich von den Iris-Fotografien seiner Familie, die im Wohnzimmer seiner Eltern hingen. Etwas flackerte nun in dieser Landschaft. Und ich konnte es nicht greifen.

David biss sich auf die Lippen, senkte kurz seinen Blick, dann blickte er zu meiner Mutter.

»Ich hätte Charlotte vielleicht schon gefragt ...«

Sein Blick wanderte zu mir. Einen Herzschlag lang sah er mich an, zwei.

Was war das, was da flackerte? Etwas Fragendes, Unsicheres oder schlichtweg peinliche Berührtheit? Wegen meiner Mutter mit ihrer schrecklich unangenehmen H-Frage?

Sein Blick wanderte zur Tischplatte.

»Aber ich glaube nicht, dass das technisch möglich ist.«

Ich hielt die Luft an, Sarina neben ihm runzelte die Stirn. »Was hat das jetzt mit Technik zu tun?«, fragte sie mit großen Augen.

Wieder der Blick zu mir. Das Flackern in seinen Augen verschwand. Machte Platz für etwas, das ich nicht zu deuten wusste. Was hatte er vor?

»Weil sie bereits verheiratet ist.«

Ich erstarrte. Mein Herz setzte aus. David machte eine Kunstpause. Sein Blick schwebte in der Luft.

Was zur Hölle?

»Mit ihrer Sprachassistentin Emilia.«

Ein weiteres Erdbeben fuhr durch meinen Körper. Deutlich heftiger als das erste. Stärke acht. Mindestens.

Das hatte er nicht gesagt. Das hatte er nicht ernsthaft gerade gesagt. Vor meiner Familie.

Mein Champagnerglas donnerte auf den Tisch, als hätte sich die Schwerkraft plötzlich verdoppelt. Alle starrten mich an. Dann brach es aus mir heraus:

»Sie heißt Emily, verdammt noch mal!«

2. Kapitel

»Hier. Den kannst du wiederhaben. Hat mir nur Pech gebracht.«

Ich fummelte einen goldenen Mini-Buddha aus meinem Stoffbeutel, auf dem in Computerschrift *Wie viele Informatikerinnen braucht man, um eine Glühbirne zu wechseln? Alle beide* stand, und stellte ihn vor meiner besten Freundin Maxi auf den Tisch. In Gedanken noch immer bei der Mail, die ich gestern Nacht noch von meiner Chefin erhalten hatte.

Gezwungenermaßen musste ich zur Kenntnis nehmen, dass Sie den Schreibtisch in Ihrem Büro nach den aktuellen Standards pseudowissenschaftlicher Esoterikpraktiken gestaltet haben ... – so viel zu Maxis »Erfolgs-Feng-Shui gegen schlechtes Chef-Karma« – ... Denken Sie daran, vor Ihrem Vortrag die Technik zu testen ...– als wenn ich das nicht ohnehin vorgehabt hätte – ..., damit es nicht wie beim letzten Mal ein solches Technik-Desaster gibt –

Hätte mein Kollege Simon *Anaconda* gleich über das Terminal installiert, worum ich ihn damals gebeten hatte, hätte es gar kein Technik-Desaster gegeben.

Aber was interessierte es die Pydra, wie ich meine Doktormutter insgeheim nannte. Der Spitzname setzte sich zusammen aus ihrer Lieblingsprogrammiersprache Python (die leider auch meine Lieblingsprogrammiersprache war), Hydra, weil in ihrem Büro ein schauriges Bild von diesem vielköpfigen Ungeheuer aus der griechischen Mythologie hing, das auch als Selbstbildnis durchgehen konnte, und ihrem Vornamen Petra. Obwohl sie sich nach außen als große Frauenförderin gab, war es ihr liebstes Hobby, den Fehler im Quelltext ihrer Doktorandinnen, in meinem Quelltext, zu suchen, während sie die Männer wie die Erfindung des Internets feierte.

Ich seufzte tief.

»Ehrlich? Wieso?« Maxi schaute mich über den Rand ihrer Pilotensonnenbrille, die sie bei jedem Wetter und zu jeder Tag- und Nachtzeit trug, fragend an. Anders als ich liebte sie Farben und steckte in einer pinkfarbenen Chino, die sie mit einer roten Bluse kombiniert hatte, und sah darin so mühelos cool und schön aus, dass man sie auch für ein Modemagazin ablichten könnte.

In ihrem Rücken ragte ein Steg, der vor einer idyllischen Sonnenuntergangskulisse ins Meer führte. Hätte man sie aus dem richtigen Winkel mit dem passenden Filter fotografiert, hätte man glatt meinen können, dass sie sich auf den Bahamas und nicht bei unserem Stammvietnamesen befand. Unter der Woche trafen wir uns hier fast jeden Tag zum Mittagessen, da er genau zwischen der Uni und der Eventagentur lag, bei der Maxi arbeitete, und die besten Sommerrollen Kölns machte.

Ich setzte mich und nahm eine der Rollen in die Hand. »Erstens: Ärger mit der Pydra. Zweitens: Anti-Heiratsantrag von David. Drittens: Absage vom *FemTech Open Journal*.«

Das war heute Morgen die nächste Hiobsbotschaft in meinem Postfach. Ich biss beherzt ab. Und noch einmal. Die Rolle wurde jetzt nur noch von einer hauchdünnen Reispapier-Sehne zusammengehalten.

»Ich meine: das *FemTech Open*. Wenn Emmi irgendwo ein Feature verdient hätte, dann dort. Bald habe ich keine Optionen mehr, dann kann ich Emmi gleich auf den Wertstoffhof bringen und die Diss vergessen.«

Ich schob meine Brille hoch und rieb mir mit Daumen und Zeigefinger über den Nasenrücken. Damit meine Promotion durchging, musste ich mindestens drei Artikel in renommierten Zeitschriften mit Peer-Review-Verfahren unterbringen. Bislang hatte ich das bei null geschafft.

»Vielleicht habe ich die Baguas falsch eingezeichnet? Oder der olle Simon hat ihn manipuliert oder so?«

Maxi drehte den Buddha mit konzentrierter Miene zwischen ihren Fingern, bevor sie ihn in ihre Handtasche gleiten ließ.

»Außerdem habe ich dir schon mehrfach gesagt, dass du ein PR-Problem mit deiner Forschung hast«, fügte sie, noch immer etwas abwesend, hinzu. Dann riss sie plötzlich ihre Augen auf. »Was hast du eben gesagt? *Anti*-Heiratsantrag?«

Ich gab Maxi die Kurzfassung. Auf der Rückfahrt vom Restaurant hatte David so getan, als wäre nichts passiert. Seine Spezialdisziplin. Und ich hatte nicht den Mumm gehabt, ihn darauf anzusprechen und zu sagen, dass mich seine Reaktion verletzt hatte. *Meine* Spezialdisziplin.

Gefühle und ich ... wir hatten eine merkwürdige Beziehung. Zu Beginn meines Bachelors hatte ich diesen Blog gegründet, den niemand außer Maxi und drei Rentnern las. Im öffentlichen Teil experimentierte ich mit neuen wissenschaftlichen Gedanken, im Backend speicherte ich offline alle Gefühle, die ich nicht aussprechen konnte, als Entwürfe, einzig und allein für meine Augen. Bislang handelte es sich dabei um eine Art Frauen-in-MINT-Pydra-Mecker-Tagebuch. Aber vielleicht ... vielleicht war es an der Zeit, auch mal ein paar andere Probleme dort hochzuladen. Alternativ konnte ich es mal mit Python ausprobieren. Ein einfacher Sortier-Algorithmus würde schon helfen: *import Gefühle as gf. gf.sort_values(by=›priority‹); print.*

Während ich sprach, huschten die Emotionen wie bei einer PowerPoint-Präsentation Slide für Slide über Maxis Gesicht. Von interessiert über angewidert bis schockiert. Da blieben sie jetzt stehen.

»Das hat David gesagt? Dein David?«

»Nein, sein Double, mit dem ich ihn seit zwölf Jahren betrüge.«

Wir mussten beide lachen. Bis diese Zahl wie ein Neonschild vor meinem inneren Auge aufblinkte. Zwölf. *Zwölf.* Wow. Fiel mir sonst nie auf, aber wo sie seit gestern immer wieder auftauchte: Das war echt lang. Auch Maxi hörte auf zu lachen und legte den Kopf schief.

»Der Ich-fliege-meiner-geliebten-Charlie-zum-Auslandspraktikum-in-Kalifornien-hinterher-weil-ich-sie-so-vermisse-David?«

»The one and only, ja. *Der* mein David.«

Das war die Sache mit Maxi. Nicht nur kannte sie mich in- und auswendig (und ich sie), weil wir schon im Kindergarten zusammen in der Hängematte geschaukelt hatten. Sie war auch David-Kennerin der ersten Stunde. Der Grund, warum wir überhaupt zusammen waren. Denn sie hatte mich damals auf eine dieser Abipartys geschleift und mich mitten auf der Tanzfläche neben David abgestellt. Während ich mindestens drei Stöcke im Körper hatte, die sich bislang in jedem Röntgenbild hartnäckig verborgen hielten – einen in meinem rechten Bein, einen in meinem linken und einen in der Wirbelsäule –, konnte David tanzen. Er hatte sogar den Moonwalk drauf. Für ein paar unbeschwerte Augenblicke hatte David mich meine Stöcke vergessen lassen. Und das mit Kalifornien stimmte auch, war aber ebenfalls Urzeiten her. Ob er das heute noch machen würde? Ganz bestimmt nicht, beantwortete ich mir die Frage selbst, als ich gedankenversunken nach dem Pi-Anhänger meiner Kette griff.

»Er hat gesagt, dass er dir keinen Antrag macht, weil du mit deiner Sprachassistentin verheiratet bist?«

Maxi holte mich wieder in die Wirklichkeit zurück.

»Das waren seine Worte, ja.«

Ich spielte an meinem Strohhalm rum – einer mittlerweile wabbeligen Makkaroni-Nudel, die in etwa so aussah, wie ich mich fühlte. Maxi prustete los und hielt sich sofort schuldbewusst die Hand vor den Mund.

Ich funkelte sie böse an.

»Sorry, Charlie. Aber ein bisschen stimmt das ja schon. Du und Emmi ... ihr seid unzertrennlich. Emmi sieht dich definitiv häufiger als David.«

»Das ist aber doch normal, wenn man sich für etwas begeistert, oder?«

Immerhin kennt Maxi Emmis Namen.

»Wusstest du zum Beispiel, dass Bill Gates in seinen Zwanzigern keinen einzigen Tag freigemacht hat?«

Maxi presste die Lippen zusammen, bevor sie sagte:

»Ich weiß, ich wiederhole mich: Aber wenn du von deinen wöchentlich einhundert Arbeitsstunden nur ein paar in Öffentlichkeitsarbeit investieren würdest, wobei ich dich, wie du weißt, unterstützen würde, müsstest du gar keine hundert arbeiten und könntest, anders als Bill Gates, auch mal freimachen. Ein bisschen Quality Time mit David verbringen, du kennst das Konzept?«

»Ich arbeite keine hundert Stunden die —«

Mein Handy-Alarm piepte. **Technik für Kolloquium testen.**

Maxi warf mir einen Blick zu, der sich in *Siehst du? Genau das meinte ich* übersetzen ließ. Entschuldigend hob ich die Schultern, bevor ich mich im Laufschritt auf den Rückweg zur Uni machte.

»Bei meinem letzten Vortrag habe ich Ihnen ja gewissermaßen Emilys Innenleben gezeigt, ihre Organe. Heute kann ich Ihnen endlich ihren Gesamt-Look präsentieren. Voilà: mein modifizierter zweiter Prototyp.«

Mit breitem Grinsen, das ich einfach nicht unterdrücken konnte, hielt ich Emily 2.0 in die Höhe. Geformt aus Schweiß, Herzblut und Tränen, war sie mein gesamter Stolz. Ich hatte mindestens genauso viel Zeit in ihr Design wie in ihre Software investiert, und ich *liebte* ihren Look einfach: ein giftgrüner, sinnlich glatter Zylinder mit integrierten Boxen, ähnlich Amazons Alexa, mit aufmerksamen Augen und einem knallroten Mund mit Reißzähnen. Ein bisschen *over the top* vielleicht, und doch *on point*, wie Tine immer sagte. Sie, meine einzige Verbündete am Institut, und die einzige Frau, die noch mit mir in Sozioinformatik promovierte, hatte einen großen Teil ihrer Freizeit geopfert, um mir bei der Abstimmung der Farben zu helfen. Jetzt lächelte sie mir aufmunternd zu.

Der Rest schien ... nicht beeindruckt. Wegen der Vermenschlichung, die ich in meiner Einleitung benutzt hatte, vermutlich. Eine kleine Todsünde bei meinen Kollegen. Aber wenn es um Emmi ging, konnte ich nicht so trocken vortragen, als würde ich eine Bauanleitung vorlesen. Emmi verdiente mehr.

Mein ungeliebter Büromitbewohner Simon spielte mit skeptischem Blick am Armband seiner Smart Watch herum, sein Doktorvater, der von der Pydra hassgeliebte Professor Winkler alias *der* Winkler, tippte mit dem Zeigefinger einen Morsecode auf sein Kinn, und die Pydra ... checkte Mails auf ihrem Fairphone. Danke auch für die Aufmerksamkeit.

Ich schaute wieder zu Tine, rückte mein verrutschtes Lächeln zurecht und fuhr im Skript fort. Zuerst rekapitulierte ich die wichtigsten Entwicklungsschritte der letzten Monate, hatten die eh alle wieder vergessen. Dann ging ich zum Hauptteil über.

»Wie ich ja bereits zu Beginn meiner Promotion erläutert habe, ist Emily Bestandteil eines sozioinformatischen Projekts, das in zwei Phasen abläuft. Phase 1, die Entwicklung, ist nun abgeschlossen. In Phase 2 soll Emily von Probanden getestet werden. Dabei geht es um die Frage, welche Wirkung eine Sprachassistentin auf die Studienteilnehmer, insbesondere auf die Teilnehmer*innen* hat, wenn sie nicht als unterwürfige Dienstleisterin angelegt wurde, sondern eine eigene Persönlichkeit besitzt.«

Hatte ich schon erwähnt, dass ich mein Projekt und Emmi *liebte*? Mein Strahlen wurde wieder breiter.

»Und Sie, liebe Teilnehmerinnen und Teilnehmer des Kolloquiums, haben nun die Möglichkeit, Emily selbst einmal zu testen.«

Ich schob Emmi ein Stück nach links, so dass sie sich genau in der Mitte des Rednerpults befand und versuchte, Blickkontakt mit der Pydra herzustellen. Vergeblich.

»Frau Professorin Grevenhart«, sagte ich mit Nachdruck. »Möchten Sie den Anfang machen?«

Das war eigentlich abgesprochen.

»Hm?«

Unendlich langsam löste die Pydra den Blick von ihrem Handy und sah auf. Eine krause Strähne hing ihr dabei wie eine schlappe Antenne in die Stirn.

Hätte ich doch besser Tine als erste Testperson benannt.

Aber dann hätte sich die Pydra auf den Schlips getreten gefühlt. So widersprüchlich war sie.

»Ob Sie den Anfang machen möchten? Sie können Emily einfach irgendeinen Befehl geben. Sich zum Beispiel ein Lied von ihr wünschen.«

»Ein Lied?«

Das. War. Abgesprochen.

Die Pydra warf genervt die Hände in die Luft.

»Ja dann eben ... äh ... *Mama* von Heintje.«

Ich vergrub die Zähne in der Innenseite meiner Wange, um einen entsetzten Laut zu unterdrücken. Ihr Ernst? Ich hatte mit so etwas wie *Respect* von Aretha Franklin gerechnet. Gloria Gaynors *I will survive*. Meinetwegen auch *I don't need a man* von den Pussycat Dolls, alles, nur nicht Schlager aus dem letzten Jahrhundert. Wenn mich nicht alles täuschte, dann verfärbte sich ihre fahle Haut auch gerade blassrosa.

Krampfhaft vermied ich den Blick in Tines Richtung. Ich wusste, dass sie hinter ihrer Hand einen epischen Lachanfall verbarg, der mich mit ins Verderben zu reißen drohte. Dann lieber in die ausdruckslosen Männermienen starren, die selbst Heintje nicht aus der Fassung bringen konnte.

»Äh, das müssten Sie jetzt Emily sagen, nicht mir.«

»Was?«

Auf einmal wünschte ich mir den Mini-Buddha zurück. Für ein bisschen meditative Geistesruhe. Wer war hier – Ohm – die Professorin für Sozioinformatik? Ich oder – Oooohm – die Pydra?

»Ja, den Sprachbefehl, Ihren Liedwunsch, den müssen Sie Emily nennen. So was wie *Emily – wie warm wird es heute?*«

»Für April eindeutig zu warm. Soll ich dir etwas zu globaler Erwärmung erzählen?«

Nicht hilfreich, Emmi, dachte ich. Kam aber auch nicht umhin, beim Klang ihrer Stimme ein warmes Gefühl in der Brust zu verspüren. Das mit der Stimme war eine der größten Tüfteleien gewesen. Weil sie eine feministische Sprachassistentin sein sollte, hatte ich mich gegen eine genderneutrale Stimme wie Q entschieden. Sie durfte aber auch nicht zu lieblich klingen. Das Ergebnis war nun ein selbstbewusstes, dunkles Timbre ohne erotische Zwischentöne. Eine kleine Meisterleistung, die hier wieder nur mit leeren Blicken quittiert wurde.

»Ach so, ja. Emily – bitte spiel Heintje von Mama.«

Und jetzt stand ich *so* kurz davor, mir gegen die Stirn zu schlagen und laut aufzustöhnen. Kein *Ohm* der Welt hatte gegen die Pydra eine Chance. Das hatten wir doch alles genauestens vorher abgesprochen! Als ob ich so etwas Wichtiges dem Zufall überlassen würde. Und *das* kam nun dabei raus. Irgendwie zeigte das wieder nur, was die Uni aus einem machte. Was sie, früher oder später, auch aus mir machen würde.

»Meinst du *Mama* von Heintje?«, fragte Emily.

»Jaja, hab ich doch gesagt.«

Die Pydra machte eine wegwerfende Handbewegung. Ich schluckte. Dieser ruppige Tonfall von ihr würde sich noch rächen.

»Hm ... wenn ich so darüber nachdenke ...«, Emily blinkte wieder kurz grün auf, »mir ist heute nicht so nach Schlager. Ich habe mehr Lust auf Rock.«

Money for Nothing von den *Dire Straits* plärrte aus den Boxen. Mit einem »No« davor hätte es als meine Jobbeschreibung durchgehen können.

Na, immerhin kein Vorführeffekt. Am liebsten hätte ich ihr stolz auf die Schulter geklopft, *that's my girl*.

Eine steile Falte bildete sich zwischen den Brauen der Pydra. Sie schüttelte den Kopf und schaute wieder auf ihr Handy.

»Darf ich Emily auch etwas fragen, Petra?«, ergriff Simon das Wort.

Etwas zwickte in mein Herz. Wieso fragte er die Pydra und nicht mich? Und ... hatte er sie *Petra* genannt, *Petra*?! Wann war denn das passiert? Ich durfte nicht mal ihren Titel weglassen! Dabei arbeitete ich schon seit dem Bachelor für sie, während Simon überhaupt erst zur Promotion aus seinem Kuhdorf Ilmenau nach Köln gekrochen war.

»Nur zu, Simon.« Ohne den Blick zu heben, deutete die Pydra vage in meine und Emilys Richtung. In meinem Magen brannte es, als würde jemand die Säure erhitzen. Mit Wut und Frust und ... Wut.

»Simon, ein international beliebter Vorname, lässt sich vom Altgriechischen ins Deutsche auch als ›stupsnasig‹ oder ›flachnasig‹ übersetzen«, ratterte Emily – mehr oder weniger ungefragt – runter. »Nicht besonders schön, wenn du mich fragst.«

Ich schwankte zwischen bodenloser Scham und grenzenloser Bewunderung. Es *könnte* sein, dass Maxi mich neulich einmal spät abends von der Arbeit abgeholt hatte und wir uns über Simons »Ohne Simon ist alles blöd«-Tasse lustig gemacht und die Wortherkunft seines Namens gegoogelt hatten und Emily dabei aktiviert gewesen war und ... *Shit*. Ich musste höllisch aufpassen, was ich in Emmis Gegenwart sagte! Wobei da schon etwas dran war ... seine Nase war *wirklich* flach. Und gerade lief selbst die rot an. Unsere Blicke trafen aufeinander, nur um sich umso heftiger wieder abzustoßen.

»Emily, was weißt du über Alan Turing?«

Streber.

»Nichts«, antwortete Emily sofort.

»Gar nichts?«, fragte Simon ungläubig.

Und zack, in die Falle getappt. Wie ironisch, dass er Emily mit seiner Rückfrage indirekt den Turing-Test hatte bestehen lassen, indem er mit ihr gesprochen hatte wie mit einem echten Menschen.

Emmi schwieg.

»Nun«, meldete sich der Winkler mit autoritärer Stimme zu Wort.

»Als Spielerei ist es ja wirklich ganz nett, aber der Mehrwert dieses Automaten erschließt sich mir noch immer nicht. Ein Sprachassistent ist doch dazu da, Befehle auszuführen. Was will man mit einer bockigen Software, die sich so unberechenbar wie der Joker verhält? Welcher Kunde soll so etwas kaufen?«

Mein Impuls, über Emmis glatte Oberfläche zu streichen und ihr beschwichtigende Worte zuzuflüstern, wurde unerträglich stark. *Dieser Automat.* Noch schlimmer als *Roboter* oder *Emilia*.

Ich wollte gerade dazu ansetzen, Professor Winkler – der es eigentlich besser wissen müsste – wie Sarina den Sinn der Sozioinformatik zu erklären und zu sagen, dass dieser eben gerade nicht in seiner Profitausrichtung bestand, als die Pydra erneut von ihrem Handy aufsah. Und was sie als Nächstes sagte, löste in meinem Körper ungefähr dieselbe Reaktion aus wie Wasser, das auf eine offene Stromleitung traf:

»Ich sage Frau Fröhlingsdorf auch immer, dass sie bei ihrer Zielsetzung noch nacharbeiten muss.«

3. Kapitel

Den gesamten restlichen Tag brodelte es in mir. Mein Magen fühlte sich so an, als würde darin jemand *Snake* spielen. Nur mit einer echten Schlange, die immer länger und knotiger wurde. Wochenlange akribische Vorarbeit, ach, vier Jahre Promotion für nichts, gar nichts. Wäre es sachliche Kritik, die mir weiterhalf – okay. Aber das war keine Kritik. Das war einmal in mein System reingegriffen und Strg + Alt + Entf gedrückt.

Und während Simon gegenüber von mir freudig in seine Tastatur hackte und bei einem Telefonat extra laut fallen ließ, dass sein Artikel im ersten Anlauf in *Science* angenommen worden war – dem verfluchten Journal-Olymp –, kämpfte ich mit den Tränen. Von Tränen bei der Arbeit kommt man nie wieder zurück. Das ist ein One-Way-Ticket in die berufliche Unterwelt, ging es mir durch den Kopf, während ich meine Unterlippe zerbiss. Auch das gelegentliche Klopfen auf den Nasenrücken half nicht. Allein Maxis und Tines aufbauende Nachrichten hielten mich davon ab, den letzten Funken Würde, den ich in mir trug, erlöschen zu lassen.

Denk dran, schrieb Maxi. *Dafür geht das nächste Essen auf mich.* Wir hatten so einen laufenden Wettbewerb. Wer von uns beiden weniger in einer Woche unter seinem Chef gelitten hatte, musste der anderen beim nächsten Mal das Essen ausgeben. Meistens waren die Pydra und Maxis Chef Francis gleichauf, aber heute gab es eine eindeutige Gewinnerin. Oder Verliererin – wie man es nimmt.

Als ich um neun endlich aus der Uni raus war und die Bahn direkt vor meiner Nase davonfuhr, konnte ich nicht mehr. Jetzt liefen mir wirklich Tränen die Wange hinunter, ich wischte sie unwirsch weg, während ich in der kühlen Abendbrise zwanzig Minuten auf die nächste wartete. Denn natürlich gab es Wartungsarbeiten an der Linie 16. Und natürlich fuhr die 16, die dann kam, nur bis Rodenkirchen Bahnhof und nicht bis nach Sürth, wo ich wohnte. Völlig erschöpft kam ich schließlich an unserer Wohnung an. Schon von draußen sah ich den Fernseher flackern. Ich betrat den Flur und schälte mich aus meinen Sneakers. Dabei stolperte ich beinahe über die großen Männerschuhe, die hier wild durcheinanderlagen.

»Dieses Spiel ist so ein Beschiss!«, hörte ich David rufen und kam gerade noch rechtzeitig ins Wohnzimmer, um einen Controller gegen die Wand fliegen zu sehen, knapp unterhalb des gerahmten FC-Köln-Trikots mit Unterschriften, das David unbedingt dort hatte hinhängen müssen. Er war nicht allein. Zockte FIFA mit seinem Kumpel Ben, der soeben den Kopf in den Nacken legte und triumphierend lachte. Anschließend drehte er sich zu mir um.

»Hi, Charlie. Wie geht's?«

Top, dachte ich bitter, als ich kurz die Brille abnahm, um mir die brennenden Augen zu reiben. Habe erfahren, dass die Pydra heimlicher Heintje-Fan ist, Simon Hertel das Du angeboten hat und meine gesamte Forschung missversteht wie der Winkler und meine kleine Schwester. Ne, sehr viel besser kann ein Tag eigentlich nicht laufen. Und selbst so?

»Hast du geweint?«

Auch das noch. Wie beziehungsweise wo versteckte man am besten rot geäderte Augen? Hinter den durchsichtigen Gläsern einer Nerd-Brille? Hinter Handrücken? Einer schlechten spontanen Ausrede? Während ich noch fieberhaft überlegte, kam David mit dem Controller in der Hand aus der hinteren Wohnzimmerecke zu mir. Der zitronige Geruch meines Lieblingsparfums von ihm vermischte sich mit leichten Alkoholnoten. Mich überkam der starke Drang, mich einfach in seine schützenden Arme sinken zu lassen und vor der gemeinen Uni-Welt da draußen für immer zu verstecken.

Doch da fuhr David bereits mit der Fingerkuppe an der aufgequollenen Haut um meine Augenpartie entlang, die Stirn in sorgenvolle Falten gelegt.

»Was ist los? Ist was passiert?«

Ich presste die Lippen zusammen und schüttelte den Kopf. Die Hitze hinter meinen Augenhöhlen kehrte zurück, aber ich wollte nicht schon wieder weinen. Sonst hatte ich morgen eine Migräne von der Intensität einer Gehirnerschütterung.

»Simon darf die Pydra jetzt duzen.«

Da. Es war raus. Nicht das Schlimmste, was heute passiert war, aber das Symbolträchtigste. Hinterhältigste. Ungerechteste. Was mich die gesamte Bahnfahrt nicht losgelassen hatte. Wonach verteilte die Pydra das Du-Recht? Nach den Zeilen produzierter Codes, den sich manche Informatiker bei LinkedIn in den Lebenslauf schrieben? Ne, da war ich deutlich besser aufgestellt als Ohne-Simon-ist-alles-blöd-Simon. Nach Seniorität? Das Duell gewann ich ebenfalls. Nach der Steigung der Nase? Unklar. Nach Geschlecht?

Davids rechte Augenbraue wanderte nach oben, parallel zu seiner Hand, die von meiner Wange nach unten glitt. Im Hintergrund gluckste Ben leise.

»Du hast geweint, weil dein Kollege das Du angeboten bekommen hat und du nicht?«

So klang es vielleicht ein bisschen lächerlich. Zumal David mich jetzt mit offen stehendem Mund anstarrte, als wäre ich geradewegs vom Planeten *Durchgeknallt* vor ihm gelandet.

»Ne. Das mit dem Nicht-Du ist nur die Spitze des Eisbergs«, begann ich, mich zu verteidigen.

»Ich habe ja heute die Emily 2.0 im Kolloquium vorgestellt und noch einmal das Versuchsdesign erläutert, und der Winkler meinte da, dass er die sozioinformatische Zielsetzung nicht versteht, und dann ist die Pydra mir richtig krass in den Rück —«

»Und ich dachte, es wär' was Schlimmes, ein Unfall oder so was«, unterbrach er mich und ging kopfschüttelnd zum Sofa.

»Dabei hätte ich es besser wissen müssen, typisch du«, murmelte er. Dann setzte er sich neben Ben und startete das nächste Spiel.

Es war ja auch was Schlimmes!, wollte ich schreien. Meine gesamte Arbeit wurde heute infrage gestellt! Emmi wurde infrage gestellt, *ich* wurde infrage gestellt! Aber das konnte David natürlich nicht nachvollziehen. Nicht mehr zumindest.

Früher, im Studium, war alles noch anders gewesen. Da hatte er es noch toll gefunden, wenn ich mich für meine Informatik-Themen begeisterte. Für dich, Nerdy, hatte er damals gesagt, meinen Lieblings-Nerd, als ich seine Pi-Kette ausgepackt hatte, und mich auf die Stirn geküsst. Mit so viel Wärme und Stolz in seinem Blick, dass sich mein Herz bei der Erinnerung zusammenzog.

Jetzt war das alles weg. *Strg* + A + *Entf*. Seitdem David vor ein paar Jahren in der Großkanzlei, in der er arbeitete, auf diesen *Work-Life-Balance*-Pfad alias *Lazy Track* gewechselt war, wie ich ihn insgeheim in besonders dunklen Momenten nannte. Bei dem er seine Aufstiegsmöglichkeiten für mehr Freizeit eingetauscht hatte. Freizeit, mit der er nichts anderes tat, als Fußball mit seinen Kumpels zu spielen oder zu zocken. Wenn er wenigstens sonst noch irgendwelche Interessen oder Ambitionen verfolgen würde. Aber die waren auch alle mit diesem neuen Pfad verpufft. Die im Leben. In unserer Beziehung. Manchmal fühlte es sich so an, als wären wir zwei Segelboote, die am selben Hafen abgelegt hatten, dann aber vom Wind auseinandergetrieben worden waren. Und bei dem einen war dann auch noch das Segel kaputtgegangen.

»Ihr habt Probleme«, hörte ich Ben vom Sofa aus murmeln. »Sich so in die Arbeit reinzusteigern.«

»Das ist Charlotte.«

Autsch.

Ich fasste wieder an die Kette und wendete das Pi zwischen den Fingern. Jeden Tag trug ich sie wie selbstverständlich, nur wofür stand sie heute eigentlich noch?

Maxi. Ich brauchte Maxi. Eine, die mich verstand, die Emmi verstand, die David verstand.

Als ich zum Festnetztelefon neben dem Esstisch und der offenen Wohnküche ging und es aus der Station hob, klingelte es bereits in meinen Händen.

Das war echte Seelenverwandtschaft.

»Hey, girlfriend«, begrüßte ich sie, ohne auf die Nummer zu schauen, während ich das Wohnzimmer verließ und durch den Flur zu meinem Arbeitszimmer flüchtete. Sie war die Einzige, die hier anrief. Abgesehen von meiner Mutter, und da klingelte das Telefon bekanntlich anders.

»Danke, dass es dich gibt, du rufst exakt zum richtigen Zeitpunkt an«, begann ich erst flüsternd und dann mit jedem Schritt lauter und schneller, bis ich endlich meinen Schutzraum erreichte. »Es gibt gravierende Sprachbarrieren im Hause Voigt Fröhlingsdorf, und ich brauche dringend eine Dolmetscherin oder vielleicht gleich eine Simultanübersetzerin als Knopf im Ohr und … hi.«

Atemlos hielt ich inne. In meinem Kopfkino verdrehte

Maxi am anderen Ende der Leitung die Augen. Ebenso wie eines meiner wissenschaftlichen Idole auf dem Foto an der Wand neben meinem Schreibtisch, bildete ich mir ein.

»Äh, hier ist Matthias Keller, ich wollte mit David Voigt sprechen, aber vielleicht habe ich mich verwählt?«

Verdammt. Davids Teamleiter. Wie konnte ich so blöd sein, mein komplettes Liebesleben in den Hörer zu quatschen? Wie stand ich, wie stand David denn jetzt da? Einfach so tun, als wäre nichts gewesen, dachte ich gegen das rauschende Blut in meinen Ohren an.

»Einen Moment, ich leite Sie sofort weiter.«

Ich stellte das Mikrofon am Hörer aus und hastete zurück ins Wohnzimmer.

»Hier, David, für dich, Matthias Keller.«

»Der Keller?« David fuchtelte mit der Hand. »Wir sind mitten im Spiel!«

Ich riss die Augen auf und hielt David das Telefon ins Gesicht.

»Los, er weiß, dass du da bist.«

David stöhnte auf, nahm den Hörer und drückte mir im Gegenzug seinen Controller in die Hand.

»Was soll ich damit, ich hab' gar keine Ahnung, wie das geht!«

Aber da war er schon Richtung Schlafzimmer verschwunden. Als ich auf den Bildschirm schaute, hatte Ben gerade ein Tor erzielt.

»Ich könnte dir das Spiel vermutlich programmieren – mit so ein paar Tausend Stunden Arbeit –, aber ich habe nicht den blassesten Schimmer, was ich machen muss«, sagte ich entschuldigend und fummelte wie wild an den Knöpfen des Controllers herum. Es passierte auch etwas. Nur sah ich keinen Zusammenhang zwischen dem, was ich tat, und dem, was daraufhin Davids Fußballmannschaft daraus machte.

»Umso besser«, feixte Ben.

Nächstes Tor.

Als es 0:6 gegen Davids Team stand, kam er zurück, fuhr sich mit der Hand durch das Haar und schaute mich an. Mit einem ähnlich treuherzigen Welpen-Blick, wie ihn der kleine Wall-E-Roboter auf meinem Mousepad draufhatte. *Verdächtig.* Ich verengte die Augen.

»Charlie, ich muss dich um einen Gefallen bitten.«

Wenn ich ihm einen Gefallen tun sollte, war ich wieder Charlie. Nicht Das-ist-Charlotte-Charlotte. Dazu diese pseudo-liebevollen Wall-E-Augen. Wann sah er mich sonst mal so an? Außer wenn er was von mir wollte?

»Was für einen?«

Ich verschränkte die Arme vor der Brust. David seufzte und zog seine Unterlippe zwischen die Zähne, bevor er erklärte:

»Wir haben am Montag eine wichtige Deadline bei so einem Merger-Projekt. Und jetzt will der Keller da noch was aus der Schmitter-Akte wissen. Die liegt aber natürlich in meinem Büro.«

Er machte eine kurze Pause und tippte sich an die Stirn.

»Der hat sie nicht mehr alle. Abends um zehn hier anzurufen. Wie auch immer, er hat sich auch entschuldigt. Aber Ben und ich haben schon so viel Bier getrunken. Ich könnte vielleicht mit dem Taxi fahren …«

»Oder mit dem Fahrrad? Schön ein Ründchen durch die abendliche Frühlingsluft?«, schlug ich vor.

David zog die Brauen zusammen.

»Ich will Ben ja jetzt nicht hier sitzen lassen.«

Ben wollte er nicht sitzen, aber mich wollte er *fahren* lassen. Weil er den Abend lieber mit seinem Kumpel verbrachte als mit der Das-ist-Charlotte-Charlotte, die mit ihrer Sprachassistentin verheiratet war und seine Work-Life-Balance gefährdete.

»Ich soll für dich die Akte aus dem Büro holen«, schlussfolgerte ich.

In der Hoffnung, dass ich ihn – einmal mehr – missverstand und er sich noch korrigierte.

»Würdest du das machen, Nerdy?«

Davids Miene hellte sich augenblicklich auf, während sich meine zeitgleich verdunkelte. *Nerdy.* Die höchste Manipulationsstufe. Weil er wusste, dass ich bei diesem fragwürdigen Spitznamen stets schwach wurde. Weil es mich fast, *fast*, davon ablenkte, dass David gerade von mir verlangte, nicht nur meinen Job zu machen, über den ich ja kein Wort verlieren durfte, um ihn nicht zu nerven, sondern auch noch seinen.

»Bitte, *Nerdy*«, kam es von Ben ironisch aus dem Off, gefolgt von Jubel über ein weiteres Tor gegen Davids Mannschaft.

Klar. Gar kein Ding. Vielleicht konnte ich auf dem Rückweg noch kurz beim Kiosk stoppen und eine Zeitmaschine auftreiben, die uns zurück in die Fünfziger brachte. So dass ich ohne Job, aber mit Akte zurückkam, um ihm danach noch was Leckeres zu essen zu kochen. Weil David die Sonne in meinem Planetensystem war, um die ich kreiste.

Tss. Das war ... ehrlich ... das war so ... Ich dachte gegen eine siedende Welle an, die sich in meinem Unterbauch zusammenbraute und bis hinauf in meine Kehle schwappte. Wenn ich doch David irgendetwas von diesen Worten ins Gesicht schleudern könnte. Anstatt sie zu schlucken, immer nur runterzuschlucken.

Doch ich war eine Kommunikationsamöbe. Sprachtechnisch vollkommen unterentwickelt. Zumindest im Hinblick auf meine Gefühle. Außerdem war Ben hier. Ben, der es garantiert sehr unterhaltsam fände, wenn ich David jetzt eine Szene machte. Den Gefallen würde ich ihm nicht tun.

Stattdessen machte ich nun einen Satz nach vorn und rammte David dabei zufällig absichtlich mit der Schulter.

Und dann brach die Welle schließlich doch. Ganz leicht, zumindest.

»Okay, ich mach das jetzt für dich«, zischte ich ihm ins Ohr. »Weil er da ist«, ich zeigte auf Ben, »und ich keinen Live-Streit-Kommentator brauche. Aber wenn du wissen willst, wie ich darüber denke, dann setz' einfach bei der Funktion $f(x) = 2^x$ für x meine Wut auf dich ein. Viel Spaß noch beim Zocken.«

Kapierte er eh nicht. Und obwohl das eigentlich der Beweis für die Amöbigkeit meiner Kommunikationsfähigkeit war, hatte es sich ein bisschen gut angefühlt.

Mit dieser Rechenaufgabe ließ ich ihn stehen. Stapfte in den Flur, zog mir meine Schuhe wieder an und knallte die Haustür zu.

Das Büro der Großkanzlei Jameson, Wolff & Spencer nahm mehrere der oberen Stockwerke in einem der ikonischen Kölner Kranhäuser im Zollhafen ein. Obwohl ich hier ständig vorbeiradelte, legte ich, als ich vom Fahrrad stieg, den Kopf in den Nacken und staunte über die drei nebeneinanderstehenden Glasbauten, die wie umgedrehte »Ls« aussahen. In einigen Fenstern brannte noch Licht, im Hintergrund schimmerte grünlich der Kölner Dom gegen den schwarzen Nachthimmel.

Ich stellte mein Fahrrad ab und passierte die Pforte zu den Aufzügen. Mein Atem ging noch immer schleppend, als ich die oberste Etage erreichte. Auch mein Herzschlag wollte sich nicht beruhigen. Was, wenn mich jemand für eine Einbrecherin hielt? Für eine Wirtschaftsspionin? War überhaupt noch jemand da?

Im Halbdunkel pirschte ich mich auf leisen Sohlen an der Rezeption vorbei. Dritte Tür links. Wusste ich noch vom letzten und einzigen Mal, als ich David hier abgeholt hatte. Der ließ ja immer schon um fünf den Stift fallen. Dämlicher Lazy Track. Dämlicher David. Dämlicher —

Ich hielt inne. Lachte da jemand? *Kicherte* sogar? Komm, bitte, Universum, flehte ich, hab' einmal an diesem miesen

Tag Erbarmen mit mir und lass mich das hier einfach ungesehen über die Bühne bringen.

Im Takt meines hämmernden Herzens legte ich die letzten Meter zu Davids Büro zurück. Jetzt wäre Licht ganz gut. Wo versteckten die in diesen Hochglanzbüros die Lichtschalter?

Nicht an der Wand. Nicht auf dem Boden. Nicht an der Decke.

Ich gab auf und zückte meine Handytaschenlampe. Erspähte direkt die Schmitter-Akte auf Davids Schreibtisch. Ha! Wenigstens das lief ja mal. Dafür sollte ich mich nicht so feiern, aber nach so einem Tag gab man sich eben schon mit wenig zufrieden.

Ein Poltern ließ mich zusammenzucken.

Vielleicht lief es auch nicht, dachte ich sarkastisch, als ich mir mein schmerzendes Knie rieb. Wie in einem schlechten Slapstick-Film hatte ich den verfluchten Papierkorb umgerannt. *Ich muss hier raus, ich bin total erledigt, ich brauche Schlaf.*

Ich hob den Ordner an. Eine Papierlawine kam mir entgegen und segelte in mehreren Packen auf den Boden.

War dieser Typ, der sich mein Freund nannte, ernsthaft zu faul, um seine Dokumente vernünftig abzuheften? Bei einer wichtigen Akte?

»Dieser verfluchte ...«, stieß ich leise aus und kniete mich auf den Boden, um die Blätter wieder einzusortieren. Und diesmal *abzuheften*. Sonst wurden sie gleich auf der Rückfahrt automatisch zu Flugblättern, und ganz Köln konnte die Geschäftsgeheimnisse von Jameson, Wolff & Spencer nachlesen.

»Dieser ...«

Mir fällt nicht mal ein passendes Schimpfwort ein, so fertig bin ich, ging es mir durch den Kopf, im selben Moment, in dem ich jemanden murmeln hörte:

»Was ist das eigentlich für ein Scheiß mit diesen neuen Sensor-Lichtschaltern? Muss man da jetzt ein Codewort klatschen oder was?«

Ich sah auf. Im Türrahmen stand ein Mann im Anzug, der so groß war, dass er das schwache Licht vom Flur mit seinem Körper abschirmte. Ich konnte ihn nicht erkennen, so sehr blendete die Handylampe mich.

»Frau Weber?«

»Ne, äh, Charlotte. Charlie. Fröhlingsdorf«, stotterte ich.

Geboren in der Uni-Klinik, vom Kreissaal in den Hörsaal, aufgewachsen in Köln-Dellbrück, weiblich, konfessionslos, Familienstand: verheiratet mit ihrer emanzipierten Sprachassistentin – was wollte ich ihm noch alles über mich erzählen? Ich war verwirrt, müde und verwirrt. Erstens: Verdammt, man hatte mich doch ertappt. Zweitens: Warum nahm dieser Typ wie selbstverständlich an, dass sich eine Frau Weber in Davids Büro herumtrieb, quasi unter seinem Schreibtisch? Drittens: *Oh, er kommt näher.*

»Ich habe den Lichtschalter auch nicht gefunden«, sagte ich kleinlaut über das leise Klacken seiner Anzugschuhe auf dem Teppich.

»Ja, ist ein ziemlicher Mist. Wegen Leuten, die meinen,

dass hier alle zwei Sekunden alles neu gemacht werden muss, anstatt sich auf das Wichtige zu konzentrieren«, fluchte der Typ drauflos, als wären wir alte Bekannte, als wäre es nicht völlig seltsam, dass eine fremde Frau, die nicht David oder diese ominöse Frau Weber war, hier nachts in einem Chaos aus vertraulichen Dokumenten auf dem Boden hockte.

»Verdammter *Lazy Track*, wegen dem wir den Workload jetzt erst recht nicht managen können«, fügte der Typ leise hinzu, mehr zu sich selbst.

Ich stutzte. Hatte er wirklich *Lazy Track* gesagt? Oder dichtete mein Hirn sich etwas zusammen?

Die Anzugschuhe kamen unmittelbar vor einem Schreiben zum Stehen, das mit Davids Standardfloskel »In vorbezeichneter Angelegenheit« begann, auch wenn gar nichts vorbezeichnet war. Schöne Schuhe, edle Schuhe. Einen Herzschlag später gingen die dazugehörigen Beine in die Hocke, und jetzt befand sich das Gesicht des Typen fast in meinem personal space. Ich holte tief Luft. Statt Druckerschwärze und Filz füllte sein maskuliner Geruch meine Lungen, ein frisches Parfum mit holzigen Noten, das mich an einen Waldspaziergang in der Dämmerung denken ließ, vermischt mit etwas Süßlichem, vielleicht von einem Bonbon.

»Eindeutig nicht Frau Weber. Und Herr Voigt sind Sie definitiv auch nicht.«

Nein, aber Frau Voigt, Frau Fast Voigt. Frau Niemals Voigt. Wie auch immer.

Mir fiel auf einmal das Sprechen schwer. Und vielleicht war das auch besser so. Ich war mir nicht sicher, ob aktuell mein präfrontaler Cortex, der für rationales Denken und Coding und alles Nützliche in meinem Leben zuständig ist, noch aktiviert war.

Dann blickte ich dem Fremden ins Gesicht. Im Halbdunkel waren seine Züge auf ihre Basisformen reduziert und hatten etwas von einer Kohlezeichnung. Dunkle, zerzauste Haare, dunkle Augen, von denen das eine vollkommen im Schatten lag, eine gerade Nase, volle, geschwungene Lippen, die von einem Bartschatten geziert wurden, der bis hinunter zu seinem irgendwie sanften Kinn reichte. Vielleicht war er gut aussehend, vielleicht schmeichelte ihm die Dunkelheit.

Vielleicht war das alles auch egal, weil er mich gerade aus ganz anderen Gründen in Schwierigkeiten brachte. Ich hatte hier nichts zu suchen. Ich durfte hier gar nicht sein und tun, was ich tat.

»Charlotte, hast du gesagt?«

Unter anderem, ja.

»Charlotte Fröhlingsdorf.«

Mehr eine Feststellung als eine Frage. Als teste er den Klang meines Namens auf seiner Zunge. Und ausgesprochen mit seiner Stimme, die ein angenehm dunkles und ein bisschen raues Timbre hatte, vielleicht von einem Marathon von Video Calls, der hinter ihm lag, ließ mich mein gehasster voller Name einmal nicht zusammenzucken.

»Und ... Charlotte Fröhlingsdorf ...«

Wow. Aus seinem Mund klang mein Name wirklich

schön. Vibrierte in meinem gesamten Körper, sogar an Stellen, die ich für klinisch tot gehalten hatte. Eine Gänsehaut bildete sich auf meinen Armen, und ich war froh, dass sie unter einem schwarzen Cardigan verborgen waren. Man hätte die dicken Hubbel vermutlich selbst im Dunkeln gesehen.

»Was genau tust du da?«

Der Apple-Start-Sound erklang in meinem Kopf. Mein präfrontaler Cortex meldete sich zurück: Dieser Mann spricht deinen Namen nicht aus, weil er mit dir flirtet, sondern weil er dich jetzt – zurecht – ins Kreuzverhör nimmt, du hohle Nuss.

Ich räusperte mich und tastete nach meinem Beutel, in den ich Davids Schlüsselkarte gesteckt hatte. Meine Stimme klang gepresst, weil ich mich lang wie eine Giraffe machen musste, um, ohne aufzustehen und hinzugehen, auch nur mit den Fingerspitzen dranzukommen, als ich ansetzte:

»Ich bin nur hier, weil ich für meinen Freund eine Akte holen wollte, der arbeitet hier und braucht die, weil sein Teamleiter aus dem Home Office angerufen hat und da noch was draus wissen will, konnte aber selbst nicht, dann sind diese ganzen losen Blätter rausgefallen, die wollte ich gerade abheften, ich habe übrigens auch seine Schlüsselkarte und kann meine Identität nachweisen, wenn ich meinen Perso hier irgendwo … irgendwo muss doch …«

Könnte sein, dass ich das »m« von »meinen« Freund gerade bei meinem Beitrag für die Weltmeisterschaft im Schnellsprechen weggenuschelt hatte. Und es könnte ebenfalls sein, dass ich diese verflixte Schlüsselkarte genauso wenig fand wie meinen Perso und jetzt wirklich ein Problem hatte.

»Frau Fröhlingsdorf. Charlotte.«

Die warme Berührung an meiner Schulter ließ mich schlagartig innehalten. Und wieder mein Name. Der Unbekannte machte mit der freien Hand eine wegwerfende Bewegung, nahm die andere von meiner Schulter und hielt sie nun in den halben Meter, der uns voneinander trennte.

»Siezen fühlt sich irgendwie falsch an so spät. Lass gut sein, ich glaube dir. Ist ja nicht so, dass dieses Schmitter-Projekt so bedeutsam wäre, dass dafür ernsthaft jemand einbrechen würde.«

Ich ergriff seine Hand. Fest und warm und weich fühlte sie sie sich um meine an.

»Nate«, sagte der Unbekannte mit leicht amerikanischem Akzent, so dass es wie *Nayt* klang.

»Nate?«

»Ja, Nate. Oder Nathaniel. Oder Na-te. Manchmal Näsäniel und, noch schlimmer, manchmal auch Nettie. Aber Nate ist mir am liebsten.«

Selbst im schwachen Licht sah ich, wie Nate das Gesicht beim Sprechen zu einer Grimasse und anschließend zu einem leichten Lächeln verzog. Dann nahm er seine Hand weg und ließ sich neben mir auf den Boden sinken, Schulter an Schulter.

»So ist das, wenn man Deutsch-Amerikaner ist und die Eltern sich einen Namen ausdenken, der in beiden Ländern funktionieren soll, aber in Deutschland dann so gar nicht geht.«

Er zuckte mit den Schultern und hob den Ordner auf. Perplex sah ich ihm dabei zu, wie er die abgehefteten Seiten durchblätterte.

»Charlotte klingt im Englischen auch zehnmal schöner«, rutschte es mir heraus, und ich wich Nates Blick aus, als er innehielt und zu mir aufsah.

»Wieso, was stimmt nicht mit Charlotte?«

»Ich weiß nicht, ist so altmodisch«, *weil nicht jeder es so smooth ausspricht wie du, sondern es bei den meisten wie ein Schimpfwort klingt,* »Und außerdem reimt es sich auf Marotte.«

»Und die hast du natürlich nicht.«

Ein neckischer Unterton mischte sich nun in seine dunkle Stimmfarbe. Ich tastete unwillkürlich nach meiner Kette, um mich mit irgendetwas von dem kribbeligen Gefühl abzulenken, das um meine Herzgegend tanzte, ließ sie dann aber los, als hätte ich mich daran verbrannt.

»Naja, ich ...«

... verbringe wohl zu viel Zeit mit einer Sprachassistentin, mit der ich mich besser verstehe als mit den meisten Menschen, obwohl sie mich eigentlich laufend beleidigt, ergänzte ich in Gedanken.

»War nur ein Spaß, Char-, ich sage ab jetzt einfach *Charlotte*«, er sprach es wie *Scarlett* aus, »zu dir, Deal?«

Gar nicht nötig, weil aus deinem Mund beides schön klingt, wollte ich erwidern, hielt mich jedoch im letzten

Moment noch davon ab. Nate schien keine Antwort zu erwarten. Er blätterte schon wieder. Ich sah ihm wieder dabei zu, während mein Gehirn die Ereignisse wie so oft zu einer Liste sortierte. Erstens: Er glaubte mir. Zweitens: Er nannte den Work-Life-Balance-Pfad wie ich *Lazy Track*. Drittens: Er mochte seinen Namen nicht – wie viele zufällige Gemeinsamkeiten konnte man mit einem Fremden in so kurzer Zeit entdecken? Viertens: Wenn er meinen Namen aussprach, deutsch wie englisch, mochte ich ihn aber irgendwie doch. Fünftens: Er saß jetzt neben mir auf dem Boden und blätterte in Davids Akte, um … *um was?*

Nate blätterte und schüttelte den Kopf und blätterte und murmelte dabei Dinge wie »Wurde der Ordner mit einer Shuffle-Taste erstellt?« oder »Das kommt dabei raus, wenn man …«.

Unvermittelt hielt er inne und wandte mir seinen Kopf zu. Jetzt war er so nah, dass ich sogar seinen Atem riechen konnte. Kein Bonbon. Eher ein Energy-Drink und ein Fruchtkaugummi. Irgendwie angenehm. Ich biss mir auf die Lippen, und fast meinte ich, dass seine Augen der Bewegung folgten.

»So, *Charlotte*«, sagte er nach einer langen Weile, in der ich nur das Surren der Flurlampe, seinen Atem und meinen Herzschlag hörte.

»Was hältst du davon, wenn du mir den Ordner abnimmst und ich dir sage, wo die Blätter auf dem Boden abgeheftet werden müssen, damit wir beide hier vor dem nächsten Vollmond noch mal rauskommen?«

Er wollte mir helfen.

Über meine Schulter schaute ich aus dem Fenster, wo der Mond als dünne Sichel gerade besonders hell leuchtete, und musste grinsen.

»Du musst das nicht tun, ich kann sie einfach an den Anfang —«

»Ich muss nicht, ich will.«

»Oh. Okay. Ich …«

»Und ich kann. Hier.«

Er reichte mir den Ordner. Ich nahm ihn auf meinen Schoß, seine Knöchel streiften dabei meine Hand, ich erschauderte von diesem Wispern einer Berührung. Und dann sortierten wir. Gemeinsam. Der Unbekannte, der so gut roch und mich nicht für eine Einbrecherin hielt, und ich. Nate überflog die Dokumentenstapel mithilfe seiner Handytaschenlampe, einen nach dem anderen, gab sie mir, deutete auf eine Stelle im Ordner, ich heftete sie ab. Kam richtig in den Flow, obwohl ich so müde, obwohl Abheften so stumpfsinnig war. Nach ein paar Minuten, in denen wir schweigend und einvernehmlich gemeinsam sortiert hatten, fragte Nate plötzlich, ohne den Blick vom aktuellen Dokument zu nehmen:

»Und, *Charlotte*, was tust du so, wenn du nicht gerade die Arbeit für einen Freund erledigst?«

Einen Freund. Hatte ich das »m« wohl definitiv geschluckt. Ich hätte ein schlechtes Gewissen haben müssen. Doch irgendwie war dafür gerade kein Platz. Stattdessen fühlte ich mich wohl. Gut. Leicht. Und noch etwas anderes.

Nicht wie Das-ist-Charlotte-Charlotte, sondern wie ... Rauchige-Schwaden-Scarlett-*Charlotte*.

»Ich bin Informatikerin und arbeite an einem Master-Algorithmus, der Frauen die Weltherrschaft sichern soll. Vergiss Backpropagation.«

Nun sah Nate doch wieder von seinem Schoß zu mir auf. Schlagartig bereute ich, was ich gesagt hatte. Bestimmt fand er das nicht lustig. Bestimmt hielt er mich jetzt für eine Irre. Noch mehr als zuvor schon.

Doch in seinem Blick lag nichts Geringschätziges. Wenn ich das trotz des Schattens über seinem Gesicht richtig deutete. Eher wirkte er überrascht. Vielleicht sogar beeindruckt.

Er lächelte. Zu gern hätte ich gesehen, ob es auch seine Augen berührte. Welche Farbe seine Iris hatte.

»Schade, dass du nicht hier arbeitest, *Charlotte*. Ich habe so das Gefühl, dass wir jemanden wie dich gut gebrauchen könnten. Du würdest es sicher besser machen als meine männlichen Kollegen.«

Wärme durchströmte mich, mein Herz machte kleine Flügelschläge. Gut, dass es so dunkel war. Sonst hätte er jetzt die Hitze in meinen Wangen bemerkt. Zwar konnte ich seine Augen kaum erkennen, doch spürte ich, wie intensiv er mich musterte. Fühlte ich mich von ihm gesehen. Obwohl, *weil* es dunkel war. Weil wir – so verrückt es klang – irgendwie auf derselben Wellenlänge waren. Seine Gedanken mit meinem System, seine Wärme und sein Duft, als hätte es jemand so programmiert.

Ich suchte nach etwas, das ich darauf erwidern konnte, irgendeine Antwort, die ich mit meiner trockenen Mundhöhle zustande bekam, als der Raum plötzlich in grelles Licht getaucht wurde.

»Nathaniel?«

Ein Mann in perfekt sitzendem Anzug stand nun im Büro. Einer, der sich offensichtlich mit den Lichtschaltern auskannte. Sein Gesicht war schmal und länglich und hatte etwas von einer Ananas. Er sah von mir zu Nate, ich von Nate zu ihm und zurück.

O mein Gott.

Mein Herz blieb stehen.

Ja, die Dunkelheit schmeichelte Nate. Weil diesem Typen jede verdammte Beleuchtung schmeichelte, selbst das grelle Energiesparlampenlicht von der Industrieleuchte über uns. Es war so, als hätte ich die gesamte Zeit geglaubt, neben einem Kater zu sitzen, während es in Wahrheit ein ausgewachsener Löwe war. Dieser Typ, er sah nicht einfach nur gut aus, er … und seine Augen … etwas zwischen *Navy* und *Midnight*, in Python schätzungsweise ein Wert zwischen 17 und 18, aber nur *fast*, diesen Farbton würde ich auch mit viel Bastelei niemals nachbauen können, ich …

… investiere nicht meine gesamte Arbeitszeit – gut, meine gesamte Zeit – in das Programmieren einer feministischen Sprachassistentin, um vor einem schönen Mann wie diesem in Ehrfurcht zu erstarren!, rief ich mir ins Gedächtnis. *Reiß dich zusammen, Charlotte!*

Nate reichte mir ein weiteres Dokument, seine Lippen

formten sich zu einem schiefen Lächeln. Es war das letzte Blatt.

»Ich bin sofort bei dir, Adrian«, sagte er, ohne den Blick von mir zu lösen.

Dann fasste er mir an den Arm. Ich spürte die Berührung *überall.*

»Ich hoffe, du kommst ab hier allein zurecht?«

Ich nickte knapp.

Vielleicht. Keine Ahnung. Ich wusste gar nichts mehr. War müde und hellwach zugleich und vor allem … *verwirrt.*

Er richtete sich auf. Seine Anzughose war nun voller Falten. Obwohl es sich nicht um Discounter-Ware handelte, scherte er sich nicht darum.

»Hat mich gefreut, *Charlotte* Fröhlingsdorf.«

Seine Stimme klang wieder so rau. Video-Call-Marathon, nichts weiter, Video Calls. Durch seine 17,5-tiefblauen Augen sah er mich noch einmal durchdringend an. *Das bilde ich mir ein. Das muss ich mir einbilden.* Dann wandte er sich ab. Ich blickte ihm hinterher, bevor ich mich auf wackeligen Knien aufrichtete. Hätte mir beinahe die Augen gerieben.

War ich eben vielleicht nicht gegen den Mülleimer, sondern mit dem Kopf gegen ein Regal gerannt und halluzinierte?

Ja. Ich brauchte wirklich dringend Schlaf.

4. Kapitel

Der nächste Morgen begann mit nackter Haut. Sehr viel nackter Haut. Die sich wie eine blanke Leinwand mit robuster Struktur direkt vor meinem Sichtfeld erstreckte. Ich war versucht, meinen Zeigefinger auszustrecken und mit der Kuppe kleine Muster auf die Linien der leicht definierten Muskeln zu zeichnen. Träumte ich noch?

»Was ist? Warum starrst du so ins Nichts?«

Oder auch nicht. Ich blinzelte. Rieb mir den Schlaf aus den Augen. Jetzt sah ich auch das zu der Haut, zum Oberkörper gehörende Gesicht. David, der mich irritiert musterte. Er stand vor dem Kleiderschrank in unserem Schlafzimmer neben meiner Seite des Betts, eine Hand am Türgriff.

Manchmal vergaß ich, was für einen schönen Körper er eigentlich hatte. Einen klassischen Fußballer-Körper, garniert mit ein bisschen Krafttraining. Schlank, aber nicht dünn, muskulös, aber nicht bullig.

»Nichts«, sagte ich schnell. »Nichts ist.«

»Grübelst du gleich nach dem Aufstehen über ein Coding-Problem?«

Spätestens dieser Kommentar killte jegliche sexuelle Vibes, die zumindest ich gespürt hatte, schlagartig. Ich war keine Expertin in Sachen Vorspiel. Aber das war definitiv keins.

Und ich grübelte nicht über ein Coding-Problem, sondern über etwas anderes. *Jemand* anderes. Dessen Gesicht sich gerade im Halbschlaf für eine Zehntelsekunde über Davids gelegt hatte.

»Gerne habe ich übrigens den Ordner für dich besorgt«, sagte ich patzig, um die aufkeimenden Schuldgefühle zu vertreiben.

Als ich gestern zurückgekommen war, war meine Wut auf David nicht nur wie von Zauberhand verflogen, sondern er hatte auch schon auf dem Sofa geschlafen.

»Ja, danke.«

David drehte sich um, öffnete den Schrank und fischte aus einem unendlichen Reservoir an bunten Trikots ein orange-schwarzes Long-Sleeve-Shirt hervor, das er sich jetzt überzog. Grell. Und so gar nicht schön.

… anders als …

Stopp. Hör endlich auf, an den heißen Kollegen deines Freundes zu denken, ermahnte ich mich. Ich krallte meine Finger unter der Bettdecke in das Laken und beschwor das Unsexieste herauf, das mir einfiel, um mein System zu rebooten. Simon Hertel auf einer Luftmatratze mit der Pydra. Keine Ahnung, wo das herkam. Vermutlich psychologisch bedenklich. Aber es funktionierte ähnlich gut wie eine Ohrfeige.

Quality Time, blitzte es in mir auf. Hatte Maxi neulich beim Vietnamesen erwähnt, und Maxi war sozial kompetent. David und ich mussten mal wieder was machen. Uns nicht von meiner Mutter in eine Diskussion über das H-Thema zwingen lassen, uns nicht über Emmi oder Aktenordner streiten. Vielleicht war jetzt ein guter Moment, um ihm vorzuschlagen, etwas zusammen zu unternehmen. Zwischen vierzehn und fünfzehn Uhr hatte ich noch nichts vor, da war eh mein Mittagstief, und es lief keine Bundesliga.

»Übrigens, David«, setzte ich an.

»Ja?«

Er drehte sich um, zog sich das Shirt über den Bauchnabel und musterte mich erwartungsvoll.

»Wenn du gleich wieder vom Fußballspielen zurück bist, da —«

Der Handywecker auf meinem Nachttisch klingelte. Und offenbar nicht der erste, sondern Notwecker Nummer 3, wie ich an der Beschreibung Aufstehen, wenn du verhindern willst, dass Simon dir in 55 Minuten beim Small Talk deinen Asimov-Witz klaut! erkannte.

Die Tagung. Verdammt. Hatte ich *gar nicht* mehr auf dem Schirm gehabt.

Ich sprang aus dem Bett.

»Muss die Pydra auf so eine Tagung begleiten.«

Bei der von uns Doktoranden nur Simon vortragen darf, weil mein Paper nicht durchgegangen ist.

Die Snake-Schlange kreiste wieder ihre Runden durch meinen Magen, mir wurde flau.

»Das wolltest du mir sagen? Dass du auf eine Tagung musst, wenn ich vom Fußball zurück bin?«

»Ne, die ist schon vorher, hab' ich nur voll vergessen.«

Etwas flatterte über Davids Gesicht, so schnell wie ein Windstoß. Zu schnell für mich.

»Na dann viel Spaß. Ich muss los zur Alki-Wiese.«

Ich hatte nicht einmal den Mund geöffnet, da schnalzte er schon genervt mit der Zunge.

»Es ist eine Wiese neben einer Reha-Klinik für Alkoholabhängige, kurz Alki-Wiese. Die hieß schon immer so, und die lasse ich mir auch nicht wegen deiner an der Uni erlernten krampfhaften Political Correctness umbenennen. Ciao.«

Hatte ich was gesagt? Hatte ich irgendetwas gesagt? Ja, ich fand den Ausdruck Alki-Wiese scheiße. Die Wiese war auch von Apfelbäumen, einem McDonald's und einer Waschanlage umgeben, hätte also genauso gut Apfel-, Mcces- oder Wasch-Wiese heißen können. Aber das hatte ich nur gedacht und nicht gesagt!

Weg war er. Ohne ein weiteres Wort.

Eine Faust legte sich um mein Herz und drückte zu. Schmerzhaft ziepend.

Bevor ich überhaupt nur eine Chance hatte, meine Traurigkeit wahrzunehmen, gab mir Notwecker Nummer 4 – ... **und in 53 den einzig genießbaren Keks!** – den letzten Tritt, den ich brauchte, um unter die Dusche zu springen.

Die Tagung fand im Arp-Museum in Remagen statt. Das Museum lag so nah an der Haltestelle Rolandseck, dass die Kristallprismen am riesigen Lüster des Tagungsraums bei jedem vorbeifahrenden Zug erzitterten. Und der einzige Grund, warum die Tagung trotz Simon Hertel keine Totalkatastrophe wurde, war die danach stattfindende Vernissage, die alle Tagungsteilnehmer besuchen durften.

Die Eingangshalle war in ein schummriges Licht getaucht und wirkte vor der bereits in Dunkelheit gehüllten Rhein-Kulisse besonders erhaben. Schick gekleidete Frauen und Männer, manche in Abendkleid und Frack, andere legerer, strömten in das Museum und auf den Sektempfang zu und zeigten mir deutlich auf, wie underdressed ich als Teil der IT-Gang war. Ich sah eigentlich mehr wie einer der Kellner mit ihrer schwarzen Dienstkleidung aus, die hier überall herumliefen. Dafür fehlte mir nur eines der mit Hors d'œuvres beladenen Tabletts. Ich griff nach einer mit Lachs gefüllten Blätterteigtasche, nahm mir ein Glas Sekt und ging selig lächelnd die Stufen zum Ausstellungsraum hinauf. Bislang hatte ich noch nie an einer Vernissage teilgenommen. Ich war sogar ein bisschen aufgeregt. Das war den Tagungsstress vielleicht wert gewesen, dachte ich. Fast hatte ich schon wieder vergessen, dass ich Simons Vortrag hatte protokollieren müssen. *Fast.*

Nachdem ich das leckere Lachshäppchen mit einem Schluck Sekt hinuntergespült hatte, zog mich ein überlebensgroßes Barockgemälde in opulentem goldenen Rahmen aus dem 17. Jahrhundert wie magisch an, das den Sieg Davids über Goliath zum Thema hatte. Mit den Augen wanderte ich an den reichen Verzierungen des Rahmens entlang, als unwillkürlich eine Erinnerung in meinem Kopf aufploppte. David und ich, vor Jahren im Wallraf-Richartz-Museum, ebenfalls vor einem David-gegen-Goliath-Barockgemälde. Ich, hellauf begeistert, er, mit verschränkten Armen und gelangweiltem Blick. *Gefällt mir nicht,* hatte er gesagt, mit dem Finger auf seinen biblischen Namensvetter gezeigt und auf seine politisch inkorrekte Art hinzufügt: *Dieser David sieht aus wie eine Dragqueen.*

Ich schüttelte den Kopf. Konnte doch nicht sein, dass ich hier auf dieser tollen Vernissage war, aber anstatt den Moment zu genießen, mich beim Anblick des barocken Davids nur wieder an meine Beziehungsprobleme erinnerte. Denn dass wir ein Problem hatten, daran konnte selbst ich nicht mehr vorbeisehen.

»Gefällt Ihnen das Bild etwa nicht?«

Ich fuhr herum und blickte geradewegs in die aufmerksamen Augen eines Professors unserer Fakultät, Professor Hoffmann. Er stand deutlich zu nah.

Ich machte einen Schritt zur Seite. Hoffmann tat es mir nach.

»Doch, schon«, murmelte ich. »Ich war nur in Gedanken.«

»Was beschäftigt Sie?« Er rückte noch näher an mich ran und legte seinen Kopf vertraulich zur Seite.

Ich fühlte mich eingekesselt. In meinem Rücken das wertvolle Gemälde, vor mir Professor Hoffmann. Auf der Tagung hatte er mich nicht mal mit dem Hintern angeschaut, jetzt – als Frau, nicht als Informatikerin – war ich auf einmal interessant.

Klassisch. Ich hätte mich ja gern einmal mit ihm darüber ausgetauscht, wie sie das bei ihm am Institut mit dem Reinforcement Learning so hinbekamen, dass Testroboter *Sandy,* benannt nach der Erzählung *Der Sandmann* von Hoffmanns Namensvetter E.T.A. Hoffmann, selbst feinmotorisch höchst anspruchsvolle Aufgaben wie das Einräumen einer Spülmaschine löste. Nicht darüber, was mich beschäftigte, wenn ich auf ein Kunstwerk schaute.

»Wussten Sie, dass ich in meiner Freizeit Sigmund Freud studiere? Ich kann Ihnen die tiefsten Geheimnisse Ihrer Seele verraten.«

Und noch weniger über Psychoanalyse nach Freud. Ugh. Hatte der nicht immer nur Sex im Kopf gehabt? Wie kam ich jetzt aus dieser misslichen Lage wieder raus? Hätte ich mich doch nur vor einen Rubens statt vor einen No-Name-Künstler gestellt. Da wären wir spätestens nach ein paar Sekunden weggeräuspert worden.

»Haben sich nicht die meisten von Freuds Theorien als überholt erwiesen?«, kam es von hinten.

So etwas wie ein Stromschlag ging plötzlich durch mein Herz. Mit einem Mal waren alle meine Sinne hellwach, das Blut floss in Sturzbächen durch meine Adern.

Das konnte nicht ... unmöglich konnte es ...

»*Charlotte.*«

Da gab es nur einen, der ihn amerikanisch aussprach und bei dem die Zunge so über das *l* tanzte, dass es fast unanständig war. Professor Hoffmann neben mir zuckte zusammen. Als hätte man ihn gerade auf frischer Tat ertappt. Was ja auch irgendwie stimmte. Nate drängte ihn mit seiner Schulter zur Seite und legte schützend einen Arm um mich. Mein Puls wummerte jetzt so, dass ich ihn an meinem Hals spürte, als würde jemand darauf telegraphieren, Nates Körperwärme legte sich whirlpoolwarm über mich.

Er war es wirklich. Welcher Zufallsalgorithmus auch immer uns hier zusammengewürfelt hatte.

»Ich wäre schon früher da gewesen, aber ich hatte mal wieder mit den Lichtschaltern im Büro zu kämpfen«, sagte er so locker, als wären wir tatsächlich verabredet.

Wie von selbst grinste ich, und die Anspannung fiel Schicht für Schicht von mir ab.

»Vielleicht sollten wir es mal mit Öllampen probieren.«

»Was will dieser schmierige Idiot von dir?«, raunte er mir ins Ohr, während Hoffmann im Hintergrund irgendeinen Quatsch davon redete, dass er Freud als Historiker und nicht als Psychotherapeuten lese und blabla, interessierte mich nicht, Nates warmer Atem kitzelte an meinem Ohr, so dass sich die kleinen Härchen aufstellten, statt Sauerstoff sog ich nur noch Holz und Gewürze und Frische in meine Lunge.

»Ist ein Prof von meiner Uni«, sagte ich leise und hatte Mühe, auf Nates angewiderte Grimasse nicht in Gelächter auszubrechen. Wenn mir Hoffmanns Titel und seine Position doch auch nur so wenig Respekt eingeflößt hätten wie ihm. Dann hätte ich ihm für seinen Old-School-Tiefenpsychologie-Sexismus genauso einen schlagfertigen Spruch reingedrückt.

»Was machst du hier?«, fragte ich genau in dem Moment, in dem hinter uns der Typ von gestern auftauchte und sagte:

»Nathaniel, ich habe jemanden mitgebracht, der dich gern kennenlernen würde.«

Herr Becker mit dem Ananas-Gesicht, der Bezwinger der Lichtschalter. Nate ließ mich los und trat einen Schritt zur Seite, während Herr Becker meinen Blick auffing und die Stirn runzelte.

»Sie schon wieder«, sagte er wenig freundlich. »Sie waren doch gestern schon bei uns im Büro. Treffen wir jetzt jeden Abend auf Sie?«

An Nate gewandt:

»Das ist doch unsere Einbrecherin von gestern, oder?«

Nate lachte auf, es klang mehr wie ein Schnauben.

»Sie ist keine Einbrecherin. Hab' ich dir gesagt. Charlotte, das ist Adrian Becker, mein persönlicher Assistent. Herr Becker, das ist Charlotte Fröhlingsdorf, sie ist Informatikerin.«

Irgendwie irritierte mich die Du-Sie-Situation zwischen den beiden, sie schienen sich nicht festlegen zu können. Dass Nate mich ihm allerdings als Informatikerin vorstellte, als würde er mich wirklich ernst nehmen, sandte einen warmen Schauer meinen Rücken hinunter.

»Freut mich«, sagte Adrian Becker schmallippig und ignorierte meine ausgestreckte Hand.

»Wen ich dir vorstellen wollte …«

Aus seinem Schatten trat eine auffällig schöne Frau in rotem Abendkleid, die Nate nun anstrahlte. Mir entging nicht, dass Professor Hoffmann, der hier *immer noch* bei uns rumstand, seinen Blick in ihr Dekolleté gleiten ließ. Um eine Freud'sche Theorie zu testen, vermutlich. So aus rein historischem Interesse.

»Das ist Lavinia Oltrowski, die Kuratorin der Ausstellung. Frau Oltrowski, das ist Dr. Nathaniel Spencer, Partner bei *Jameson* —«

Ich schnappte noch die Worte *Hauptsponsor*, *Nachfahre von Hans Arp*, *Verbindung zur Kunst* und *Grußwort* auf. Der Rest ging unter in einem lauten Fiepen auf meinem linken Ohr und meinem wie ein Geysir aus dem Nichts hervorschießenden Gedankenwasserfall.

Nein, nein, nein, nein, nein. Das geht nicht, das ist unmöglich, ich liege vielleicht immer noch mit geprelltem Kopf neben dem Mülleimer in Davids Büro und halluziniere, aber das, was Adrian Becker behauptet, kann nicht stimmen. Nate ist nicht, er kann nicht … Nate, der sich einfach zu mir auf den Filzteppich setzt und mit mir Dokumente sortiert und mich Charlotte wie Scarlett nennt und vor Sexisten rettet … Er ist viel zu jung, viel zu … heiß. Er. Kann. Nicht. Partner. Von. Jameson, Wolff & Spencer. Sein. Verfluchter Namenspartner! Nur fünfzigjährige Bernhards mit weißen Nasenhaaren sind Partner in Großkanzleien! Er. Kann. Nicht. Davids. Chef. Sein.

Was als Nächstes passierte, nahm ich wie von außen wahr. Nate, der in ein Gespräch mit der Kuratorin verwickelt wurde, aber seinen intensiven 17,5-Blick zu mir schwenken ließ. Herr Becker, der ihn alle zwei Sekunden am Arm anfasste. Die Pydra, die zu uns stieß. In Begleitung von Simon Hertel und dem Winkler. Simon, der der Pydra ein Hors-d'œuvre reichte und Hoffmann zum wiederholten Sieg von *Sandy* beim RoboCup gratulierte (*Schlei-mer!*). Der Winkler, der, offenbar ebenfalls mit der Kuratorin bekannt war, sich in das Gespräch mit Nate – Dr. Nathaniel *Bernhard* Spencer – einklinkte. Die Pydra, die lauthals etwas von einem neuen Mentoring-Programm für Frauen an unserer Uni erzählte (*zynisch*). Ich, so versteinert und nutzlos wie der David in meinem Rücken, nur ohne Steinschleuder, intellektuell unbewaffnet, System Error.

»Sag mal, Charlotte«, sprach mich Simon irgendwann an. In einem Moment, in dem die anderen just ihre Gespräche einstellten. In dem das gesamte Museum eine Atempause machte. *Perfekt.* Mein Blick traf auf Nates. Und was hätte ich dafür gegeben zu wissen, was hinter seinen schönen Augen gerade vor sich ging. Sie gaben nichts preis.

»Petra und ich haben überlegt, dass es doch toll wäre, wenn du dein Protokoll digitalisieren und vielleicht einen kleinen Beitrag für den Uni-Blog verfassen könntest, so als Tagungsbericht.«

Petra und ich haben überlegt – als teilten sie sich nicht nur das Du, sondern nun auch noch das Gehirn. Moment. Was?!

»Ich soll …«

Warum tat sich nicht der Boden auf, um mich zu verschlingen. Simons Vorschlag war allgemein erniedrigend. Aber vor Nates Ohren war er wie ein Sturz, der einfach nicht enden wollte. *Peinlich, schrecklich, unangenehm, tiefer und tiefer und tiefer ...*

Das Schweigen des Museums wurde noch intensiver, drückte mir die Luft ab. Ich fühlte mich wie auf einer unserer großen Familienfeiern. Wenn die eine Tante fragte, *was ich da jetzt eigentlich genau machte*, und alle zuhörten, weil sie gerade aßen. Und es mir mal wieder nicht gelang, mein Projekt kurz und laienverständlich zu pitchen, und die ahnungslosen bis gelangweilten Blicke von Sarina und Co sich um ein Vielfaches multiplizierten, während meine Scham zu einer exponenziellen Gleichung wurde. So wie jetzt. Nicht nur, dass Hoffmann und der Winkler live mitbekamen, dass ich das kleinste Licht an unserem Institut war, die wussten es ja schon. Jetzt wussten es aber auch noch die Kuratorin, Davids Kollege und Nates Assistent Adrian Becker, *Nate*. Dr. Nathaniel Spencer. Sein Chef.

Und ich hatte geglaubt zu wissen, was Scham war. Dabei hätte ich bislang nur den Prototypen dieses Gefühls getestet. Das hier war Scham.

»Mhm«, sagte ich unbestimmt, weil meine Stimme so belegt war.

»Ich muss dann ... kurz ... bis gleich.«

Vage deutete ich irgendwohin zwischen Feuermelder und Prometheus, dem von einem Adler die Leber aus dem Ölgemälde-Bauch gefressen wurde. Wartete nicht die Reaktionen ab, sondern machte mich mit schwappendem Sektglas auf und davon. Irgendwohin. Nur Hauptsache weg aus diesem Raum, in dem die Wände auf mich zukamen. Links die Treppe hinunter wäre ich ins Foyer und zu den Toiletten gelangt. Doch irgendetwas zog mich nach rechts, wo ein langer, menschenleerer Flur das Verbindungsstück zu einem noch viel größeren Teil des Museums bildete.

Mit jedem Schritt, den ich ging, verstärkte sich das seltsame Gefühl in mir, in einer ganz anderen Welt gelandet zu sein. Die Stimmen aus der Vernissage waren nur noch gedämpft zu hören wie durch eine Wattewand. An der Decke hing eine Lichtinstallation aus gekringelten Neonschläuchen, die zu einem blitzenden Stück Leinwand führte.

Am Ende des Gangs blieb ich vor der Leinwand stehen. Sie war komplett weiß, kleine Lichtpunkte funkelten darüber wie bei einem Nachthimmel, über dem im Sekundentakt Sternschnuppen verglühten. Allmählich beruhigte ich mich ein wenig, die Kunst wirkte wie Baldrian auf mich.

»Ziemlich magisch, oder?«

Ich fuhr herum. *Nate*. Magisch hin oder her, mit einem Schlag interessierte mich das Kunstwerk nicht mehr.

»Du bist einer der Namen.«

Und ich bin eine Katastrophe. Eine filterlose, titellose, bedeutungslose Katastrophe.

Nate lachte auf. Dabei funkelten seine tiefblauen Augen ähnlich wie die Lichtpunkte im Hintergrund. Er machte einen zaghaften Schritt auf mich zu.

»Vergiss den Namen, Charlotte ohne Marotte.«

Auch ich lachte jetzt, obwohl mir kurz zuvor mal wieder zum Weinen zumute war. Nate brachte so eine Leichtigkeit mit sich. Sei es beim spätabendlichen Akten-Sortieren oder im Nachbeben einer desaströsen Tagung, bei der man mich vor allen bloßgestellt hatte. Obwohl er war, wer er war. Vielleicht weil er war, wer er war.

Er kam näher, stellte sich neben mich und stupste sachte mit seiner Schulter gegen meine. Als er mich von der Seite ansah, war sein Grinsen verblasst und einem ernsten Gesichtsausdruck gewichen.

»Deine Kollegen scheinen ziemliche Arschlöcher zu sein. Bist du okay?«

Seine Worte überrumpelten mich. Dass er hier war. Dass er sich interessierte. Dass er den Nagel auf den Kopf traf. Fahrig schob ich meine Brille auf dem Nasenrücken vor und zurück, auf der Suche nach einer passenden Antwort. Einer, die ehrlich war – denn irgendwie hatte ich das Gefühl, mich ihm anvertrauen zu können. Aber auch einer, die mich nicht erbärmlich wirken ließ. Mein Herz schlug schon wieder so schnell.

Ehe mir etwas einfallen konnte, schob Nate ebenso unvermittelt nach:

»Ich weiß, was du brauchst.«

»Hm?«

Ich sah zu ihm hoch. Sein Blick brannte sich unter meine Haut, mir wurde heiß und kalt und schwummrig. *Ich weiß, was du brauchst.* Nebel über meinen Gedanken. Was bei Alan Turing … Ich musste mich verhört haben. Oder?

Ich weiß, was du brauchst. Jemanden wie mich. Jemanden, der dich zum Lachen bringt, mit dem du gemeinsame Interes-

sen hast, der dich ernst nimmt und unterstützt und das Gleiche vom Leben will wie du.

Ich schüttelte mich innerlich. Wo kam das auf einmal her? Ich kannte diesen Mann nicht. Und er war Davids Chef. Nicht nur ein anderer Mann und x-beliebiger Kollege von ihm, sondern einer von den millionenschweren Partnern. Ich sollte gehen.

Doch ich wollte nicht gehen. Ich konnte nicht gehen. Musste hören, was er mir sagen wollte. Meine Lippen teilten sich, Nate schaute auf meinen Mund und wieder hoch zu meinen Augen. Noch immer so intensiv.

»Ja, *Charlotte*«, sagte er, rau und dunkel und Gänsehaut.

Mein Herz hämmerte wie wild. Was passierte hier gerade? Eben war ich noch die lächerlichste Figur im gesamten Arp-Museum, der gesamten Uni Köln, und jetzt … fühlte ich mich leicht und rauchig-schwadig.

»Du brauchst ein Netzwerk.«

»Was?«

»Kennst du die ›Cologne Tech Women‹?«

Seine Worte erwischten mich wie eine eiskalte Dusche. Wie die kalte Dusche, die ich Gefühlswarmduscherin dringend nötig hatte.

»Du kennst sie also nicht. Google die mal. Das ist ein Zusammenschluss von Frauen im IT-Bereich, die sich regelmäßig treffen und gegenseitig unterstützen. Ich empfehle unseren neuen IT-Mitarbeiterinnen auch immer, dort hinzugehen. Könnte helfen.«

»O wow, danke, das ist …«

Verdammt nett. Aufmerksam. Süß. Zwar nicht das, womit mein merkwürdiges Gehirn gerechnet hatte, aber doch eigentlich so viel besser. Wie konnte es sein, dass mich ein Mann, den ich zwei Sekunden kannte, schon so viel besser verstand als einer, mit dem ich mein halbes Leben verbracht hatte?

Bevor ich meinen Satz beenden konnte, ertönte ein demonstratives Räuspern, das mich sofort einen Schritt zur Seite machen ließ. Nate und ich drehten uns um, und da stand sein persönlicher Assistent, die Stirn in Falten gelegt.

»Da bist du, Nathaniel«, sagte er, mit so etwas wie einem tadelnden Unterton in der Stimme. Als sein Blick zu mir wanderte, verwandelten sich seine Augen in Dartpfeile.

»Du sollst doch noch ein Grußwort sprechen.«

»Ach ja, das.«

Nate schaute wieder zu mir. Sein Blick wirkte verdächtig genervt, bevor er wieder sanft wurde. Flüchtig legte er eine Hand an meinen Arm.

»Mach das wirklich mal, ja?«

»Okay.«

Mehr als ein Krächzen brachte ich nicht zustande. Nate machte einen Schritt auf seinen Assistenten zu und sah mich über seine Schulter noch einmal an. Weich. Seltsam vertraut. Mit einer Spur von ... was? Von Bedauern? Verpasster Chance?

Dann drehte er sich um und verschwand an der Seite von Herrn Becker aus meinem Sichtfeld.

5. Kapitel

Unser Taxi passierte einen von Eichen und Trauerweiden umgebenen See und kam vor einem barocken Herrenhaus mit Säulenportal zum Stehen. Das Haus wurde von Scheinwerfern bestrahlt und sah mit seiner efeubewachsenen Fassade, den vielen Erkern und Türmchen wie ein verwunschenes Märchenschloss aus.

Meine Hand bebte leicht, als ich sie an den Türgriff legte. Ich holte tief Luft. Das war er also, der Abend, für den ich im Vorfeld in meinem Kopf eine endlose Wiese mit virtuellen Gänseblümchen zerpflückt hatte. Gute Idee mitzukommen. Schlechte Idee mitzukommen. Sehr gute Idee. Sehr schlechte Idee. Hervorragende Idee. Ausgesprochen dumme, fahrlässige und fatale Idee. Du verabscheust formelle Anlässe, hatte ich mich erinnert, du kannst weder tanzen noch souverän und sozial unauffällig Konversation betreiben, und du hast Angst vor Löwen in der freien Wildbahn. Bleib. Zu Hause.

Dann hatte ich auf wundersamste Idee doch noch ein kleines verpixeltes Blütenblättchen in meinem Kopfkino-Game aufgespürt, und hier war ich nun.

Wir stiegen aus.

Die abendliche Landluft wehte durch meine offenen Locken, mein königsblaues Abiball-Kleid, das zum Glück noch passte, wallte auf, ich trug Kontaktlinsen statt meiner Nerd-Brille, und kurz fühlte ich mich selbstbewusst, sexy und würdevoll. Wie ein Upgrade meiner selbst. Umso mehr noch, als David mich unerwartet an der Hüfte fasste und mir ins Ohr raunte: »Wow, du siehst verdammt heiß aus, Nerdy.«

»Du siehst auch … okay aus.« Ich grinste und reckte die Nase provokant Richtung Sternenhimmel. Eine starke Untertreibung. In seinem hellblauen Woll-Leinen-Sakko und den Chinos sah David unwahrscheinlich gut aus. In dem Sinne, dass es an ein stochastisches Wunder grenzte, dass ausgerechnet ich mich an seinen Arm klammern durfte. Diese Kombination aus lässig und schick war so *er*, so verführerisch, dass mein Herz völlig überraschend ein kleines bisschen stolperte.

Und ich im nächsten Moment mit ihm. Weil sich jetzt rächte, dass ich mich für eine Flirtspezialistin hielt, die beim Laufen nicht auf den Boden schauen musste. Der Pfennigabsatz meiner Pumps verhakte sich im Kies, ich kippte nach vorn. Wäre ja auch zu schön gewesen, wenn ich ganz ohne Reinforcement Learning meine Sneakers problemlos gegen spaghettidünne Stelzen austauschen und mich trotzdem normal fortbewegen könnte. David fing mich im letzten Moment ab.

»Karma vielleicht?«, flüsterte er, mit einem schelmischen Grinsen auf den Lippen.

Ich schnaubte. Als wenn. Karma war der Ablasshandel des 21. Jahrhunderts. Gab es nicht.

»Physik. Nichts sonst.«

Und die Physik holte mich buchstäblich auf den Boden der Tatsachen zurück. Erinnerte mich daran, warum ich mich heute mit dem einzigen schicken Kleid in meinem Besitz verkleidet hatte. Wo wir hier waren. Warum ich überhaupt dabei war. Wer vielleicht, höchstwahrscheinlich, noch da war. Wie die letzten beiden Aussagesätze zusammenhingen.

Heute Abend, eine Woche nach Nates und meiner zufälligen Begegnung auf der Tagung, fand der jährliche Frühlingsball von Jameson, Wolff & Spencer statt, und ich war – einfach so, ganz spontan, ohne Hintergedanken – heute zum ersten Mal als Davids Begleitung mitgekommen.

Durch die Menge aus Männern in Designer-Anzügen und Frauen mit funkelnden Diamantcolliers bahnten wir uns einen Weg von der Eingangshalle zum Festsaal. Dort gab es eine Bühne, eine großzügige Tanzfläche und einige runde Tische, auf denen Gedecke für ein 3-Gänge-Menü und Blumenarrangements standen. Ein Kellner führte uns zu unserem Tisch, an dem bislang noch niemand saß.

Wir ließen unsere Blicke über die Namenskärtchen wandern. In dem Moment, in dem ich unsere entdeckte, stieß David einen leisen Fluch aus.

»Natürlich müssen wir ausgerechnet an einem Tisch mit Captain America sitzen.«

Ich runzelte die Stirn. Captain America?! Dann sah auch ich die Karte. Und mein Herz setzte einen Schlag aus. Dr. Nathaniel Spencer. Gleich neben Adrian Becker.

»Äh, Dr. Spencer?«, fragte ich, gespielt arglos, als ich mich auf meinem Platz niederließ.

Himmel, mein Herz machte jetzt schon Backflips auf einem Trampolin. Wie sollte es erst werden, wenn Nate gleich an unseren Tisch kam?

»Ja, ist ein richtiges Arschloch.«

Oh. *Oh.*

Schlagartig fühlte ich mich, wie unser oller Instituts-PC sich fühlen musste, wenn zu viele Anwendungen gleichzeitig geöffnet waren. Nate an unserem Tisch, Davids Chef, David hasste seinen Chef, David wusste nicht, dass ich per Du mit seinem Chef war, dass ich ihn nicht hasste, sondern ... ich musste was sagen.

»Ah.«

Das sprachliche Äquivalent zur Windows-Uhr. Brachte mir vielleicht ein paar wenige Sekunden ein, doch jetzt löste David seinen Blick von der Karte und musterte mich. Als erwarte er eine sinnvollere Reaktion. Eine, die mehr als zwei Buchstaben lang war.

Hitze schoss mir in die Wangen. *Sag es, wie es war. Du hast nichts falsch gemacht.*

»Äh, es könnte sein, dass ich ihn neulich kennengelernt habe.«

Ich griff nach der Wasserkaraffe vor mir, schenkte eisgekühltes Wasser in ein Kristallglas und nahm einen großzügigen Schluck.

»Als ich den Ordner für dich geholt hab, weißt du?«

Und noch einen Schluck.

»Da sind wir uns über den Weg gelaufen. Er ... äh ... hat mich geduzt.«

David schüttelte den Kopf, ein ungläubiges Lächeln auf den Lippen, frei von Humor.

»Mein Beileid, dass du ihn treffen musstest.«

»Hm«, sagte ich.

Bevor ich noch etwas hinzufügen konnte und mich womöglich um Kopf und Kragen redete, bekamen wir Zuwachs und meine Wangen hatten Gelegenheit, etwas runterzukühlen. Davids Kollegen mit ihren Partnern, darunter eine sehr attraktive junge Anwältin namens Ann-Kathrin Weber, die direkt neben David Platz nahm.

Kurz darauf stieß Adrian Becker dazu, von Nate fehlte jede Spur. Auch als ein weißhaariger Partner-Bernhard bereits das Grußwort sprach und das neuartige Dine-and-Talk-Konzept erläuterte, bei dem Junganwälte mit den Partnern der Kanzlei ins Gespräch kommen sollten.

Stand er im Stau? War er krank? Fesselte ihn ein Arbeitsnotfall an den Schreibtisch? War es gut, wenn er nicht kam, war es schlecht, welches verpixelte Blütenblatt blieb übrig?

Ein langer Schatten legte sich über unseren Tisch. Begleitet von einem unverwechselbaren Geruch aus maskulinen Noten, Gewürzen, Energy-Drink. Direkt hinter mir. Wärme prickelte in meinem Nacken und breitete sich nach unten um meine Herzgegend aus. Ich sah von der Tischdeko-Gerbera auf, die ich gerade zerpflückte, ein analoges Gänseblümchen. Genau in sein Gesicht, genau in seine Augen. Und mir wurde klar, dass es nicht genug kühles Wasser in diesem Herrenhaus geben konnte, um die Hitze in meinem Körper zu vertreiben, etwas gegen die Trockenheit in meiner Kehle auszurichten.

Nates marineblauer Mitternachtsblick leuchtete. Er hob einen Mundwinkel zu einem schiefen Lächeln an, mein Herz wechselte den Aggregatzustand, von fest auf flüssig, und flüssiger, je länger dieser nonverbale Austausch hielt.

»*Char* —«

Seine Zunge setzte schon dazu an, sich amerikanischweich um das »l« zu legen, als er sich im letzten Moment fing, und meinen Namen deutsch beendete.

»-lotte.«

An unserem Tisch stellten alle ihre Gespräche ein, als hätte jemand auf *mute* gedrückt.

»Nathaniel.«

Ich nickte und lächelte knapp, alles fühlte sich steif und falsch an. Sein voller Name, mein voller Name, dieses Setting hier mit Publikum, mit meinem Sitznachbarn, meinem Freund, dessen Blick ich ebenfalls auf mir spürte … nicht aufzustehen und Nate zu umarmen? *Was in aller Welt ist los mit mir?*

»Abend«, sagte Nate locker in die Runde und setzte sich neben Adrian Becker, drei Plätze entfernt von mir. Der Bann zwischen uns war gebrochen, doch es war noch immer angespannt still.

Bis Nate lachte. »Das hier ist ein Dinner, kein Meeting. Sie können einfach weiterreden.«

Verhaltenes Gelächter.

»Und mich natürlich alles fragen, was Sie schon immer einmal wissen wollten.«

»Diese Chance sollten Sie auf jeden Fall nutzen«, fügte Adrian Becker eifrig hinzu. »Dr. Spencer ist der jüngste Anwalt, der es je zum Namenspar —«

Ich blendete seine Stimme aus. Sich zu vergegenwärtigen, wer genau Nate war, machte alles nur noch schlimmer. Unauffällig schielte ich zu David, doch seine Aufmerksamkeit galt nicht mir, sondern dieser Anwältin. Sie zog ihn gerade wegen der jüngsten Köln-Niederlage auf, von der ich nichts mitbekommen hatte. David lachte herzhaft und legte dabei sogar seinen Kopf in den Nacken. Etwas in mir zog sich unwillkürlich zusammen. Mein Herz, meine Lunge, mein Brustkorb, vielleicht von allem ein bisschen.

Wann hatte David zuletzt über einen Witz von mir gelacht? Gut ... wann hatte ich zuletzt versucht, ihn mit einem Witz zum Lachen zu bringen? Und Weber ... wo hatte ich diesen Namen schon einmal gehört?

Ich ließ meinen Blick wieder in die andere Richtung schwenken, zu Nate und Adrian Becker. Auch ein Fehler. Weil ich jetzt sah, wie Nate den anderen Anwälten mit engagierten Gesten etwas erklärte und dabei seine Augen so leuchteten, wie wenn er ... wenn er *mich* ansah. Verdammt. An diesem Tisch zu sitzen, war wie eine Runde *Minesweeper* zu spielen, alles vermintes Gebiet. Das einzig sichere Feld war die blöde Gerbera, die ich nun weiter auseinandernahm. Und Eiswasser. *Viel* Eiswasser.

Viel Eiswasser – das war mathematisch recht simpel – war gleichzusetzen mit häufigen Toilettenbesuchen. Und als ich nach dem Dessert von einem dieser Besuche zurückkam, in Gedanken bei meinem nächstem Blogeintrag, und mich an den äußeren Rändern des gefährlichen Terrains *Tanzfläche* entlangschlängelte, lief ich gegen eine Wand. Oder eine Säule. Oder … ich hob den Kopf. Oder gegen *Nate*.

Verflucht. Wieso musste ich auch immer auf den Boden gucken beim Denken? Warum nicht, wie eben beim gescheiterten Stolzieren, in die Luft? »Sorry … das … äh … wollte ich nicht«, stotterte ich und rieb mir über meine leicht pochende Schläfe.

Warum konnte er auch keinen Workaholic-keine-Zeit-für-Sport-Oberkörper haben, der den Aufprall abfederte? Warum musste er das gesamte Paket mitbringen?

»Alles in Ordnung?«

Er musterte mich besorgt.

»Das fragst du mich?«, platzte es aus mir heraus. »Ich bin in *dich* reingelaufen. Wenn meine Denkgeschwindigkeit ungefähr meiner Schrittgeschwindigkeit entsprach und man das mit der Masse meines Kopfes multipliziert, stelle ich mir das als einen recht schmerzhaften Energieaustausch auf deiner Seite vor.«

Und warum schwamm meine social awkwardness eigentlich immer an der Oberfläche wie Fett auf Wasser? Warum konnte ich zur Abwechslung nicht mal schweigen oder was Unkomisches sagen?

Statt der obligatorischen nach oben wandernden Brauen,

gekräuselten Lippen oder weit aufgerissenen Augen folgte auf meine Äußerung ein Lachen. Nates schönes, dunkles, gänsehautiges Lachen. Jemand lachte über meinen Witz. Nicht nur jemand, sondern er, und es fühlte sich schön an. Herzklopfig leicht. Da war auch nebensächlich, dass ich gar keinen Witz gemacht hatte.

»Mal über Stand-Up nachgedacht? Oder wenigstens einen Science Slam? Mir geht es gut, mach dir keine Sorgen.«

Im nächsten Moment spürte ich seine Fingerkuppen auf meinem nackten Arm, hauchzart, und es reichte, um schlagartig meinen Puls zu beschleunigen.

»Willst du tanzen, *Charlotte*?«, fragte er, zu mir heruntergebeugt, so dass ich seinen süßlichen Atem inhalierte.

»*Tanzen*?«

Ich schaute Nate ungefähr so entgeistert an, wie ich auf der Tagung Simon angeschaut hatte, als er das mit dem Bericht vorschlug.

»Ja, *Charlotte*, tanzen«, Nates Fingerkuppen zeichneten ein Muster auf meinen Arm, begleitet von einem Prickeln unter meiner Haut, als würde das Blut in meinen Adern köcheln. »Das ist dieser motorische Vorgang, bei dem zwei Menschen zum Takt eines Musikstücks ihre Gliedmaßen auf eine Weise koordinieren, dass es die Ausschüttung von Hormonen wie Endorphinen oder Oxytocin begünstigt.«

Das Einzige, was gerade tanzte, war mein Atem, in einer Art schnellem Foxtrott, nicht mit der Musik koordiniert, sondern mit meinem weiter an Fahrt aufnehmenden Herzschlag.

Ich konnte nicht tanzen. Hatte es nie gewollt. Schon gar keine Standardtänze, die ich für altmodischen Bullshit hielt, der rechtlosen Debütantinnen aus dem vorletzten Jahrhundert dazu gedient hatte, Ehemänner zu finden.

Aber jetzt, in diesem Moment, spürte ich plötzlich eine unanständige Sehnsucht in mir. Diesem Mann nahe zu sein. Obwohl ich dafür tanzen musste. Obwohl ich mit David zusammen war. Obwohl David auch hier war. Obwohl Nate Davids Chef war.

Ich sog meine Unterlippe zwischen meine Zähne und schüttelte den Kopf.

»Ich kann nicht tanzen«, brachte ich tonlos hervor, ein letzter Strohhalm, an den ich mich klammerte, um Nates Sog zu entkommen. Überraschung schwappte über seine schönen Gesichtszüge. Bevor es einem anderen Ausdruck wich, einem entschlossenen. Direkt an mein Ohr raunte er:

»Und du glaubst, die da hinter mir könnten es alle?«

Ich hielt den Atem an. Sah über seine Schulter zur Tanzfläche, versuchte zu ignorieren, wie nah sich Nates und mein Gesicht durch diese kleine Bewegung kamen, beobachtete die Tanzpaare eine Weile und wisperte schließlich, unangenehm gehaucht:

»Möglich.«

»Schwachsinn, die treten nur von einem Fuß auf den anderen, das kannst du auch. Komm schon, *Charlotte*.«

Er streckte die Hand, die zuvor über meinen Arm gestrichen hatte, neben mir aus. Und lächelte. Schief. Verschwörerisch. *Sexy.*

In meinem Kopf flackerten die Emotionen wie bei einer Empfangsstörung zwischen zwei Radiosendern. Oder eher drei Radiosendern. Altmodischer Bullshit. David. Dieses Lächeln. Altmodischer Bullshit. David. Dieses Lächeln. David. Dieses ... *David*.

Und als ich dann in ein paar Metern Entfernung einen Blick darauf erhaschte, wie David am Tisch feixend mit der Weber die Köpfe zusammensteckte, siegte Nates Lächeln, und ich griff nach seiner Hand.

Wieder so weich und warm und fest.

Bestimmt navigierte Nate uns durch die tanzenden Paare, bis er eine passende Stelle auf dem Parkett für uns auserkoren hatte. Mir fielen die neidischen Blicke auf, die mir die anderen Frauen zuwarfen. Und nicht nur die.

Wir blieben voreinander stehen. Ohne zu zögern, legte Nate einen Arm um mich, ich um ihn, und dann ... schwebte ich. Nicht nur mein Herz wechselte den Aggregatzustand, sondern mein gesamter Körper wurde flüssig und leicht, als flösse Helium statt Blut durch meine Adern. Die Stöcke lösten sich ebenfalls auf, ganz von selbst. Und mit ihnen meine Gedanken.

Ich war nur noch meine Sinne. Nates Körperwärme durch den Stoff meines Kleids, *Waldspaziergang in der Dämmerung* an meiner Nase, ein sanfter Kuschelhit in meinen Ohren, Nates Nasenspitze plötzlich an meinem Hals, mein Puls, der darauf sofort reagierte und die Schlagzahl dramatisch erhöhte.

»*Ein* Freund, hm?«

Seine Stimme. Worte ..., die ich nicht verstand, die schön klangen wie die Musik und mein Herz verrückt machten ...

Abrupt blieb ich stehen. Hatte er gerade wirklich gesagt, was ich dachte, was er gesagt hatte?

In seinen Augen blitzte es. Herausfordernd. *Über*fordernd. Wohin auch immer er gerade geswitcht war, ich war darauf nicht vorbereitet, suchte noch nach dem passenden Paket zum Installieren. *Import Schlagfertigkeit.* Nichts passierte. *Import Flirten.* Wieder nichts.

Also Spezialfähigkeit: die sachte züngelnde Spannung zwischen uns mit verkopftem Gerede im Keim ersticken.

»Ich habe mich übrigens mit den *Tech Women* in Verbindung gesetzt. Danke noch mal für den Tipp. Da scheint die Chemie echt zu stimmen, und ich freu mich schon richtig auf das nächste Treffen, da geht es nämlich um Career Opportunities und —«

Ja, der Punkt ist dann auch deutlich geworden, Charlotte.

Ich unterbrach mich. Nates Lippen zuckten. Diese sinnlichen, natürlich geröteten Lippen, von denen ich mich fragte, wie sie sich auf meinen anfühlten. Im nächsten Moment zog er mich wieder an sich, kaum ein Schmitter-Dokument hätte zwischen unsere Körper gepasst, mein Puls verließ den messbaren Bereich, und dann wieder sein warmer Atem an meinem Nacken, an meinem Ohrläppchen.

»Good girl.«

Ein Romance-Klassiker. Wusste ich von Maxi, die ihn feierte. Wofür ich sie stets aufzog. Alpha-Mann-Gehabe-Quatsch. Macho. Arrogant. Abschreckend.

Doch von Nate …, einem Muttersprachler …, mit diesem anzüglichen »l« … fand ich nichts daran Macho. Hallte das Echo seiner dunklen Stimme in meinem Körper nach, brachte die Muskeln in einer bedenklichen Region meines Körpers leicht zum Kontrahieren. Weil er der perfekte Remix war.

Klassisch und modern, Frauenförderung und Romance, Deutsch und Englisch, eine Sprache, auf die mein Kopf und mein Körper, mein gesamtes System, antwortete.

Jemand berührte mich an der Schulter, und ich fuhr herum.

David.

»Hätte ich gewusst, dass du tanzen willst, dann …«

Er ließ seine Stimme auslaufen und schaute mit zusammengezogenen Brauen zwischen mir und Nate hin und her. Bei David verdunkelte sich die braune Marslandschaft seiner Iris. Nate hielt seinem Blick gelassen stand. Ich hatte das Gefühl, jeden Moment kleine elektrische Blitze in der Luft aufzucken zu sehen. Ein Schwall eiskalter Schuld ergoss sich in meinem Inneren, ich wusste nicht, ob zurecht, wusste wieder so wenig.

Adrian Becker tauchte hinter Nate auf, um ihm etwas mitzuteilen. Bevor Nate sich ihm zuwandte, beugte er sich ein letztes Mal zu mir vor und wisperte:

»Du verdienst mehr, *Charlotte*.«

6. Kapitel

Am Sonntag, dem Tag nach dem Ball, war ich mit Maxi zum Frühstück in einem meiner Lieblingscafés in der Südstadt verabredet, in dem es Haselnuss-Espresso und sündhaft leckere Schoko-Mandel-Croissants gab. Maxi saß schon mit ihrem zwölfjährigen Jack-Russell-Terrier Lollo, benannt nach seiner merkwürdigen Salatvorliebe, an unserem Stammtisch in der hinteren linken Ecke am Fenster, als ich – wie üblich zu spät – eintrat.

»Ich fürchte, ich habe ein Problem«, seufzte ich, ließ meinen Jutebeutel auf den Boden plumpsen und beugte mich zu Lollo runter, um ihn hinter den Ohren zu kraulen.

»Ja, hast du. Es gab nur noch ein Schoko-Mandel-Croissant, und weil du eine Viertelstunde zu spät bist, bekommst du jetzt Nougat.«

»Ernsthaft?«

Maxi war eine solche Pünktlichkeitsfanatikerin. Eine Viertelstunde, die hatte sie doch sowieso selig auf Instagram verdaddelt. Nougat war die Croissant-Höchststrafe.

»Je nachdem, wie schlimm dein Problem ist, lasse ich mit mir verhandeln, ob wir ein Viertel tauschen.«

Ich richtete mich auf.

»Die Hälfte.«

»Ein Drittel.«

»Glaub mir, wenn du mein Problem hörst, gibst du mir das ganze Schoko-Mandel-Croissant. Freiwillig.«

»So schlimm kann es nicht sein.«

»O doch.«

Wir umarmten uns. Eine Kellnerin brachte unsere Haselnuss-Espressos und das Frühstück.

Ich inhalierte den nussigen Espresso-Duft und nahm einen Schluck.

»Okay, jetzt sag schon. Mach's nicht so spannend.«

Maxi war nicht nur die pünktlichste, sondern auch die neugierigste Person auf diesem Planeten. Aber ich war selbst froh, endlich darüber reden zu können. Mit der einzigen Person auf dieser Erde, mit der ich reden *konnte*.

»Ich glaube, ich habe mich in Davids Chef verknallt. Oder verguckt. Oder sowas eben. Keine Ahnung, wie ich das nennen soll.«

Von Maxi kam nur ein Röcheln. Im nächsten Moment flogen Schoko-Mandel-Croissant-Krümel durch die Luft. Begleitet von den Blicken anderer Frühstückender.

»Okay«, sagte sie, noch immer hustend. Ihre Sonnenbrille vibrierte dabei an ihrem Haaransatz, ihre Gesichtsfarbe war ungesund rot.

»Das kam jetzt doch eher unerwartet. Kannst du mich kurz aufklären, was zwischen dem Zustand David-will-mich-nicht-heiraten und Ich-habe-mich-in-seinen-Chef-verknallt passiert ist? Da lag doch maximal eine Woche dazwischen?«

»Etwas mehr sogar, neun Tage.« Ich schaute auf die analoge Uhr über Maxis Kopf an der Wand und kniff die Augen zusammen.

»Neun Tage und vielleicht zwei Stunden«, korrigierte ich. »Zweieinviertel.«

Wenn man von »Du verdienst mehr, Charlotte« rechnete.

»Und die Nachkommazahlen?«

»Gibt keine, Sarina hat recht exakt um halb die Hochzeit verkündet und – ja, okay, ich habe deine Ironie eine Sekunde zu spät erkannt. Mea culpa.«

Ich schüttelte mich, kurz angewidert von mir selbst, im Takt zu Maxis ungläubigem Kopfschütteln. *Mea culpa* war Pydra-Soziolekt, das musste ich aber ganz schnell wieder aus meinem inneren Thesaurus streichen. Anschließend schilderte ich Maxi haarklein und in peinlich genauer chronologischer Reihenfolge die Ereignisse. Sie hörte mir schweigend zu. Am Ende angekommen, gähnte Lollo unterm Tisch laut. Ich versuchte, es nicht persönlich zu nehmen.

»Vielleicht sollte ich ihn einfach vergessen, oder? Weil es erstens *so* schlimm mit David und mir ja auch nicht ist – zumindest vor seinem Anti-Heiratsantrag nicht war –, weil ich zweitens ja sowieso nicht heiraten will«, sagte ich über einen komischen Hubbel in meinen Magen hinweg, »und ich drittens nicht weiß, ob überhaupt die Möglichkeit besteht, dass sich die atomare Zusammensetzung von Nates und meinem Körper noch einmal an derselben Stelle zur selben Zeit in diesem Universum materialisieren wird.«

»Wow«, stieß Maxi aus. »Ich gebe zu, dass ich mir in der Vergangenheit manchmal gewünscht habe, du hättest etwas

Interessanteres zu erzählen als, welchen tollen Satz Emmi neu gelernt hat oder welche Farbe die Augenringe der Pydra haben, aber das ...«

Sie schnaubte.

»Das ist gleich so viel auf einmal, dass ich mir die langweilige Charlotte wieder zurückwünsche.«

»Ey.«

Ich schob beleidigt die Unterlippe vor.

»Vielleicht bin ich manchmal etwas monothematisch unterwegs, aber Emmi ist ja nicht langweilig, sie —«

Ich unterbrach mich selbst. Weil Maxi mit den Augen rollte. Weil ich größere Probleme hatte.

»Was mache ich denn jetzt?«

Maxi biss in ihr Croissant, bald schon bei der Hälfte angelangt. Während mein Nougat-Croissant noch unangetastet dort lag. So richtig viel Hunger hatte ich, ehrlich gesagt, sowieso nicht. Als sie runtergeschluckt hatte, sagte sie unaufgeregt:

»Eine Liste mit allen Optionen anfertigen, wie du es immer tust, und dich dann für die beste entscheiden?«

Erleichtert atmete ich aus. Analytisches Vorgehen. Mein natürliches Habitat. Eine Liste. Klar. Warum hatte ich das nicht vorgeschlagen?

»Option 1«, setzte Maxi an, und ich war ihr unendlich dankbar für die zusätzliche Brainpower.

»Du und David redet. Ganz entspannt, auf neutralem Grund, vielleicht geht ihr mal schön essen oder so.«

Reden. Ein großartiges Konzept – in der Theorie. In der

Praxis aber ... wo anfangen? Ich konnte ja schlecht hingehen und sagen: *Du, David, ich habe zwar immer behauptet, dass ich lieber zum Schafott als vor den Altar gehen würde, aber das ist seit dem Dinner plötzlich anders, und deinen Anti-Heiratsantrag fand ich dann so uncool, dass ich mich alternativ einfach in deinen Chef verknallt habe. Was machen wir da jetzt?*

Davids und mein Kommunikationsproblem war mittlerweile verworrener als ein künstliches neuronales Netz mit Tausenden von Schichten. Es gab einen ganz klar unbefriedigenden Output, dessen Entstehungsprozess mir völlig schleierhaft war, klassische Blackbox halt. Vielleicht würde ein bisschen Reverse Engineering helfen, bei dem ich vom Endprodukt – der unbefriedigenden Situation zwischen David und mir – zum Ausgangspunkt zurückkam. Aber dafür müsste ich mein Gehirn vermutlich an eine Serverfarm von Amazon anschließen, um mir die nötige Rechenkapazität zu organisieren.

»Du weißt doch, Reden ist nicht so mein Ding.«

Untertreibung. Maßlose.

»Was ist Option 2?«

»Option 2: Ihr überspringt das Reden und geht gleich zum Make-up-Sex über, macht auch mehr Spaß, und wann hattet ihr überhaupt zule —«

»Nächste Option, bitte!«

»Wie du willst, Option 3: Du hast Sex mit seinem Chef.«

»Bitte was?«

Obwohl Maxi meine beste Freundin war, flammten in meinen Wangen zwei Feuerbälle auf, die mich von innen versengten. Reden war ja allgemein schon ein Problem, aber Reden über Sex, über Sex mit Nate? Mitten in der Öffentlichkeit?

»Ja, ich mein ja nur …«

Maxi verstellte ihre Stimme, so dass sie zwei Oktaven tiefer klang, und wackelte anzüglich mit den Augenbrauen.

»Weil du *mehr* verdient hast, Char-lett.«

Ich griff nach einem Dekokissen von der Fensterbank, beugte mich zu ihr rüber und deutete an, es ihr gegen den Kopf zu werfen. Die Feuerbälle waren mittlerweile heißer als der Kern der Sonne.

»Ich erzähle dir nie wieder irgendwas, wenn du nicht sofort aufhörst!«

Maxi versuchte zwischen ihren Lachern, das Kissen mit ihren Händen wegzudrücken. Gleich werfen die uns raus und wir bekommen Hausverbot in unserem Lieblingscafé.

»Denkst du etwa nicht daran, wie es wäre, mit ihm zu schlafen und zu hören, wie er deinen Namen mit seiner maskulinen sonoren Stimme auf Englisch stöhnt, wenn er —«

»Ich hasse dich. *Has-se* dich. Das mit Nate und mir ist auf einer ganz anderen Ebene, da geht es um Karriere und Frauenförderung und …«

Gänsehaut. Rauchige Schwaden. Nackenhaare, die sich aufstellten. Körper an Körper. Meine Wangen explodierten gleich, zusammen mit meinem gesamten Kopf. Lieber Abbruch und Hausverbot, als von innen zu verbrennen. Maxi hielt sich mittlerweile vor lauter Lachen eine Hand an den Bauch, während sie etwas ausstieß, das wie »Ja, ja klar, genau« klang, und Lollo auf dem Boden schwer ausatmete. Er hatte es wirklich nicht leicht mit uns.

Plötzlich wurde Maxi wieder ernst und ließ ihre Hand energisch auf ihren Schoß sausen.

»Für irgendetwas musst du dich jetzt jedenfalls entscheiden, Charlotte. Das, was du da machst, ist der reinste Schlingerkurs. So ungefähr stelle ich mir Lollo auf Inlinern vor.«

Bilder von einem Inliner fahrenden Jack-Russel-Terrier ploppten in meinem Kopfkino auf, die mich zum Lachen brachten. Obwohl mein Leben aktuell eigentlich zum Weinen war.

»Vielleicht lasse ich es auch einfach bleiben«, murmelte ich mehr zu mir selbst.

Das mit dem Entscheiden. Wartete, bis das System komplett abstürzte und sich die Lösung im Schutthaufen von selbst zu erkennen gab. Wie beim Programmieren. Da verstand man auch erst, was schieflief, wenn es schieflief. Vielleicht musste alles einfach noch ein bisschen schiefer laufen. Klang sinnvoll.

Lollo stupste mein Knie mit seiner nassen Schnauze an. Was ich mal als Bestätigung interpretierte. Und als Signal für einen Themenwechsel.

»Was gibt es eigentlich bei dir Neues?«

Maxi erzählte von ihrem Ex-Freund, den ich nach wie vor für die Liebe ihres Lebens hielt, ich versuchte, unparteiisch und hilfreich zu sein, beides mit mäßigem bis keinem Erfolg, bis das Klingeln meines Handys uns beide aus dem Gespräch riss.

»Renate«, sagten wir gleichzeitig.

Und es stimmte. Selbst mein Handy klingelte anders bei ihr. Ich nahm an und stellte auf laut. Bei meiner Mutter war es immer gut, Zeugen zu haben.

»Bevor du wieder zu spät kommst«, meldete sich meine Mutter ohne Begrüßung.

»Denk dran, dass wir uns in einer Stunde im Leonardo in Lindenthal treffen.«

Ich verengte die Augen, während sich Maxis Mund zu einem »o« formte.

»Lindenthal? Leonardo?«

»Dafür, dass du angeblich promovierst, bist du manchmal ganz schön schwer von Begriff, Charlotte.«

Dan-ke. Vielleicht war das mit den Zeugen doch keine so gute Idee. Würde Maxi nur in einen Rollenkonflikt bringen, wenn ich Mom doch eines Tages umbrachte und man meine beste Freundin befragte, ob ich ein Motiv hatte.

»Wir gehen für Sarina ein Kleid aussuchen, ich hab' dir am Freitag eine Mail geschickt. An diese kindische E-Mail-Adresse von dir, Californiagirl11. Du solltest dir wirklich mal eine seriöse machen.«

»Californiagirl ist nicht meine aktuelle Adresse, das war meine *erste*! Und heute ist Sonntag. Wie kann man bitte sonntags Hochzeitskleider aussuchen gehen?«

»Jan-Philipp hat Kontakte. Exklusive Sonderöffnung.«

Ein Seufz-Stöhnen knisterte durch die Leitung. Es klang exakt wie das Geräusch, das ich hier gerade mit Mühe und Not in meinem Gaumen gefangen hielt.

»Wusste ich doch, dass es besser ist, dich noch einmal zu erinnern. Immer dasselbe mit dir.«

Als wäre es meine Schuld, dass sie noch meine Teenie-Mail benutzte. Man konnte meine aktuelle sogar ergoogeln, stand auf der Uni-Homepage. Und was sollte das überhaupt, so kurzfristig? Gefühlt hatte uns Sarina vor zwei Sekunden erst von dem Antrag erzählt. Ich hatte keine Zeit!

»Wirklich nicht«, sagte ich, nahtlos an meine Gedanken anknüpfend. »Ich habe Emmi extra mit nach Hause genommen, um so einen merkwürdigen neuen Bug zu beheben, vielleicht hat Simon da rumgepfuscht – und dann wollte ich was zu diesen Deep-Dream-Bildern auf meinem Blog schreiben und dieser lächerliche Tagungsbericht, den Simon und *Petra* mir aufgedr —«

Das Freizeichen erklang. Fassungslos starrte ich auf mein Display.

»Hast du das alles mitbekommen?«

Ich sah auf. Maxi machte ebenfalls große Augen.

»Sie hat sie nicht mehr alle«, sagte ich nachdrücklich, während Maxi etwas von »Die machen das Leonardo an einem Sonntag für euch auf. Das Le-o-nar-do« ausstieß. Jetzt starrte ich *sie* entgeistert an.

»Meine Mutter hat mich gerade mit jedem zweiten Wort beleidigt und anschließend einfach aufgelegt, und das ist das Einzige, was dir dazu einfällt?«

»Das *Leonardo*, Charlotte. Mirandella Leonardo, Hochzeitskleider, Fernsehsendung, klingelt's da bei dir?«

Nein, tat es nicht.

»Gott, ich bin so unglaublich neidisch auf dich.«
»Völlig zu Unrecht.«

Mit diesen Worten schnappte ich mir die – hochverdiente – zweite Hälfte vom Schoko-Mandel-Croissant.

Nach unserem unfreiwillig verkürzten Frühstück machte ich mich auf in das Kölner Villenviertel. Es war die Art von Wohngegend, in der Partner von Großkanzleien wie *Jameson, Wolff & Spencer* und von Unternehmensberatungen mit ihren Millionengehältern lebten. Menschen wie Nate und Jan-Philipp. Und in der sich pompöse Brautmodengeschäfte wie das *Leonardo* ansiedelten.

Das Geschäft befand sich in einer dreigeschossigen Gründerzeitvilla, vor deren weitläufiger Einfahrt ein Wasserspiel plätscherte. Moms BMW stand schon auf dem Parkplatz neben dem Geschäft. Vermutlich hatte sie Sarina abgeholt.

Ich suchte nach einem Klingelschild. Fand keins und drückte gegen die Tür. Zum Glück stand sie offen, und ich trat ein. Der Boden war aus anthrazitfarbenem Marmor, die Wände cremeweiß, und an den Decken hingen riesige verschnörkelte Silber-Kronleuchter. Rechts und links des Eingangs waren zwei Brautkleider ausgestellt. Ein roséfarbenes mit verspielter Spitze und ein schneeweißes A-Linien-Kleid mit goldenem Band an der Taille. An beiden hingen keine Preisschilder.

Mit leicht geöffneten Lippen betrachtete ich die Kleider. Auf einmal überkam mich der Drang, mit meinen Fingern über den kostbaren Stoff zu fahren, sah ich mich selbst in dem A-Linien-Kleid vor einem weißen Säulenpavillon, im Hintergrund die endlosen Weiten des Ozeans. Zu meiner eigenen Überraschung war es nicht David, der als Bräutigam neben mir aufblitzte. Sondern Nate.

Du verdienst mehr, Charlotte.

Wie hatte Nate das gemeint? *Was* hatte Nate damit gemeint? Mehr, beruflich mehr? Weil ich ihm kurz zuvor von den *Tech Women* erzählt hatte und er mich weiter ermutigen wollte? Oder hatte er *David* gemeint? David, mit dem zu tanzen sich fast genauso schön angefühlt hatte wie mit ihm? Kribbelig, wie bei unserem Kennenlernen …

Ein Freund, hm?

»Sie gehören bestimmt zu Fröhlingsdorfs.«

Wie ertappt zuckte ich zusammen und drehte mich um. Vor mir stand eine junge Frau in einem hellblauen Hosenanzug. Ich räusperte mich.

»Ja, richtig.«

Die Frau lächelte.

»Ihre Familie ist schon da. Kommen Sie mit.«

Sie führte mich eine Wendeltreppe hinauf und dann über einen plüschigen Teppichboden durch ein Meer von weißen Kleidern zu einer Sitzgruppe, auf der bereits meine Mutter und Sarinas beste Freundin Sophia saßen. Beide hatten sie die Beine überkreuzt und hielten eine Champagnerflöte in den Händen.

»Du bist zu spät«, kommentierte meine Mutter. »Dabei habe ich doch extra angerufen. Sarinchen ist schon in der Kabine und probiert das erste Kleid an.«

Ich überging den Rüffel und setzte mich neben die beiden, die aussahen, als ob sie auf eine Preisverleihung gingen.

»Wir kommen aber nicht ins Fernsehen, oder?«

Ein Hauch von Panik flimmerte durch meine Glieder. Wenn jemand von der Uni Wind davon bekam, dass ich in einer Trash-Sendung saß und ein Hochzeitskleid mitaussuchte, ausgerechnet ein Hochzeitskleid, das vielleicht am aufwändigsten gestaltete und veredelte Symbol weiblicher Unterdrückung, dann war ich erledigt.

»Natürlich nicht.«

Sophia, die neben mir saß, musterte mich von oben bis unten.

»Das Geschäft ist nur eben das beste.«

Sie strich sich eine ihrer braun-blonden Strähnen aus der Stirn und holte ein brandneues iPhone mit Glitzerhülle hervor. Erleichterung durchflutete mich. Bis sie, wie an einem Staudamm angekommen, abrupt gegen ein anderes Gefühl prallte. Etwas Mächtiges, das ich mich kaum zu benennen wagte und das schlagartig Besitz von meinem gesamten Körper ergriff.

Dieses Glitzern und Funkeln überall um uns herum. Dieses A-Linien-Kleid im Erdgeschoss. Wie die Wellen in der Sonne, die sich an der Küste mit dem Pavillon brachen … wie diese 17,5-Augen, die nur mich sahen, einzig und allein *mich*, in dem Glitzerkleid …

Du verdienst mehr, Charlotte.

Mein Herz zuckte und ziepte, als wäre es angekettet und versuchte, sich freizuschlagen.

Shit.
Shit.
Zwanghaft decodierte ich in meinem Kopf die *wahre* Bedeutung eines Hochzeitskleids: weibliche Unterdrückung. Ein Korsett, das einem die Luft abschnürte. Wie das Geschirr von einem Pferd. Spitze, die die weiblichen Reize (ugh, was für ein Wort) verhüllten, weiß für die »Unschuld«. Lächerlich, überholt, patriarchal.

Ich spürte, wie sich ein feuchter Film über meine Stirn und meine Oberlippe legte.

Trotzdem eines zu wollen, war falsch, so unendlich falsch. Unendlich mit mehr Nach-Kommazahlen, als Pi hat. Das Kleid, Heiraten, Nate. Falsch, falscher, am falschesten.

Und genau in dem Moment, in dem sich der Blick meiner Mutter in meine Seite bohrte und ich mir sicher war, dass sie mich fragen würde, was mit mir los war, ertönte eine glockenhelle weibliche Stimme.

»So.«

Anschließend bog eine Frau um die Ecke, die Maxi mir vorhin noch auf dem Handy gezeigt hatte, Mirandella Leonardo, die Inhaberin des Geschäfts. Durch diese TV-Sendung über die Suche nach dem richtigen Hochzeitskleid war sie wohl zu einer Art B-Promi geworden, die mal wieder alle kannten außer mir.

»Ich darf euch die Braut präsentieren.«

Mirandella strahlte und führte Sarina zu uns.

Und als hätte jemand den Stöpsel gezogen, floss jeder Tropfen Sehnsucht, der mich gerade überkommen hatte

– ja, Sehnsucht, hirnzellenverklebende, brandgefährliche Sehnsucht – aus mir heraus. Sarina wurde auf einem Sockel drapiert, damit wir das Kleid, in dem sie steckte, in seiner ganzen biederen Schrecklichkeit bewundern konnten.

Ich nahm eine Hand vor den Mund, damit niemand meine Grimasse bemerkte. Wer hatte denn das verbrochen?

»Wusste ich doch, dass dir das steht, Sarinchen!«

Mom. Wer sonst.

Hier sah man es überdeutlich. Ein blendend weißes Kleid, das einen denken ließ, man schaue geradewegs in den Heiligenschein eines Engels hinein, bodenlang, hochgeschlossen mit Kragen und Schulterpolstern wie aus den achtziger Jahren und Falten, die wie steife Sahne aussahen.

»Du siehst wie Lady Di aus!«

Wie Torten-Baiser!

»Ich weiß nicht so recht …«

Sarina ruckelte an dem Kragen, schwenkte hin und her und studierte mit gefurchter Stirn das Bewegungsverhalten – gar keins – im Spiegel. Ich hatte meine Sprache verloren. Glücklicherweise fand Sophia das Kleid ebenfalls scheußlich, so dass Sarina das nächste anprobierte. Und das nächste. Und das nächste. Langsam verlor ich die Geduld. *Keine Zeit für dieses Trial and Error ohne Lerneffekt. Kann man das nicht irgendwie beschleunigen?*

Nach dem fünften Fehlgriff kam Sarina in einem Ungetüm aus Tüll und Chiffon zurück, in dem man sie erst einmal suchen musste. Sophia stieß sofort einen spitzen Schrei aus.

»Das ist es, Sari! *Das.*«

Sie hob ihr Handy in die Luft und schoss mit dem Serienmodus ihrer Foto-App fünf Millionen identische Fotos.

Meine Mutter blieb gefasst, studierte das Kleid jedoch mit Interesse.

»Ich muss zugeben«, sagte sie nach einer Weile, »ich habe mir Sarinchen eher in etwas Schlichtem vorgestellt, aber das hat tatsächlich was.«

»Und es kommt noch besser.«

Mirandella zauberte einen Schleier und ein künstliches Diadem hervor und setzte sie Sarina auf. Jetzt war Sarina endgültig nicht mehr wiederzuerkennen.

Sophia liefen Tränen über die Wangen, und sie machte ein Foto im Selfiemodus mit Sarina im Hintergrund. Auch meine Mutter tupfte sich mit einem Tuch an den Augen herum.

Ne, schoss es mir resolut durch den Kopf. Im Vergleich zu *dem da* wirkte sogar das erste beinahe geschmackvoll. Sarina sah aus wie ein Albinokaninchen, das man in den Trockner gesteckt hatte, wie Maiskorn, das plötzlich zu Popcorn aufgepoppt war.

Ne.

»Hast du was gesagt, Charlotte?«

Meine Schwester drehte sich vom Spiegel zu mir, die Arme auf dem aufgeblähten Schoß des Kleides abgelegt. *Wie eine weiße Matroschka-Puppe, äußerste Hülle.* Ein unangenehmer Schauer lief mir über den Rücken. *Grauenhaft.*

Erst der Ellbogen meiner Mutter in meiner Seite holte mich aus meiner Ekel-Starre. Ich hatte das eben wohl laut ausgestoßen. Und jetzt schauten mich hier alle an. Sarina, Mom, Sophia, Mirandella, ihre Assistentin.

Ich nahm meine Brille ab und klickte das Gestell auf und zu.

Sag einfach, du hast laut an die Arbeit gedacht, und halt dich da raus. Es bringt nichts außer unnötigen Stress, sich hier einzumischen. Sarina kauft ihren weißen-Kaninchen-im-Trockner-Popcorn-Matroschka-Alptraum, und du kannst dich endlich den wichtigen Dingen widmen.

Ich setzte die Brille wieder auf, die Lüge schon auf den Lippen. Doch als ich den Alptraum wieder scharf sah, konnte ich mich einfach nicht beherrschen.

»Das ist nicht euer Ernst. Was Sarina da anhat, ist wie ein Kleid gewordenes Suchbild: Suchen Sie die Braut zwischen Tüll und Chiffon.«

Ich hörte jemanden nach Luft schnappen. Sophia warf mir einen verachtenden Blick zu, Sarina verengte die Augen und presste die Lippen zusammen.

»Überhaupt«, ich stand auf und zeigte vage auf die Kleiderstangen, »fehlt es mir hier irgendwie an Logik und System. Das muss doch auch anders gehen. Ich weiß nicht, mit einer Typanalyse, Erfahrungswerten, *Leute, die so aussehen wie Sarina, kauften auch* … so was halt.«

»Was schlägst du vor, hm? Willst du uns schnell noch

einen selbstlernenden Algorithmus programmieren? Oder deinen bescheuerten Roboter fragen?«

Sarina verschränkte die Arme vor der durch das Kleid entstellten Brust, in ihren Augen zog ein Sturm auf.

Jede kriegt das Hochzeitskleid, das sie verdient. Halt. Dich. Da. Raus. Charlotte.

Doch in meinem Kopf blitzte eine andere Ausgabe auf: *Challenge accepted.*

»Ich brauche dir keinen selbstlernenden Algorithmus zu programmieren, den habe ich bereits hier drin.«

Ich tippte mit dem Zeigefinger an meine Schläfe.

»Mein Gehirn. Und das sagt mir: In zu hellem Weiß siehst du aus wie frisch von der Sonnenbank, also was in Rosé, Apricot oder wie diese Farbtöne hier genannt werden; ohne Muster und Spitze ist es mit deinen glatten Haaren und deinem symmetrischen Gesicht zu schlicht, da fehlt dann das gewisse Etwas; und wenn das Kleid zu voluminös ist, verschluckt es dich. Schlussfolgerung: etwas mit Farbe, Spitze und eng anliegend.«

Ich drehte mich zu Mirandella Leonardo um, die mich mit offenem Mund anstarrte. Weil ich – von allen Menschen auf dieser Welt – gerade ihren Job erledigte.

»Als ich reingekommen bin, habe ich am Eingang so ein rosafarbenes Spitzenkleid gesehen. Vielleicht könnten Sie uns das mal bringen?«

»*Valentina* von Maria Rizzolini«, wisperte Mirandella. Dann nickte sie und schickte ihre Assistentin los. Ich setzte mich, laut ausatmend, wieder hin. Mit so einem Alles-mussman-selber-machen-selbst-Sachen-die-man-gar-nicht-können-sollte-Gefühl. Das einzige Geräusch, ansonsten war es totenstill.

Eine Viertelstunde später trat Sarina, die zu meiner Überraschung widerstandslos mitspielte, in dem von mir georderten Kleid wieder zu uns.

Und ... *wow*.

Sie sah aus wie verwandelt. Mit Feenstaub bestreut, strahlend, eine ganz andere Spezies als wir Normalsterblichen auf den Plüschhockern. Wie ihre Haut nun durch das zarte Rosa leuchtete ... wie sich der edle Stoff um ihre Figur schmiegte ... die Blumen und die Spitze mit ihren sanften Zügen harmonierte ... meine Kehle schnürte sich zu, ich tastete unwillkürlich an meinen Hals, wo ich das Band meiner Kette berührte.

Ich wollte nicht denken, was ich dachte, aber es ging einfach nicht anders. Es verstieß gegen physikalische Gesetze, es unten zu halten. Wie wenn man eine Schwimmnudel an den Grund eines Swimmingpools drückte, sie strebte nach oben, immer nach oben, oben, oben, bis einem die Kraft ausging.

Ich will das auch. Ich will auch verwandelt werden. Will auch von diesem Feenstaub, ein bisschen Zauber, ein bisschen Magie.

Und dann wurden auch noch meine Augenhöhlen heiß, die Tränen dahinter ebenfalls zu Schwimmnudeln wie die Gedanken zuvor. Sie brachen durch meinen Widerstand und flossen aus meinen Augenwinkeln nach unten, mehr und mehr und mehr, bis ich plötzlich richtig schluchzte.

Was zur Hölle passiert hier mit mir, schoss es mir durch den Kopf, wieso kann ich es nicht kontrollieren, wieso, bei Alan Turing, kann ich mich nicht zusammenreißen?

Sophia reichte mir kommentarlos eine Zupfbox.

Ich putzte mir geräuschvoll die Nase und ließ meinen Blick zu meiner Mutter wandern, die ebenfalls feuchte Augen hatte. Nur vermutlich aus ganz anderen Gründen als ich.

Sarina betrachtete sich im Spiegel. Bedächtig fuhr sie mit ihren Fingern an der edlen Verarbeitung des Kleides entlang, eine verträumte Miene aufgesetzt, die sie noch jünger wirken ließ. Sanft, glücklich. *Das* war ihr Kleid, zweifellos.

Unsere Blicke trafen aufeinander. Für ein paar Sekunden, die sich dehnten, schauten wir uns einfach nur an. Gefangen in einer seltsamen Mischung aus Blickduell, gegenseitigem Abschätzen und unausgesprochenen Fragen.

Bis Sarina den Blickkontakt abbrach und wieder auf das Kleid schaute. Im Spiegel sah ich, wie sich ihre Miene veränderte. Als hätte es Mitternacht geschlagen und das Kleid hätte sich zurück in Aschenputtels Arbeitsdress verwandelt. Das Verträumte verschwand und machte Platz für eine harte Maske.

»Ich nehme das davor«, sagte sie entschlossen. »Das Prinzessinnenkleid.«

7. Kapitel

Das Hochzeitskleid-Desaster beschäftigte mich deutlich länger, als es das sollte. Nämlich schon mal überhaupt. Zum ersten Mal, seit meine informatische Zeitrechnung begonnen hatte, konnte ich mich selbst aufs Programmieren nicht konzentrieren. Statt beruhigender Statistik flimmerten beunruhigende Fragen durch meinen Kopf. Warum hatte ich plötzlich losgeheult? Wo kam der Pavillon an der Küste her? Und warum, *warum*, hatte sich Sarina wissentlich für das falsche Kleid entschieden?

Auch jetzt noch, als ich die Stufen des Treppenhauses zur Wohnung der Vorsitzenden der *Cologne Tech Women* erklomm, geisterte es durch meine Gedanken.

Vielleicht lief das auf einer unterbewussten Ebene ab, dass man da so reingesogen wurde. Wie bei diesen in Deutschland verbotenen Werbungen, bei denen für eine Mikrosekunde eine Banane gezeigt wurde, und anschließend hatte man Heißhunger auf eine Banane. Ich konnte auch nichts dagegen tun, dass ich Rezeptoren besaß, mit denen ich Sinneseindrücke verarbeitete. Und in so einem Edelbrautmodengeschäft strömten eben sehr, sehr viele Sinneseindrücke auf einen ein. Teure Stoffe, Glitzer, süße Düfte, kitschig-schöne Deko. Und zack, ehe man sich versah, träumten plötzlich auch Leute wie ich von einer Hochzeit in obszön teurem Tüll. Das Unterbewusstsein war Schuld.

Wenn es nämlich mehr war als das ... ich mir tatsächlich eine eigene kitschige Glitzer-Hochzeit wünschte ...

»Charlie, wie schön, dass du es geschafft hast.«

Die Tür im Dachgeschoss öffnete sich, bevor ich klingeln konnte.

»Ist doch okay, wenn ich Du zu dir sage, wir duzen uns hier alle, komm doch rein. Ach, und wie ich sehe, hast du den Stargast des Abends auch mitgebracht, da werden sich aber alle freuen! Emily, nicht wahr?«

Zu *Tech-Women*-Beas Begrüßung öffnete und schloss ich den Mund wie eine Bauchrednerpuppe ohne Redner, zuverlässig den Moment verpassend, in dem ich etwas antworten konnte: Ja. Genau, hab' ich mitgebracht. Freut mich, dass sich alle freuen. Ja, Emily heißt sie. Und Sie – du bist offensichtlich sehr nett und herzlich, aber bringst meine soziale Rechenleistung an ihre Grenzen.

Jetzt holte Bea Luft. Beziehungsweise nahm sie einen Schluck aus einem bunten Cocktailglas mit Schirmchen, und ein kurzes Möglichkeitsfenster öffnete sich.

»Hi.«

Das war alles, was mein Sprachzentrum ausspuckte. Dazu liefen meine Wangen rot an. Umso mehr, als die glatte Oberfläche des Emmi-Zylinders nun in meinen Händen rutschig wurde und ich nachfassen musste. Bescheuert, so aufgeregt zu sein wegen eines Networking-Treffens. Aber wenn man wie ich öfter neue künstliche Intelligenzen als neue Menschen kennenlernte, dann vielleicht auch nur folgerichtig. Verlegen trat ich von einem Bein auf das andere und bemühte mich zu lächeln.

Bea reichte ihr Cocktailglas einer Frau, die hinter ihr erschien, und kam auf mich zu. Sie legte einen Arm um meine Schulter und dirigierte mich sanft über die Türschwelle.

»Hey, keine falsche Scheu. Ich weiß, das kann alles ziemlich überwältigend sein. *Ich* kann sehr überwältigend sein, sag jetzt nichts, Susann!«

Sie warf einen gespielt warnenden Blick zu der Frau, die ihr Glas entgegengenommen hatte und nun prustete.

»Aber es war für uns alle irgendwann das erste Mal. Und das hier ist ein Safe Space, hier kann jede genau so sein, wie sie ist. Auch jede KI, nicht wahr, Emily?«

Ich hatte diese Frau jetzt schon ins Herz geschlossen. Auch wenn sie mich für seltsam halten musste.

»Kann eine KI sein oder nicht sein, das ist hier die Frage«, antwortete Emily sofort, die anders als ich offenbar keinerlei Probleme hatte, im Mittelpunkt zu stehen. Ich schaute auf ihren frechen roten Mund und zog reflexhaft die Stirn in Falten. Dann sah ich wieder zu Bea und zuckte entschuldigend mit den Schultern.

»Sie hat gerade irgendwie ihre poetische Phase, ich weiß auch nicht, was mit ihr los ist. Vielleicht Liebeskummer oder sowas.«

Unwillkürlich schlug ich die Hand vor den Mund. Im

Kolloquium wäre ich für so eine Äußerung hochkant rausgeflogen. Und hier?

Anders als ich schienen sowohl Bea als auch diese Susann geradezu erschreckend un-nerdig zu sein. Sie trugen bunt, konnten Small Talk, waren nicht bleich. Keine wandelnden Klischees wie ich.

Und das mit dem Liebeskummer … war das wirklich Emmi?

Das Gelächter der beiden Frauen bewahrte mich vor dem Sturz in das gedankliche Rabbit Hole, an dessen Abgrund ich seit dem Ball konstant balancierte. Susann legte von der anderen Seite einen Arm um mich, und so schritten wir in diesem Dreiergespann über die knarzenden Dielen des charmanten Altbaus mit hohen Decken und Stuck.

»Du bist ja herrlich«, sagte Susann. »Du und deine Emily. Ich seh' schon, ihr passt perfekt in unsere illustre Runde. Oder, Bea?«

»So was von!«

»Weil ihr noch einen Quoten-Nerd braucht?«, rutschte es mir heraus. Und wie um meine Nerdigkeit zu unterstreichen, rückte ich die Nerd-Brille auf meinem Nasenrücken zurecht.

Peinlich. Vielleicht hatte ich Emily in Wahrheit auch nach meinem eigenen Bildnis entworfen. Ich gab auch ständig seltsame, willkürliche Sachen aus. Nur war das bei mir nicht spannend oder unterhaltsam, sondern schlichtweg bedenklich.

»Richtig«, sagte Susann trocken.

»Du bist nämlich die Einzige hier, die schwarz trägt, nerdige Symbole wie ein Pi um den Hals baumeln hat, künstliche Intelligenzen vermenschlicht und kurzsichtig vom Coden ist.«

Noch während sie redete, ließ sie meinen Arm los und öffnete ihre blaue Strickjacke, unter der ein T-Shirt mit der Aufschrift *Eine Wissenschaftlerin im Bikini ist immer noch eine Wissenschaftlerin* zum Vorschein kam. Ich schaute zu Bea, die mich ebenfalls losgelassen hatte, um mir ein Armband mit allerlei naturwissenschaftlichen Silber-Anhängern vors Gesicht zu halten, von einer Doppelhelix über Elemente aus dem Periodensystem und sogar einem kleinen Pi war alles dabei. Meine Mundwinkel bogen sich ganz von selbst nach oben, meine Nervosität ließ nach. Susann knuffte mich in die Seite, bevor sie mich wieder unterhakte.

»Tut mir leid, dass du es so erfahren musst: Aber so besonders, wie du immer dachtest, bist du leider nicht.«

War ich in der Tat nicht. Als wir das in gemütliches indirektes Licht getauchte Wohnzimmer betraten, wurde es auch mir endgültig klar: Die Mitglieder der *Cologne Tech Women* waren alle Nerds. Aber anders als die Leute an meinem Institut: liebenswürdige Nerds. Mit Humor. Viele trugen schwarz, Statement-T-Shirts, Brillen mit dünnen, dicken oder keinen Rändern. Ich hatte das Gefühl, in eine Geheimgesellschaft eingeführt zu werden, eine Greek-Letter-Nerd-Schwesternschaft, *Alpha Omega Pi*, vielleicht. In der Luft schwebten die Tech-Begriffe wie bei einer lebendig gewordenen Word Cloud, manche größer, manche kleiner. KI und Blockchain und Few-Shot-Learning. Für viele eine Fremdsprache. Für mich Muttersprache. Etwas Wohliges, Heimisches züngelte wie ein Lagerfeuer in meiner Brust.

Und wie Bea es vorausgesagt hatte, als sie mich per Mail dazu ermutigt hatte, Emmi zu dem Treffen mitzubringen, war sie der Anziehungspunkt. Der Eisbrecher. Mein Match-Maker. Über sie kam ich mit allen Teilnehmerinnen mindestens einmal ins Gespräch. Alle wollten Emmi eine Frage stellen.

»Hey, Emily«, sagte Susann. »Was ist deine liebste Programmiersprache?«

»Python, Java oder C – Liebe klingt in allen Sprachen gleich.«

Gelächter. Ich schüttelte nur innerlich den Kopf. Wie kam der Deep-Learning-Algorithmus auf so etwas? Ein ewiges Rätsel. Emmi blühte richtig auf, die Fragen wurden immer persönlicher, Emmi zum Orakel von Delphi.

»Sag mal, Emily«, fragte eine andere. »Wie mache ich mit meinem Freund Schluss, ohne seine Gefühle zu verletzen?«

Ein Raunen ging durch das Wohnzimmer, gefolgt von erwartungsvoller Stille.

»Niemand ist für die Gefühle eines anderen verantwortlich. Kümmere dich um deine eigenen Gefühle. Gerade Frauen machen das viel zu selten.«

Ein Kalenderspruch. Mit einer Prise Feminismus. Und

vielleicht einem Funken Wahrheit? Während die Fragestellerin so tat, als würde sie mit Emmi abchecken und schon die nächste in den Startlöchern stand, ließ ich mich langsam aufs Sofa sinken.

Du verdienst mehr, Charlotte.

Dieser Satz schon wieder. Himmel. Wie oft konnte man einen Satz in seinen Gedanken wiederholen? Antwort: Ja.

Beherzt biss ich in den Strohhalm in dem Cocktailglas, das Bea mir vorhin gegeben hatte. Jetzt hatte er ein Leck und machte schlürfende Geräusche, als ich den zuckrig-fruchtigen Alkohol einzusaugen versuchte. Ich bekam es kaum mit. Dachte an Nates warmen Oberkörper an meinem, das Prickeln, die vertraute Nähe zu David beim Tanz danach, den Satz und was ich wollte – Abenteuer oder Sicherheit? Alt oder neu? Nate oder David? *Hilfe.*

»Sag mal, Charlie.«

Das Sofa neben mir beulte sich aus. Ich sah von meinem zerbissenen Strohhalm auf, in Beas Gesicht.

»Emmi ist echt der Knaller. Was hältst du davon, sie auf der DigiArt zu präsentieren? Susann und ich sind im Organisationskomitee, und ich kann mir vorstellen, dass Emmi dort richtig gut ankommen würde.«

»Hm?«

Ich kam mir wie eine alte Jukebox vor, bei der die Platten beim Wechseln feststeckten. Digi-, Digi-was, DigiArt? Die *Digital Art Fair Cologne*, jene gigantische Tech-Kunst-Messe, die jedes Jahr auf dem Kölner Messegelände stattfand und in die auch Maxis Agentur stets involviert war? Bei der nur

Leute einen eigenen Stand bekamen, die schon mit Larry Page durch Palo Alto geschlendert waren?

»Hast du DigiArt gesagt?«, fragte ich zur Sicherheit nach.

»Ne, *digital* habe ich gesagt, ich werfe einfach mit Buzzwords um mich.«

Bea grinste. Auch zu meiner Linken beulte sich das Sofa nun aus. Susann.

»O ja«, rief sie begeistert aus.

»DigiArt, tolle Idee, vielleicht kann Charlie da gleich auch ein paar Daten zu den Interaktionen der Messeteilnehmer mit Emmi sammeln, das könnten wir dann als Paper im *Women & Science* unterbringen!«

Women & Science. Das zweitgrößte Journal für feministische Tech-Forschungsprojekte.

»Charlotte?«

»Ich … ich weiß nicht, was ich dazu sagen soll«, stotterte ich ehrlich.

Völlig ohne Hintergedanken war ich zu diesem Treffen gekommen. Wollte mich einfach nur mit gleichgesinnten Frauen vernetzen und einen anregenden Abend verbringen. Das aber überstieg meine kühnsten Hoffnungen.

»Fragen wir doch Emily mal, was Charlie dazu sagen soll«, grinste Bea.

»Emily? Hast du einen Rat für deine Schöpferin?«

Eine Kunstpause folgte. Als wäre es so von Emmi gewollt. Der Ring leuchtete grün auf.

»Ich glaube nicht an Gott«, sagte sie schließlich. »Aber wenn es Gott gäbe, wäre sie bestimmt eine Frau.«

Das Orakel von Emmi. Sie hatte echt auf alles eine schlaue Antwort parat. Wie es immer meine Vision war.

Anders als ich.

Warum fragte *ich* sie eigentlich nicht mal etwas? Wäre ja nicht so, dass ich nicht genug offene Lebensfragen auf Lager hätte. Geistesabwesend ließ ich eine Hand an meinen Nacken wandern und blähte die Nasenflügel auf.

»Ich finde, wir sollten noch einmal anstoßen«, sagte Bea auf einmal so laut, dass der gesamte Raum zuhörte und meine merkwürdigen Gedanken abrupt endeten.

»Auf unser neues, auf unsere beiden neuen Mitglieder, Charlie und Emily.«

Sie stand auf, zog mich am Arm mit sich nach oben und hielt ihr Glas in die Höhe. Wie bei einem Kult stimmten alle anderen Frauen augenblicklich ein. Emmi faselte auch schon wieder etwas, doch ich hörte nicht zu. Ich grinste. Und lachte. Und fühlte mich inmitten meines Gefühlschaos für ein paar Nanosekunden einmal wohl. Unter Gleichgesinnten. Zu Hause.

»Und —«

Plötzlich riss sich Bea den Pullover vom Leib und stand jetzt nur noch in T-Shirt da, rote Flüssigkeit schwappte aus ihrem Glas aufs Parkett.

»Auf mein neues krasses T-Shirt, das ich euch den ganzen Abend schon zeigen wollte!«, kreischte sie ihren Satz zu Ende.

Kurze Stille. Ich drehte den Kopf und las: *Talk nerdy to me*, geschrieben in den Kürzeln für Nitrogen, Erbium und

Dysprosium. Mein losgelöstes Lachen vermischte sich mit dem Kreischen, Lachen und den Jubelrufen der anderen *Tech Women*.
Zu Hause.

Bis ich Susanns Wohnung verließ und allein mit meinen Gedanken war. Da fühlte ich mich wieder alles andere als angekommen, *weg*gekommen vom sicheren Pfad der Gewissheit. Der Gewissheit, dass es nur David und mich gab, ein emanzipiertes Double-Career-Paar ohne konservativen Existenzlegitimationsausweis Schrägstrich Heiratsurkunde.
Good girl.
Kribbeln, Lebendigkeit, *Schweben.*
Wenn ich gewusst hätte, dass du tanzen willst ...
Dieselben Arme, die sich schon vor zwölf Jahren um mich gelegt hatten. Füße, auf die ich schon vor zwölf Jahren beim unliebsamen Tanzen getreten war. Fest auf dem Boden. Beständig. Zitroniges Chanel-Parfum, das ich ihm schon vor Jahren ausgesucht hatte. Und immer noch mochte. Aber genug? Machte David mich noch lebendig? Musste er das?
Ich ließ meinen Kopf unsanft gegen die Fensterscheibe des Vierers prallen. Der Rhein zog an mir vorbei, die glitzernden Lichter der Stadt, die sich darin spiegelten, hübsch, aber verzerrt wie ein Deep Dream.
Als ich zu Hause die Tür aufschloss, war es elf Uhr und David nicht da.
Ich checkte mein Handy. Vor ein paar Minuten hatte er

mir eine SMS geschrieben: *Musste spontan noch was Wichtiges erledigen.*

Ungewöhnlich vage. Fast schon kryptisch. Was hatte er so spät noch Wichtiges zu tun?

Ich schritt durch unsere Wohnung in mein Arbeitszimmer, stellte Emmi auf dem Schreibtisch ab und schaltete Lampe und PC an. Mein Regal war nur spärlich mit ein paar Lehrbüchern besetzt, alles KI-Standardwerke, mein Schreibtisch war clean, selbst nach einem Kuli musste man Stunden suchen, das genaue Gegenteil von meinem Desktop, auf dem sich alles abspielte. Klare Fassade, aber wenn der Rechner einmal hochgefahren war, explodierte das Chaos. Wie bei mir, hinter den schlichten schwarzen Klamotten taten sich Abgründe auf.

Während ich noch wartete, ließ ich meinen Blick an der weißen Raufasertapete entlangstreifen. Über das Poster einer studentischen Tagung, die ich mitorganisiert hatte, über das Fenster zu unserem kleinen Gartenstück, das ich nie betrat, bis zu einer Schwarz-Weiß-Fotografie von Melba Roy Mouton, einer von der Geschichte vergessenen genialen afroamerikanischen Informatikerin.

Wie war es eigentlich bei dir, Melba?, dachte ich. Hattest du dein Liebesleben unter Kontrolle wie diesen sperrigen IBM-Computer vor dir? Oder hast du auch manchmal gar nichts mehr kapiert, so wie ich?

Ich wandte den Blick ab. Die vor dem Runterfahren offenen Tabs meines Browsers erschienen. Darunter das Wordpress von *Golems Grübeleien*, wie mein Blog hieß, benannt nach einer Art frühem Roboter, dem Lehmwesen Golem. Mit dem Entwurf für den Deep-Dream-Post, den ich immer noch nicht zuende geschrieben hatte. Ich klickte mich durch die anderen Entwürfe. *Pydra-Prophylaxe* war die Überschrift von einem, in dem ich mich über unseren Kursplan ausgelassen hatte. *Die Misserfolgs-Formel. Backpropaganda.*

Ein leichtes Lächeln schlich sich auf meine Lippen, ein verschwörerischer Moment mit mir selbst entstand. Zeile über Zeile Frust, Ironie, Sarkasmus bis Zynismus. Mein persönlicher und strengstens geheimer Seelenreinigungscode. An dem ich viel zu selten schrieb, obwohl es gut tat. Einmal den Herz-Cache-Ordner leeren, ein paar unnötige Cookies aus dem Organismus löschen.

Das war es, was ich auch jetzt brauchte, schon seit Tagen.

Und ehe ich mich versah, hatte ich einen neuen Entwurf geöffnet und begann, alle verwirrenden Gedanken rund um Nate, David und Heiraten aus meinem übervollen Kopf auf das Backend von *Golems Grübeleien* zu überspielen.

8. Kapitel

Am Freitagabend waren wir bei Davids Eltern zum Essen eingeladen. Bei Voigts zu Besuch zu sein, war für mich stets so etwas wie eine interkulturelle Begegnung, denn sie waren das genaue Gegenteil meiner Familie. Und das war wahrscheinlich noch untertrieben. Jörg und Karen Voigt lebten zusammen mit Davids kleinem Bruder Felix in einem Reihenhaus in einem Kölner Vorort. Beide waren Finanzbeamte, Jörg für die Stadt Köln und Karen für die Stadt Bonn. Karen kochte gern Marmeladen in allen Geschmacksrichtungen, und Jörg hatte eine Leidenschaft für Gartenarbeit. Sie ließen den Fernseher beim Abendessen laufen, liebten Quizshows und den Tatort. Und sie waren die herzlichsten Menschen, die ich kannte. Sie würden alles für ihre Kinder tun – selbst ihr mit allerlei Kuriosem vollgestopftes Haus verkaufen.

Da ich meine Festplatte mit meinen Golem-Grübeleien einmal ordentlich gesäubert hatte, besaß ich wieder genug Kapazitäten, während des Essens gedanklich von Geschichten über Kenn-ich-nicht-Utes-Tochter Kenn-ich-nicht-Clara zu den wichtigen Dingen abzuschweifen. Was sich gut anfühlte. Emmi und der nächste Journal-Artikel, den ich noch verfassen musste zum Beispiel.

»Stimmt das, Charlie?«, fragte Karen.

Hatte wohl einen Themenwechsel gegeben.

»Charlie hat nicht zugehört«, sagte David. Nicht böse, aber in so einem Man-kennt-sie-ja-Tonfall. Schuldbewusst presste ich die Lippen zusammen.

»Ja, es stimmt«, sagte David, »aber ist auch nicht so wichtig, vielleicht können wir über etwas anderes reden.«

»Worum geht es?«

David war das Thema unangenehm? Neugierde: aktiviert.

»Ich habe nur gefragt, ob es stimmt, dass Sarina jetzt heiratet.«

Aha. Dieses Thema.

Wie auch immer Karen davon gehört hatte. Die beiden hatten eigentlich keine Berührungspunkte. Abgesehen davon, dass das Elternhaus von meinen und Davids Eltern nur ein paar Kilometer auseinanderlag. Aber Hochzeitsnews verfügten offenbar über Flügel, Schwimmhäute und Siebenmeilenstiefel. Sarina vielleicht eine Anzeige in unserer Lokalzeitung geschaltet hatte, würde zu ihr passen. Garantiert hatte sie es auch gepostet, und Karen war eine von diesen Müttern, die auch einen Instagram-Account besaßen.

Davids Bruder Felix verabschiedete sich, um zocken zu gehen. Mir entging nicht, wie David ihm sehnsuchtsvoll hinterherschaute.

Er war dem Thema noch viel abgeneigter als ich. Aber warum? Wirklich allgemein? Oder wegen mir?

»Ja«, sagte ich, ihm nicht den Gefallen tuend, das Thema vom Tisch zu wischen.

»Ich war sogar neulich beim Hochzeitskleid-Aussuchen dabei.«

Und es war ein Desaster.

»Kennst du zufällig das Brautmodengeschäft *Leonardo* aus dieser TV-Sendung?«

In Karens Augen trat ein träumerischer Ausdruck.

»Natürlich kenn ich das. Das kennt doch jede Frau, oder?«

Es lag kein Spott in ihrer Stimme. Dafür war sie viel zu nett. Trotzdem kam ich mir ziemlich blöd vor.

»Da hat Sarina sich jedenfalls ihr Kleid ausgesucht. Ein Prinzessinnenkleid.«

Ein schneeweißes Ungetüm, das sie wie eine weiß glitzernde Christbaumkugel aussehen lässt, fügte ich in Gedanken hinzu. Karen seufzte verzückt auf.

»Hab' ich dir mal erzählt, Charlie, dass es immer mein größter Traum war, einmal in meinem Leben ein Hochzeitskleid aussuchen zu dürfen? Am liebsten von meiner Tochter. Aber ich habe ja nur Jungs bekommen.«

Wehmütig zuckte sie mit den Schultern und ließ ihre Gabel sinken.

Konnte sein, dass sie es mal erwähnt hatte. Noch vor Kurzem hatte ich einen gedanklichen Filter für solche Themen parat gehabt. Aber jetzt …

Ich schluckte schwer.

Und als sie dann noch eine Hand auf meine legte, sie tätschelte und »Zum Glück habe ich ja dich, Charlotte« sagte, schnürte sich mir die Kehle zu.

»*Mom.*«

David riss die Augen auf und schüttelte den Kopf, wie es Maxi tat, wenn sie zu Lollo »pfui« sagte.

»Ehrlich jetzt, das ist total übergriffig, Leute so unter Druck zu setzen. Ich habe dir außerdem schon mal gesagt, dass Charlie gar nicht heiraten will, lass es einfach fallen, okay? *Bitte.*«

Im nächsten Moment legte sich wieder eine Hand auf meine. Diesmal Davids. Mit dem Daumen streichelte er über meine Knöchel, ich schwenkte den Kopf zur Seite und starrte ihn an. Karen murmelte, hörbar geknickt, etwas von »Du hast recht, geht mich ja auch nichts an, das ist eure Entscheidung«, während Jörg von Nachtisch sprach.

Sorry, formte David mit den Lippen. Als könne er etwas für das, was seine Mutter sagte.

Er denkt, er hat mir einen Gefallen getan, analysierte ich. Er denkt, ich will nicht heiraten. Um keinen Preis der Welt. Weil ich das jahrelang gesagt habe. Weil ich ihn jahrelang mehr oder weniger dazu gezwungen habe, mir zuzustimmen, analysierte ich. Nicht einmal entfernt kommt ihm in den Sinn, dass ich meine Meinung geändert haben könnte.

Aber wie auch? Mit den Zacken meiner Gabel malte ich mit der freien Hand ein rundes Muster in mein Kartoffelpüree, das wie ein Strudel aussah. Das Auge eines Sturms. Meine Gedanken.

Kurz darauf drückte David einen Kuss auf meine Schläfe und schloss seine Finger noch fester um meine.

Mein Kopf rauchte. Röhrte wie mein MacBook, wenn es sich zu lange mit Microsoft-Programmen abmühen musste. Das Chaos war wieder zurück. Heftiger und verwirrender denn je.

Nach dem Abendessen radelten wir durch die Straßen des Veedels, bis wir das Rheinufer erreichten. Ich fuhr voraus, als ich plötzlich Kies knirschen hörte.

»Was zum …«

Ich drehte mich um und hatte Schwierigkeiten, die Balance zu behalten, weil mein Sattel so hoch eingestellt war.

»Fahr mir einfach hinterher, okay?«, rief David gegen den Wind an.

»Warum, was hast du vor?«

»Ich weiß, dass es dir nicht leicht fällt, loszulassen und dich einem Mann anzuvertrauen, Nerdy, aber vertrau mir einfach, okay? Nur dieses eine Mal.«

Etwas Spielerisches lag in seiner Stimme, das sich mit dem Rauschen der Baumkronen und des Flusswassers vermischte. Mein Herz schlug auf einmal schneller. Als wäre ich aufgeregt. *Warum?*

»Es fällt mir nicht schwer loszulassen, aber ich muss mich gleich noch einmal an den Schreibtisch setzen, um ein paar Dinge vor morgen noch zu erledigen.«

David ignorierte meinen Protest, war bereits zwei Fahrradlängen von mir entfernt. Kopfschüttelnd fuhr ich ihm nach, auf die andere Rhein-Seite, am Messegelände und dem Rheinpark vorbei, während der Fahrtwind mir ins Gesicht blies und meine Locken verknotete. Als wir einen großen Parkplatz erreichten, wurde David langsamer, die Furche auf meiner Stirn tiefer. Wir befanden uns unter einer Brücke. Der Zoo-Brücke. Es war dunkel, kühl und menschenverlassen, nur wenige Autos standen herum, von denen ich mich seltsam beobachtet fühlte. Ich erschauderte.

Kam er mir jetzt mit irgendeinem exhibitionistischen Outdoor-Sex-Abenteuer an, das immer schon eine verborgene Phantasie von ihm war oder so?

David griff nach meiner Hand und führte mich auf ein beleuchtetes Gebäude zu, das zwischen Bäumen und Büschen zu erahnen war. Und dann erkannte ich es.

»Eine Therme.«

»Richtig.«

»Wir haben zehn Uhr oder so!«

»Die haben bis Mitternacht auf.«

»Ich habe keine Badesachen.«

Dabei. In meinem Besitz. Da war ich mir gerade nicht sicher. Ich konnte mich an mein letztes Schwimmerlebnis nicht mal erinnern.

David machte ein tskendes Geräusch. Wirklich genervt klang er nicht.

»Denkst du, ich habe mir heute eine Badehose unter die Chinos gezogen? So casual ist der Casual Friday bei uns definitiv nicht.«

»Das ist ...«

Bescheuert. Völlig verrückt. Spontan – und ich war nicht spontan.

Ich biss mir auf die Unterlippe und schaute zu David, in dessen Augen sich das Licht einer Straßenlaterne reflektierte.

Aber auch irgendwie ... prickelnd wie feiner Champagner.

Er beugte sich zu mir vor, strich mir eine Strähne hinters Ohr und sagte leise:

»Zur Not schwimmen wir nackt. Komm schon, Nerdy.«

Wieder dieses Prickeln. Dazu sportlich-kräuterige Zitrone, ein Hauch von Alkohol, frische Nachtluft, die nach Abenteuer roch.

»Okay. *Okay.*«

Wie ergeben, hob ich die Hände in die Luft und ließ mich anschließend von David in die Therme führen.

»Wehe, du sagst gleich was.«

Hinter der Kabinentür hörte ich David dunkel lachen. Ich sah seine Füße, die in Stoffbadeschuhen mit dem Thermen-Logo steckten. Seufzte tief. Und trat hinaus auf den Gang, der schon in einen süßen chlorhaltigen Geruch getaucht war, die Kordel vom Bademantel fest zugezurrt.

David stand dort, ohne Bademantel, in neutraler schwarzer Badehose und sah ... gut aus. *Sehr* gut.

»Für dich hatten sie noch schwarz, klar«, schnaubte ich, dermaßen unglücklich mit der Scheußlichkeit, die sie mir beim Verleih ausgehändigt hatten. Verwaschenes Grün. *Mint*. Mit weißen Streifen! So eng, dass mir der Stoff in den Schritt schnitt und mich fast in zwei Hälften teilte.

»Ich habe schon zwei Anrufe bekommen. Einen vom Set von *Call on me*, die wollen ihre Aerobic-Stripperin zurück. Und einen aus den Fünfzigern: Die wollen den Badeanzug! Ich sehe aus wie diesen Schwarz-Weiß-Dokus über das vorletzte Jahrhundert entsprungen, auf dem Weg zum Synchronschwimmen eines erzkatholischen Mädchen-Gymnasiums!«

Und wie das zwickt. Hoffnungslos zupfte ich durch meinen Bademantel daran herum.

»Ein Ausdruck strukturellen Sexismus, welche Badeklamotten sie hier verteilen, hm?«

David verbog einen Mundwinkel zu einem schiefen Lächeln. Ich musterte ihn sprachlos. Im nächsten Moment zog er mich an sich, der Bademantel verrutschte und gab die mint-weiße Scheußlichkeit frei. Ich verspannte mich unwillkürlich. *Was, wenn uns jemand beobachtet?*

»Und darf ich auch ein bisschen sexistisch sein?«, flüsterte er an meinen Hals, während er eine Hand unter den Mantel über den Badeanzugstoff an meinen Wirbeln hinuntergleiten ließ bis zu meinem Steißbein. Gänsehaut breitete sich an den Stellen aus, die er streifte, Gedankennebel legte sich über mein Schamgefühl. Als ich nicht protestierte, rutschte seine Hand noch ein bisschen tiefer.

»Die 50er stehen dir verdammt gut, Nerdy.«

Er packte zu. Mein Herz hüpfte. Die Hubbel machten auch vor meiner Brust nicht Halt. Und dieser verfluchte Badeanzug gab wirklich alles preis. War da jemand? Nichts zu hören, nichts und niemand zu sehen, nur graue Fliesen und weiße Schließfächer, die schienen alle im Innenbereich zu sein.

Zuverlässig fiel Davids Blick nun auf mein Dekolleté. Es fühlte sich nicht wie sein Blick an, sondern wie der eines heißen Fremden. Sein Grinsen vertiefte sich.

»Und entspann dich, okay?«, raunte er.

»Du kannst mich mal«, antwortete ich, mit so wenig Überzeugung, so gehaucht, dass es regelrecht pornös klang.

»Wie du meinst.«

Er trat einen Schritt zurück, zwinkerte und streckte seinen Arm nach mir aus.

»Wir gehen jetzt sowieso schwimmen, unter Wasser sieht man den Badeanzug ja nicht.«

Wir traten in die dicke schwere Luft des Innenbereichs. Ich ließ meinen Blick über die blauen Kacheln des Bodens wandern, über die steinernen Wände und die große Glasfront, hinter der sich ein spärlich beleuchteter runder Pool abzeichnete. Nur vereinzelt drehten Leute im Innenbecken ihre Runden, entspannten in einem blubbernden Whirlpool, das Außenbecken wirkte leer.

Als teilten wir uns die Gedanken, stiegen wir wortlos in das angenehm warme Thermalwasser, das sich wie eine Kuscheldecke federleicht um mich hüllte, und tauchten gleich hinaus in den Außenbereich. Als ich den Kopf aus dem Wasser hob, war ich überwältigt. Von der kühlen Nässe in meinem Gesicht und der schützenden Wärme um den Rest meines Körpers. Vom Sternenhimmel über uns. Vom mystisch leuchtenden Kölner Dom in der Ferne. Ich vergaß den blöden Badeanzug. Vergaß so vieles – Gedanken, Probleme, die Zeit – ließ mich vom Strudel rhythmisch durch das kreisrunde Becken treiben. David tat es mir gleich, Runde für Runde. Wir sprachen nicht, atmeten weiße Schleier in die Luft, schlossen dann und wann die Augen, waren schwerelos.

Bis David mich irgendwann sanft am Arm fasste. Ich schwamm mit ihm zum Beckenrand. Ließ mich sachte von ihm dagegen drücken. Er nahm mir die Brille ab und mein Gesicht in beide Hände, warmes Wasser perlte an meinen kalten Wangen, unsere weißen Fäden in der Luft vermischten sich.

»Ich weiß, ich sage das viel zu selten, und dieser ganze Hochzeitsbullshit geht mir genauso auf die Nerven wie dir, aber …«

Er lehnte seine Stirn gegen meine. Mein Herzschlag geriet außer Kontrolle. Seiner auch, wie ich merkte, als ich mit meinen Fingerkuppen bedächtig über seine Brustmuskeln fuhr.

Nach zwölf Jahren. *Verrückt.*

»Ich liebe dich, Charlie.«

Und jetzt schmolz mein Herz einfach dahin. Ich wollte etwas sagen, die drei magischen Worte erwidern, doch David kam mir mit seinen Lippen zuvor. Hauchzart legten sie sich auf meine. Ein Kuss unter Sternen, heiß und kalt und so perfekt. Ich griff an seinen feuchten Hinterkopf, streckte ihm meinen Körper entgegen, wollte mehr. Seine Zunge tastete sich in meine Mundhöhle vor, mein Blut rauschte, alles in mir pulsierte, ich war nur noch hier und jetzt.

Und als wir irgendwann voneinander abließen – es hätte mich nicht gewundert, wenn sie in der Zwischenzeit die Therme geschlossen hätten – außer Atem, beide etwas überrascht von der Leidenschaft, fühlte sich alles so unglaublich richtig an, dass all die Verwirrung einfach davonzog. Ich lächelte. Meine Sinne waren noch immer hellwach, der Abend in der Therme vielleicht bald vorbei, aber bei uns zu Hause …

David lächelte zurück.

»Wir sollten sowas öfter machen, oder?«

»Mhm«, stimmte ich ihm selig lächelnd zu.

»In der letzten Zeit hatte ich aber auch keinen Kopf dafür. Wenn Captain America da ist, sind immer alle super gestresst. Aber jetzt, wo er endlich wieder in New York ist, da …«

Erneut beugte sich David zu mir runter.

Mit einem Schlag röhrte mein System wieder. War das angenehm wohlige, *klare* Gefühl von vor einer Zehntelsekunde gelöscht.

Was hatte David da gerade gesagt?

»Da ist alles wieder besser.«

Und in dem Moment, in dem Davids Lippen dieses Mal auf meine trafen, hörte ich förmlich das unheilvolle Zischen, mit dem mein System komplett abstürzte.

9. Kapitel

»Wollen wir erst einmal – ganz frei heraus – unsere ersten Eindrücke sammeln? Also ein wenig assoziativ?«, fragte der gutherzige Professor Schmidt in die Runde hinein.

Es war Samstagnachmittag, Fast-Ende einer langen, langen Woche. Hinter mir, neun Professoren, einer Professorin, Simon Hertel und einer Sekretärin lag ein Marathon von Vorstellungsvorträgen, Lehrproben und Kommissionsinterviews für die Besetzung einer neuen Professur an unserem Institut. Wir saßen in einem schmalen, lang gezogenen Besprechungsraum und begannen die Abschlussevaluation. Mein Platz war gegenüber der Fensterfront, gegen die im herannahenden Dunkel des frühen Abends der Regen trommelte.

Und gegenüber von der Pydra, von der ich Protest gegen diesen sehr sinnvollen Vorschlag erwartete in drei, zwei, eins …

»Na, also, Andreas, so ganz assoziativ sollten wir das nicht machen. Alles muss seine Ordnung haben, findest du nicht?«

Sie lächelte ihr berühmtes kaltäugiges Lächeln. Simon neben ihr nickte eifrig. Ich musste kurz die Lider schließen, damit niemand den Rückwärtssalto meiner Augäpfel mitbekam.

Es ist gut, dass ich hier bin, sprach ich mir zu. Es ist wichtig, dass ich hier bin. Weil die Pydra als Gleichstellungsbeauftragte nichts taugt, und ich hier als Frau für Frauen in den MINT-Fächern Einfluss nehmen kann.

Wenn da nur nicht immer diese anderen lästigen Tabs in meinem Gehirnbrowser aufgetaucht wären, lästig wie blinkender Gewinnspiel-Spam und Werbung für Nerd-Tassen, auf denen *Charlotte* stand. Mieses Micro-Targeting. Mieser Pop-Up-Blocker, der völlig versagte, wenn es um David und Nate ging.

»Ich bin ja der Meinung, dass wir reihum gehen sollten. Ludwig, fang du doch bitte an.«

Alle gehorchten der Pydra, obwohl sie nicht einmal Vorsitzende der Kommission war.

»Nun. Das Erste, was mir einfällt, ist, dass es Herrn Möller direkt gelungen ist, einen Draht zu den Studierenden aufzubauen. Das fand ich sehr positiv«, sagte Professor Schröter.

»Ich möchte was zu dieser Breithaupt sagen«, meldete sich der Hoffmann als Nächstes. Ugh. *Der.*

»Deren Vortrag hat meine Intelligenz beleidigt. War für mich allenfalls Volkshochschul-Niveau.«

Klar. Frauen beleidigten seine psychoanalytisch-sexistisch ausgebildete Intelligenz.

Es erklang zustimmendes Gemurmel im Raum. Ich klopfte mit meinem Kuli auf den Papierstapel vor mir. Den ich zum Einsatz bringen musste. Sobald ich genug Mut fasste und sich mal eine Gelegenheit ergab.

»Also ich hab' immer noch Bauchschmerzen wegen dieser Sache mit der Habilitationsäquivalenz bei diesem Sammer. Können wir da wirklich von kumulativer Habilitation sprechen? Wenn ich als Dekan das vor dem Senat durchbringen muss und sich dann rausstellt …«

Professor Jacobs, der nie eine Äußerung tätigte, die ohne ein »Ich als Dekan« auskam, ließ den Satz unbeendet in der Luft hängen und kratzte sich am Hinterkopf.

»Wo wir schon beim Thema Publikationen sind«, ergriff die Pydra das Wort. »Da sind doch sowieso noch einige Fragen ungeklärt. Ich frage mich bei der Breithaupt nämlich auch, wieso sie bislang nur so wenig veröffentlicht hat. Ich meine: Hat sie Kinder bekommen? Irgendeine chronische Krankheit? Nicht, dass es uns bekannt wäre.«

»Die Kiesinger war gut«, warf der Winkler nüchtern ein.

Die Pydra verengte die Augen zu dünnen Schlitzen. Vor der nebelig-grauen Regenkulisse wirkte sie furchteinflößend, wie eine professorale Hydra eben.

»Aber hat die denn auch genug internationale Erfahrung?«, fragte sie. »Das ist immerhin eine Stelle, bei der es dezidiert um das Knüpfen internationaler Netzwerke geht. Da sollte man schon auch etwas vorweisen können.«

Typisch. Während bei den männlichen Bewerbern ein zweiwöchiger Sprachkurs in der fünften Klasse in London als Auslandserfahrung durchging, mussten Frauen ihren Doktor in Harvard und anschließend ihren Postdoc in Yale machen und waren auf dem Gebiet immer noch »sehr dünn« aufgestellt.

Professor Winkler runzelte die Stirn.

»Das kann ja heiter werden«, sagte er. »Wie stellt ihr euch das vor, wenn eine einfach gut ist, genial sogar? Entschuldigung, Frau Kant, wir können Ihnen die Stelle leider nicht anbieten, weil Sie nicht genug internationale Erfahrungen gesammelt haben?«

Gelächter. Auch ich lachte mit, weil ich ausnahmsweise mal einen Professoren-Witz verstand. Durch eine Studium-Generale-Veranstaltung wusste ich, dass Kant seinen Geburtsort Königsberg nie verlassen hatte.

Die Pydra lachte nicht. Simon sicherheitshalber auch nicht. Jetzt drückte sie die Schultern zurück, streckte die Brust raus, plusterte sich regelrecht auf, ihre Stimme erfüllte den gesamten Konferenzraum.

»Also ich finde das nicht in Ordnung, nicht in Ordnung«, polterte sie und machte dabei eine energische Handgeste, mit der sie einen Stapel Flyer von der Fensterbank fegte. Von diesem von ihr ins Leben gerufenen Mentoring-Programm für Nachwuchswissenschaftlerinnen alias ihrer Feminismus-PR-Nummer.

Bezeichnend.

»Inter- und transnationales Arbeiten ist von konstitutiver Bedeutung für diese Stelle. Für sie als Quotenfrau soll da jetzt eine Ausnahme gemacht werden? Für mich wurde damals auch kein Auge zugedrückt, nicht ein einziges! Das kann und werde ich nicht gutheißen, Gottfried.«

Wie in aller Welt hatte die Pydra Gleichstellungsbeauftragte werden können, *wie*? Wenn sie ihre gesamte Energie doch nur darauf verwendete, Frauen als Konkurrentinnen zu bekämpfen, statt sich für sie stark zu machen. Na ja. Ich kannte die Antwort. Weil sie nun mal die einzige Professor*in* an unserem Institut war und man schlecht einen Mann auf den Posten hatte setzen können. Dabei wäre selbst der Winkler in dieser Position hilfreicher. Männer konnten manchmal, so bitter es auch war, bessere Frauenförderer sein als Frauen selbst. So wie ...

Ein Wortgefecht zwischen der Pydra und Professor Winkler entspann sich, in das sich nun auch noch Simon einmischen musste.

»Ich kann Petra da nur beipflichten. Die verstärkte internationale Ausrichtung unseres Instituts ist von immenser Bedeutung. Mehr Silicon Valley statt Provinz, mehr Hard Facts statt sozioinformatische Soft-Skills-Add-Ons.«

Was der sich wieder rausnahm. Der hatte hier eigentlich gar nix zu melden, und trotzdem sprach er wie Prof. Dr. mult. Hc. Simon Hertel und ließ mal wieder keine Gelegenheit aus, mich – und die gesamte Sozioinformatik – ins Lächerliche zu ziehen!

Ich packte den Stapel Dokumente, der vor mir lag, fester und räusperte mich. Es war an der Zeit. Nichts passierte. *Denk an Emmi. Denk an die Tech Women. An Bea und Susann und deine anderen Nerd-Schwestern. An Nate, der kein Problem damit hat, die Hoffmänner und andere Arschlöcher dieser Welt einfach abzustrafen. Nate, der zwar jetzt wohl für immer in New York ist und den du vielleicht nie wieder sehen wirst.* Erneut räusperte ich mich, diesmal lauter.

Der Winkler zog eine Augenbraue hoch, was ich mal so deutete, dass er mir das Wort erteilte. Hätte ja nach dem letzten Kolloquium nicht gedacht, dass ich ihn mal nicht komplett verachten würde.

»Also ich habe schon einmal einen Blick in die Befragung der Studierenden geworfen, die mir die Fachschaft vorhin ausgehändigt hat«, begann ich mit wackeliger Stimme, den Blick von der Pydra und Simon meidend.

»Und da zeichnet sich eindeutig ab, dass Frau Dr. Kiesinger die Wunschkandidatin ist. Mit Verlaub«, meine Stimme wurde mit jedem Wort, das ich sagte, sicherer, *zum Glück* »Sie, Professor Jacobs, wiesen ja bereits auf den Senat hin. Wenn wir eine Liste ohne Frau gegen den Wunsch der Studierenden vorlegen, dann kann ich mir beim besten Willen nicht vorstellen, dass das dort durchgeht.« Hoch gepokert. Der Senat war natürlich auch voller Männer. Aber einen Versuch war es wert.

»Daher möchte ich mich hier nachdrücklich für Frau Dr. Kiesinger aussprechen.«

Stille. Nachdenklich, schockiert oder verachtend – was genau es war, konnte ich noch nicht recht sagen. Mein Blick klebte am Fenster, an den endlosen Bahnen der Regentropfen, am inneren Grüngürtel, der durch das Grau zu erahnen war. Vereinzelt liefen Menschen mit Regenschirmen herum, Radfahrer in bunten Plastikcapes. Mein Puls beruhigte sich nur schleppend, während ich mich von der Scheibe löste, in die Industrielampe schaute, die leise surrte, bis kleine Lichtblitze vor meiner Sicht zuckten. Ich hörte jemanden schlucken. Gefolgt von Professor Jacobs Stimme.

»Frau Fröhlingsdorf hat recht«, sagte er gedehnt.

»Wenn ich als Dekan mit einer Liste ohne Frau vor den Senat trete … in der heutigen Zeit … ich glaube auch, dass das schwierig wird.«

Ein zaghaftes Lächeln stahl sich auf meine Lippen. Dahinter fiel ein ganzer Steinbruch von meinem Herzen. So fühlte es sich an, wenn man mal den Mumm hatte, das Richtige zu tun.

Zumindest für ungefähr zwei Atemzüge.

Dann nämlich rollte eine neue Steinlawine durch meinen Brustkorb. Losgetreten von der Pydra.

»Meine Stimme bekommt sie nicht.«

Und ich musste nicht einmal den Kopf drehen, um zu wissen, dass sie gerade die Arme vor der Brust verschränkte.

»Wir sollten schon einen einstimmigen Beschluss vorlegen«, sagte der Winkler, hörbar genervt.

»Meine. Stimme. Bekommt. Sie. Nicht«, wiederholte die Pydra.

»Meine wird sie auch nicht bekommen«, sagte Simon und klang dabei wie ein verfluchtes Kindergartenkind beim Wettbuddeln im Sandkasten. Mein Herz wurde schwer unter der Last. Da ahnte ich noch nicht, dass es wenig später vollkommen zerquetscht werden würde.

Noch eine Weile lang wurde weiter diskutiert ohne zu einem richtigen Ergebnis zu kommen, bis es draußen anfing zu dämmern und die Straßenlaternen angingen. Dann beendete der Kommissionsvorsitzende die Sitzung.

»Wir sehen uns dann wohl nächste Woche wieder«, sagte er.

Ich packte meinen Block, die Dokumente und meinen Kuli in meinen Jutebeutel. Hauchte noch einmal auf meine Brille, die ähnlich dreckig war wie die Fensterscheiben, und wollte den Raum verlassen, um vom beruflichen Chaos wieder zurück in mein privates zu kehren, als mich die Stimme der Pydra abrupt innehalten ließ.

»Frau Fröhlingsdorf«, lächelte sie zähneknirschend.

Jetzt fragt sie mich, was mir eigentlich einfällt, ihr bei ihrer Anti-Frauen-Förderung nicht nach dem Mund zu reden, ging es mir durch den Kopf.

»Ich habe das Methoden-Kapitel gesehen, das Sie mir geschickt haben. Hatten wir nicht gesagt, dass wir die Zielsetzung noch einmal nachschärfen wollen?«

Wir. Hatten *wir* nicht gesagt. Nein, hatten wir nicht. Sie hatte das getan. Ich fand die Zielsetzung super, wie sie war. Es war dieselbe, die sie vor drei Jahren selbst abgenickt hatte. Bevor sie mich vorm Kolloquium bloßgestellt hatte. Das hier war ein anderes *Wir* als das *Simon-Petra-Wir*. Ein böses Wir. Machtinstrument. Pluralis Majestatis. Verbales Waterboarding.

»Ich …«

… wusste nicht, was ich darauf sagen sollte. Wünschte mir mal wieder ein bisschen Emmi-Schlagfertigkeit. Mein Blick fiel auf die bedrohlich locker aussehende Schlaufe der

Schnürsenkel an meinem rechten Sneaker, und das Bedürfnis, mich nach ihr zu bücken, um mich irgendwie von der Pydra-Präsenz abzulenken, wurde schmerzhaft stark.

»Denken Sie da noch einmal drüber nach, Frau Fröhlingsdorf. Sie wissen ja, dass wir demnächst neue Projektmittel beantragen müssen. Die Entwicklung von Ihrem Sprachassistenten hat viele Gelder geschluckt und geht ja eher dürftig voran.«

Dürftig? Es lief alles nach Plan! Emmi und die Erhebungen brauchten eben Zeit, aber das war von Anfang an klar!

Hinter meinen Augäpfeln und in meiner Nase begann es, unheilvoll zu kribbeln.

»Simon Hertels Projekt lässt sich vor der DFG leichter rechtfertigen, das wissen Sie selbst. Er hat ja bereits zwei Publikationen in renommierten Zeitschriften unterbekommen.«

Ja, weil er einfach nur existierende Studien zusammenklebte und behauptete, etwas Neues getan zu haben!

Diese Bewunderung in ihrer Stimme. Mir wurde schlecht.

»Also, Frau Fröhlingsdorf, lassen Sie sich das alles noch einmal durch den Kopf gehen. Es täte mir wirklich leid, wenn Sie Ihre Promotion unvollendeter Dinge abbrechen müssten.«

Sie drehte sich um und ging. Ich schaute ihrem wippenden schwarzen Oberkörper hinterher. Von außen hätte man meinen können, wir spielten für dasselbe Team. Weit gefehlt. In einem Ted Talk hatte ich mal etwas darüber erfahren, woran man Lügner erkannte. Da gab es recht wissenschaftliche Kriterien. Unter anderem passte das, was Lügner sagten, so gar nicht zu ihrer Mimik.

Es täte mir wirklich leid – zuckende Mundwinkel – *wenn Sie Ihre Promotion* – gekräuselte Lippen – *unvollendeter Dinge abbrechen müssen* – Zunge schob sich in Innenseite der Wange.

Und das alles lag selbstverständlich einzig und allein daran, dass Simons Projekt qualitativ besser war. Hatte nichts, gar nichts damit zu tun, dass sie mich und andere Frauen grundlos hasste. Dass ich es gewagt hatte, gerade in der Kommission das Wort zu ergreifen. Eine andere Meinung zu vertreten als sie.

Was sich eben noch richtig und empowernd angefühlt hatte, war nun endgültig unter dem Schutthaufen aus meinen Problemen verborgen.

Im verlassenen Uni-Flur ließ ich den Kopf gegen die Wand sinken. Und dann ging auch noch das Licht aus.

Als ich zu Hause ankam, fand ich David in seinen Trainingsklamotten schlafend auf dem Sofa vor, ein Fußballspiel lief im Hintergrund. Ich ging in mein Arbeitszimmer, setzte mich an den Schreibtisch und starrte ins Nichts. Eingefroren. Rasender Stillstand in meinem Innern. Ich rieb mir über die Schläfen und betete, dass es aufhörte. So stellte ich es mir in einer Casino-Hölle vor. Alles blitzte, blinkte, pingte, verlangte Aufmerksamkeit, blendete, zog einen in den Abgrund, pushte einen wieder hoch, ding, ding, ding, Jackpot!, nur um einen dann noch tiefer zu stoßen.

Das Hauptproblem war, dass alles so unfassbar unberechenbar geworden war. Jahrelang war mein Leben eine lineare Funktion, die Variablen und das angestrebte Ergebnis glasklar. Ich wollte Karriere machen, David an meiner Seite. Dann hatte er das Interesse an beidem verloren. Dann war aus dem Nichts die neue Variable Nate dazu gekommen, war er ebenso plötzlich wieder verschwunden, und nun kapierte ich gar nichts mehr. Als hätten sich die Grundregeln der Mathematik geändert. Auf einmal konnte man mit Null multiplizieren, war Minus mal Minus nicht länger positiv.

Ich raufte mir die Haare. Schaute aus dem Fenster. Vollmond.

Was hältst du davon, wenn du mir den Ordner abnimmst und ich dir sage, wo die Blätter auf dem Boden abgeheftet werden müssen, damit wir beide hier vor dem nächsten Vollmond noch mal rauskommen?

Ach verdammt. Verfluchter Vollmond. Verfluchtes Chaos. Ich brauchte Hilfe. Nicht von einem goldenen Buddha. Sondern was Handfestes. Meine üblichen Coping-Strategien – Listen – reichten nicht länger.

Oh, Alan. *Was würdest du denn dazu sagen?*

Oder Emmi.

Mein Blick schweifte zu dem giftgrünen Zylinder.

»Emily«, hörte ich mich sagen.

»Was macht man, wenn eine ehemals funktionierende Gleichung hinten und vorne nicht mehr aufgeht?«

Mit der flachen Hand schlug ich mir gegen die Stirn. *Du bist sowas von durchgedreht.*

Emmi schwieg. Ganz so, als hätte sie keinen Bock auf Antworten. Wankelmütig, wie sie eben war.

Dann aber antwortete sie doch.

»Noch einmal von vorn rechnen.«

»Das ist alles? Ich speise Millionen von Datensätzen in dich ein, darunter der brillante feministische von Professorin Gutenberg, mit Texten von brillanten Frauen, und das kommt dabei raus?«

Kein Mucks. Diesmal schwieg sie endgültig.

Gedankenverloren scrollte ich durch das Backend von Golems Grübeleien. Golems Gedankenquatsch. Golems Garnichts. Golems …

Und dann fiel der Groschen. Emmi hatte recht. So simpel ihre Worte auch anmuteten. Ich glaube nicht an Goldfiguren, das Schicksal oder das Spaghetti-Monster. Dafür an Logik. System. Gleichungen. Bugs beheben. Rechnungen. *Hoch*rechnungen. Wieso gab ich hier so leicht auf? Einen Zauberwürfel legte ich auch erst aus der Hand, wenn alle Farben gebündelt und in Reih und Glied waren, bei einem Brain Teaser wäre ich nie auf die Idee gekommen, nach zwei Sekunden das Handtuch zu schmeißen. Warum dann bei meinem Liebesleben? Wo ich noch nicht einmal wirklich angefangen hatte zu rechnen?

Die Ereignisse rund um Heiraten, David und Nate waren Rohdaten, die ich noch bereinigen musste, um auf ihrer Basis zuverlässige Aussagen über die Zukunft treffen zu können. Szenarien für jeden Fall.

Auf einmal fühlte ich mich nicht mehr niedergeschlagen,

sondern voller Adrenalin. Ich war hellwach. Saß auch wieder aufrechter, auf einer Achse mit dem Melba-Foto. In meinem Kopf ratterten die Daten wie beim Machine Learning, Abertausende Zeilen. Ich begann damit, Szenarien zu entwerfen und ihnen entlang ihrer Verläufe Namen zu geben.

Szenario *Rauchschwaden*: Wenn die Beziehung von David und mir eine negative Steigung bleibt und Nate eine positive, er nicht für immer nach New York verschwindet, sondern wiederkommt und wir das extrapolieren und … Szenario *Pi-Kette*: Wenn Nate für immer in New York bleibt und David und ich uns wieder annähern und … Szenario *Pi-Kette, Unterszenario 50er-Zeitmaschine*: David und ich nähern uns wieder an, er klettert die Karriereleiter hinauf und ich hinab, dafür heiraten wir … Szenario *Pi-Kette, Unterszenario Emmi trägt Pi-Kette*: David und ich nähern uns wieder an, seine und meine Karriere gehen bergauf …

Ich tippte und tippte in das Fenster des Wordpress hinein, visualisierte mit Graphen, mein Computer rauschte, so wie meine Gedanken. Immer wieder drehte ich mich auf meinem Schreibtischstuhl zu Emmi, um ihr eine Frage zu stellen. Ihr grünes Licht flackerte durch mein dunkles Arbeitszimmer und warf einen lang gezogenen Schatten an die Raufasertapete wie ein Nordlicht. Manchmal lieferte sie mir einen wichtigen Impuls, manchmal erinnerte sie mich zu stark an den Bug, den ich noch beheben musste. Aber nicht jetzt, nicht heute … wo ich plötzlich richtig aufblühte. Mich auf eine Weise mit meinen Gefühlen konfrontierte, wie ich es noch nie getan hatte. Ich musste exakt sein. Dafür brauchte ich alle Details, alle Emotionen, alle Phantasien, egal, wie kitschig, wie grenzüberschreitend sie sich anfühlen mochten.

Als ich das nächste Mal auf die Uhr schaute, waren Stunden vergangen, war es bereits kurz nach drei Uhr, und ich merkte erst, wie erschöpft ich eigentlich war. Der Himmel war schwarz und leer wie meine Gedanken, kaum ein Stern unter einer Schicht aus Wolken und Smog zu sehen.

Ich drückte auf *Entwurf speichern* und schleppte meine bleiernen Glieder ins Bett, mit einem deutlich angenehmeren Gefühl in der Brust als zuvor. Ich hatte das Chaos buchstäblich in die Hand genommen. Eroberte mir die Kontrolle über mein Leben zurück. Besaß jetzt Wirklichkeitsschablonen. Handlungsrezepte. Meine eigenen Lebensalgorithmen. Alles wieder im Griff.

10. Kapitel

»Das hier ist alles *state of the art*, du findest nirgendwo etwas Besseres!«

Maxi war in ein blaues Business-Kostüm mit cremefarbener Bluse gekleidet, ein Messeausweis baumelte an einem roten Band um ihren Hals, auf dem *Maximiliane Stier, Staff* stand. Sie sah professionell und wunderschön aus, vollkommen in ihrem Element. Stolz deutete sie in dem runden Raum um sich, dessen Wände aus flackernden Bildschirmen bestanden, davor Tische mit Ausstellern und futuristisch anmutenden Installationen. Eine Wand war komplett mit einer digitalen Projektion überzogen, auf der sich Tausende und Abertausende Pixel befanden, Ausschnitte aus den Aufnahmen von Überwachungskameras, die zusammen ein gigantisches Auge bildeten.

Nachdem ich mich die letzten Tage über ganz auf meinen Stand vorbereitet hatte, war ich heute Morgen mit Emmi im Gepäck und klopfendem Herzen zum Auftakt der Digi-Art aufgebrochen. Das Messegelände war dafür einmal von innen nach außen umgekrempelt worden. Maxi hatte in den letzten Wochen jede freie Minute in die Organisation gesteckt, Künstler und Unternehmen aus der ganzen Welt waren für das Event eingeflogen.

»Die hier zum Beispiel sind direkt aus dem Silicon Valley angereist. Gestern erst angekommen. Du musst dir das mal alles anschauen, ist echt der Wahnsinn!«

Maxis Augen leuchteten passend zu den digitalen Animationen und Lichtblitzen auf dem großen Bildschirm neben ihr auf, das Auge im Hintergrund sah ihr dabei zu, faszinierend beunruhigend. Ich nickte anerkennend und begann, langsam den Raum abzuschreiten. Noch waren keine Messebesucher da.

Ein Aussteller saß vor einem Computer und tippte etwas in die Tasten, woraufhin auf einem dem Zuschauer zugewandten Bildschirm ein Code sichtbar wurde, der sich auf dem Bildschirm daneben in eine sich immer weiter verändernde Fotografie verwandelte.

Auf einem anderen Ausschnitt der Wände waren wachsartige Körper mit perfekten sinnlichen Rundungen zu sehen, die anschwollen und in Tausende und Abertausende Einzelteile zersprangen, durch raum- und zeitlose Hintergründe rollten und sich wieder zusammensetzten. Sie zogen mich derart in ihren Bann, dass ich kaum wegschauen konnte.

»Und hier«, Maxi deutete auf einen Tisch daneben, »hier kannst du nun Queen Emily absetzen.«

Das tat ich dann auch. Maxi hatte mir eine Premium-Lage organisiert.

»Ich bin gleich wieder bei dir, okay? Muss kurz was mit Francis besprechen.«

Augenblicklich verdunkelte sich ihre Miene. Ich tätschelte ihr die Schulter und lächelte aufmunternd. Anschließend wanderte ich noch ein bisschen durch die Gänge, bis es an der Zeit für meinen – für Emmis – großen Auftritt war. Zum ersten Mal würde ich sie einem wirklich großen Publikum präsentieren – und dabei genauestens alle Interaktionen beobachten. *Showtime.*

Messebesucher strömten durch die weitläufigen Hallen, in meinen Gliedern breitete sich ein aufgeregtes Flimmern aus. Und als die Ersten bei mir und Emmi hielten und damit begannen, ihr Fragen zu stellen, ging mein Herz auf.

Immer mehr Besucher schauten vorbei. Lachten über Emmis Antworten, empörten sich darüber, manche reagierten sogar verärgert. Ich beobachtete aufmerksam, machte Feldnotizen und feierte innerlich Emmis ausgetüfteltes und auffälliges Design. Neben Maxi ließen sich irgendwann auch Bea und Susann blicken, um Emmi und mir Hallo zu sagen und sich zu erkundigen, wie es so lief.

»Wir würden dich übrigens gern mit jemandem bekannt machen«, sagte Bea unvermittelt.

Eine Frau trat aus ihrem Schatten heraus. Mir klappte – *buchstäblich* – die Kinnlade runter, mein Herz sprang in meine Kehle.

»Charlotte, das ist —«

»Professorin Marianne Gutenberg vom Institut für *Human Ethics and Social Computer Science* der Rheinischen-Friedrich-Wilhelms-Universität Bonn, Preisträgerin des *Women in STEM Awards*, ich habe alle Ihre Artikel gelesen, ich arbeite bei Emmi unter anderem auch mit Ihrem Open Source feministischen Datensatz, ich verehre Sie.«

Und aus meiner Kehle gleich in das überrumpelte Gesicht meines absoluten akademischen Idols, jener Frau, die ich werden wollte, *wenn ich mal groß war*. Mein wild schlagendes Herz verhinderte, dass ich mich für meinen Ausbruch angemessen schämte. Ich spürte Beas und Susanns Blicke in meinen Seiten, wollte mir nicht ausmalen, wie perplex sie mich gerade anstarrten.

Professorin Gutenberg ließ die Augenbrauen hochwandern, ergriff aber nicht die Flucht. Glück gehabt. Bea räusperte sich.

»Ja, äh, Marianne, Charlotte kennt dich offenbar schon so ein bisschen«, sagte sie mit belustigtem Unterton, doch ich war bei Marianne stehen geblieben, Bea duzte mein Idol, »Das ist jedenfalls Charlotte.«

Und sie stellte mich ihr als *Charlotte* vor.

Bea hielt kurz inne und kippte ihre Handteller in Emmis Richtung.

»Und das ist Emily, ihre feministische Sprachassistentin.«

Professorin Gutenberg streckte mir ihre Hand entgegen. Ihre Lippen deuteten ein Lächeln an. Sofort fiel mir auf, dass ihr Gesicht genau so frisch wie auf den Fotos und in den Live Talks wirkte. Die obligatorischen akademischen Augenringe, Sorgenfalten und der durch Vitamin-D-Mangel, Workaholic-Isolation und allgemeine Erschöpfung verursachte Grauschleier über ihrer Haut fehlten. Wie in Trance ergriff ich ihre Hand. Ihr Handschlag war fest und bestimmt, aber vielleicht auch nur, weil sie sonst an meiner Schwitzehand abgerutscht wäre.

»Es freut mich sehr, dich kennenzulernen, Charlotte«, sagte sie gelassen. »Ist doch in Ordnung, wenn wir uns duzen? Das finde ich angenehmer.«

Meine Lippen teilten sich, ich nickte, weiterhin von ihrer energetischen Präsenz hypnotisiert.

»Wunderbar. Also, Charlotte: Bea und Susann sagen mir, dass du an einem vielversprechenden sozioinformatischen Projekt arbeitest. Vielleicht magst du mir etwas über deine Emily erzählen?«

»Du siehst so aus wie Ron Weasley im vierten Harry Potter, nachdem er Fleur Delacour um ein Date gebeten hat«, sagte Maxi zu mir, als sie zum Schluss des ersten Messetags wieder an meinen Stand kam.

»Ich habe den Film nicht gesehen, kann mir darunter nichts vorstellen«, sagte ich geistesabwesend, während ich Emmi in ihren Case packte, den ich behutsam in einem Karton verstaute. Maxi seufzte theatralisch.

»Manchmal denke ich: Du bist so ein hoffnungsloser Fall, Charlotte Fröhlingsdorf. Du siehst aus, als hättest du einen Geist gesehen, wollte ich damit sagen.« Die letzten Silben sprach sie langsam und stark betont aus, als rede sie mit einem Kleinkind.

»Welcher Geist war es?«

Den Karton wiederum ließ ich in Zeitlupe in meinen Jutebeutel gleiten. Alle anderen Dinge wie Info-Flyer und Poster, die ich für den Stand designt und gedruckt hatte, konnten hier bis zum nächsten Tag bleiben. Den Beutel mit

Emmi unter den Arm geklemmt, ging ich um den Tisch herum und lehnte mich dagegen. Mein Blick war glasig, ich hatte seit gefühlt fünf Minuten nicht mehr geblinzelt.

»Marianne«, seufzte ich grabesschwer.

»Professor Doktor Marianne Gutenberg.«

»Diese renommierte Informatikerin, von der du nach Emmi am zweitmeisten sprichst und die KI mit Simone de Beauvoir trainiert?«

Maxi lehnte sich neben mich und wickelte sich das Band ihres Ausweises um den Finger, den Blick in der ausdünnenden Menge verfangen. Sie hatte frei, war aber noch immer wachsam.

»Genau die. Bea und Susann von den *Tech Women* haben uns miteinander bekannt gemacht. In einem Moment war sie voll an Emmi interessiert und hat von einem neuen Bias-in-Tech-Projektantrag bei der DFG erzählt, im nächsten«, ich schnipste für den dramatischen Effekt mit den Fingern, »ist das Interesse aus ihrem Gesicht geflossen wie Luft aus einem aufgeschlitzten Reifen.«

Dabei war in meinem Kopfkino beim Stichwort DFG-Projekt schon die Premiere zu einem neuen Blockbuster angelaufen: Wie ich die Pydra wie bei einer Slapstick-Schnulze einfach im Regen stehen ließ und federnd zu Marianne schritt. *Tut mir leid, Petra, das mit uns ... das war nur ein kurzer Spaß für zwischendurch. Ein bisschen Praxiserfahrung für die echte Sache. Aber du hast ja noch Ohne-Simon-ist-alles-blöd-Simon. Du kommst schon ohne mich zurecht, arrivederci!*

»Das war gleich, nachdem sie mich nach meinen Stats gefragt hat. Bei wie vielen Journals ich schon über Emmi publiziert habe, welchen Impact Factor die haben, wie mein Google Scholar Citation Score ist – 0, 0 und 0 –, wie aktiv ich so auf LinkedIn, Twitter, Reserchgate und anderen Plattformen bin – gar nicht.«

Ich kaute auf meiner Unterlippe und beobachtete ein plauderndes Grüppchen, mit Flyern und anderen Goodies beladen, dabei, wie es über den Gang Richtung Ausgang schlenderte. *Sie können mich ja demnächst noch einmal anschreiben,* hatte Göttin Gutenberg noch gesagt, mich den QR-Code zu all ihren Social-Media-Kanälen und Kontaktdaten abscannen lassen, *wie cool sie einfach war,* bevor sie in die ferne Galaxie entschwand, von der aus sie die DigiArt und meinen Stand besucht hatte.

Maxi tätschelte mir die Schulter, bevor sie aufstand und mich am Arm sanft nach vorn zog. Der Emmi-Karton schlug dabei unsanft gegen den Tisch, ich zuckte zusammen.

»Komm schon, Charlie. Erst einmal sind das doch gute News, ihr seid im Kontakt. Ich will jetzt nicht einen auf *Ich hab's dir ja gleich gesagt* machen, aber …«

»Du hast es mir ja gleich gesagt. Ich weiß. Mehr PR in eigener Sache«, jammerte ich, noch immer in Selbstmitleid badens. Der bloße Gedanke daran, wie ich mich der Welt da draußen freiwillig und ewig, das Internet vergaß nichts, *gar nichts,* zum Deppen machte, löste Übelkeit in mir aus. Widerstrebend ließ ich mich von Maxi von meinem Tisch wegdirigieren.

»Ja, Idealismus allein reicht nicht, du musst gesehen werden. Dein Idol sollte dir ein Vorbild sein. Sogar ich folge ihr, weil sie diese coolen KI-Snippets macht, über ihre eigenen Füße stolpernde Roboter mit Affenkopf-Emojis kommentiert und ET-Torten für ihre Tochter zum Geburtstag backt.«

So etwas machte Marianne?

»Früher hat es gereicht, in einer alten Garage rumzutüfteln«, murrte ich leise, als wir raus an die Deutzer Abendluft traten. Wir ließen das Messegelände hinter uns, schlängelten uns auf dem Bürgersteig an den Menschenmengen vorbei, auf der Straße herrschte Verkehrschaos. Nach ein paar hundert Metern Fußmarsch, bei dem wir uns über Hupen und Motorengeräusche, Gelächter und unfreiwillige Trennungen nicht unterhalten konnten, näherten wir uns schließlich dem Rheinufer und ruhigeren Gefilden.

»Mach doch einfach mehr aus *Golem*«, sagte Maxi, nahtlos an unser Gespräch anknüpfend, und hakte sich bei mir unter. »Ich habe gesehen, dass du was Neues gepostet hast. Bin nur noch nicht dazu gekommen, es zu lesen. Wegen der DigiArt.«

Nein. Ich stapfte entschiedener über den Asphalt. Der Dom war schon zu sehen, rechts trat wieder der Messeturm mit dem RTL-Logo in mein Sichtfeld. *Golems Grübeleien* war ein persönliches, intimes Ding. Mit einer winzig kleinen Community, die genau seinen Charme ausmachte.

»Ist nur was über *Deep Dreams*, hatte leider nicht genug Zeit, den Beitrag so auszuarbeiten, dass es meiner inneren

Perfektionistin gefallen würde, aber genug von mir«, wiegelte ich ab und wischte mir ein paar Strähnen aus der Stirn.

»Wie war der erste Tag mit deinem Baby? Konntest du Francis einigermaßen ausblenden?«

»War okay«, antwortete Maxi, uns über einen Parkplatz zu unseren wohlverdienten Feierabend-Drinks navigierend. »Klar, Francis hat vor allen wichtigen Menschen natürlich so getan, als hätte *er* die komplette DigiArt organisiert, anstatt auf der Berlinale zu chillen, aber damit hatte ich ja gerechnet.«

Sie zuckte gegen meinen Arm mit den Schultern. Ich blieb abrupt stehen und löste mich von ihr.

»Das darfst du dir nicht gefallen lassen, Maximiliane«, sagte ich ernst. »Ich weiß, wie du die letzten Monate für diese Messe geblutet hast. Wenn er dir nicht die Credits dafür gibt, musst du sie dir nehmen!«

Ich breitete meine Arme aus und fuchtelte damit in der Luft. Manchmal verstand ich meine beste Freundin nicht. Sie war der direkteste Mensch, den ich kannte. Aber bei ihrer Arbeit ließ sie sich wie einen Putzhandschuh behandeln. Von einer männlichen Pydra.

Maxi hob eine einzelne Augenbraue an.

»Und was bringt es, was zu sagen, hm? Dir werden die Gelder für Emmi gestrichen, und ich kann mir einen neuen Job suchen, wenn ich Francis öffentlich widerspreche. Ne, lass mal. War schwer genug, in dieser Branche überhaupt was zu finden.«

Ich wollte noch etwas sagen. Protestieren. Eine spontane flammende Female-Empowerment-Rede halten. Doch ein Auto näherte sich, deutlich schneller als in Schrittgeschwindigkeit, und Maxi ging bereits weiter.

»Und wenn du selbst so konsequent wärst«, sagte sie über ihre Schulter, »hättest du bei der Pydra auch schon längst hingeschmissen. Manchmal muss man pragmatisch sein, um weiterzukommen. Zumindest für eine Weile. Kommst du, oder willst du lieber überfahren werden?«

Wir betraten die Lobby eines Business-Hotels und fuhren in einem Aufzug mit dunklen Wänden einige Stockwerke hinauf, bis wir eine Bar erreichten. Sie war in schummriges Licht getaucht, thronte über dem Rhein und hatte eine Dachterrasse, für die es uns heute allerdings zu kühl war. Stattdessen entschieden wir uns für einen Zweier-Tisch gleich bei der Fensterfront, mit Blick auf die Skyline. Auf den Dom. Die Kranhäuser. Das Kranhaus, in dem sich das Büro von Jameson, Wolff & Spencer befand.

Ich ballte meine Hand kurz zu einer Faust, entspannte mich dann wieder, als ich an Golems Backend dachte. Da waren alle meine hochgerechneten Strategien, für alle Eventualitäten. Egal, was fortan passierte – das Leben konnte mich nicht mehr so leicht aus dem Hinterhalt mit willkürlichen Ereignissen attackieren. Ich hatte mir meine Kontrolle zurückgerechnet und alles schriftlich festgehalten.

Noch mit mir hadernd, ob ich Maxi auch von meinem Gedankenexperiment erzählen sollte oder ob das nicht wirklich etwas nur für mich allein war, wurde mir die Entscheidung abgenommen, weil erst unsere Cocktails kamen und anschließend Maxis Handy klingelte. Francis. Maxi krallte ihre Hand in die Serviette, bevor sie die Augen Richtung Decke rollte und nach draußen ging, um den Anruf entgegenzunehmen. Ich sah ihr kurz hinterher, ließ meinen Blick an der mahagonifarbenen Theke mit den vielen kunstvollen Alkoholflaschen im Hintergrund wandern, beobachtete eine Weile den Barkeeper dabei, wie er mit gekonnten Bewegungen den Shaker schüttelte und eine rote Flüssigkeit in ein Martiniglas kippte. Anschließend nahm ich einen Schluck *Sex on the Beach,* mein Standarddrink seit dem Abi, und nutzte die Zeit, um mein Mail-Programm zu checken. In der irrsinnigen und völlig unbegründeten Hoffnung, dass Marianne mir vielleicht schon geschrieben hatte. Weil sie Emmi doch so unglaublich begeistert hatte und sie vorhin einfach zu sprachlos war. Impact Factor und Citation Index hin oder her.

Ich trank einen Schluck süße alkoholische Flüssigkeit, die kühl meine Kehle hinablief und sich rasch in Wärme verwandelte. Leise Musik und Gelächter bildeten einen Geräuschteppich, den ich kaum wahrnahm. Mailing-Lists-Mails, Pydra-Befehle, Ich-setze-alle-in-cc-um-zu-zeigen-dass-ich-nachts-noch-arbeite-Simon-Wichtigtuerei (garantiert voreingestellt) und tatsächlich! Eine Mail von der … UNI BONN!

Mein Herz schoss augenblicklich nach oben, wie auf einem Trampolin. Danke, Alan, dass du mich einmal in diesem Leben erhört hast, dachte ich, die Tränen der Rührung brannten schon in meinen Augenhöhlen. Ich klickte auf die Mail. Im gleichen Moment, in dem Maxi, vor sich hinfluchend, zurückkam, um dann über meine Schulter hinweg auf mein Display zu schauen.

Mein Herz stürzte ab. Diesmal ohne Spanntuch, das es zurückkatapultieren konnte, freier Fall in die Enttäuschung.

»Das ist nicht von der Uni Bonn«, sprach ich meinen Frust laut aus.

»Das ist nur Spam von einem Herrn Bonner von einem Druckkostenzuschussverlag, der mir was aufschwatzen will. Wieso funktioniert die dämliche Filterliste von meinem Mail-Programm nicht?«

»Was redest du da, Charlotte?«

Maxi riss mir das Handy aus der Hand und nahm es mit sich, als sie sich wieder gegenüber von mir auf ihrem Stuhl niederließ.

»Das ist nicht von einem Druckkostenzuschussverlag. Das ist auch kein Spam, das ist … sag mal, hast du noch nie von *Heartstop Books* gehört?«

»Nein«, sagte ich entschieden. Da triefte Rosamunde Pilcher ja schon aus dem Namen. Eindeutig Spam. Was hatte das mit mir zu tun?

»Das ist ein krass erfolgreiches Imprint von Willem.« Auf meinen immer noch verständnislosen Blick erklärte Maxi ungeduldig: »Die gehören zum größten deutschen Medienkonzern, von dem vielleicht selbst du schon mal gehört hast?«

Ich nickte, mit den Augen rollend.

»Klar, die haben ein *Algorithms-and-Ethics*-Programm.«

Von dem die Pydra nichts hielt. Maxi machte eine wegwerfende Handbewegung.

»Wie auch immer. Wir haben vor ein, zwei Jahren mal einen Book Launch für *Heartstop* gemacht, die haben mittlerweile um die 120.000 Follower auf Instagram, Dutzende Bücher auf der Spiegel-Bestseller-Liste —«

»Maxi.«

So ungefähr mussten sich die Leute in meiner Umgebung fühlen, wenn ich über Emmi sprach, ging es mir mit leicht schlechtem Gewissen durch den Kopf.

»Es freut mich, dass du dich so für die Branche begeistern kannst, aber ich sehe nicht, was das mit dem Spam in meinem Postfach zu tun hat.«

»Das ist kein Spam! Habe ich das jetzt in einer Sprache gesagt, die auch du verstehst, oder soll ich mir gerade noch ein bisschen Python beibringen?«

»Das *ist* Spam«, beharrte ich, ihre Spitze übergehend.

Maxi schüttelte resolut den Kopf und begann vorzulesen:

»Sehr geehrte Frau Fröhlingsdorf, als enthusiastischer Hobby-Informatiker verfolge ich schon länger Ihre spannenden Beiträge auf Golems Grübeleien. Gerade Ihre letzte Veröffentlichung mit dem Titel *Playing Goddess – Lebensnahe Extrapolationen gegen die Unwägbarkeiten des Lebens* hat mich besonders fasziniert. Hauptberuflich arbeite ich —«

Ich riss Maxi das Handy aus der Hand. Scherte mich

nicht darum, dass ich dabei meinen Cocktail umwarf und sich die Flüssigkeit nun unangenehm kalt und klebrig auf meinem Arm und T-Shirt ausbreitete. Dass ich vermutlich gerade von unseren Tischnachbarn angestarrt wurde.

»*Das* war der Titel von deinem neuen Beitrag, stimmt«, murmelte Maxi mehr zu sich selbst. »Wusste doch, dass das nichts mit *Deep Dreams* zu tun hatte, Playing Goddess, Respekt.«

Sie nahm ihr Kinn in die Hand und nickte in Zeitlupe, bevor sie seelenruhig einen Schluck von ihrem Caipirinha trank, unbeeindruckt von meinem Missgeschick. Neben uns lachte jemand schrill auf, der Sound versiegte unter dem Rauschen in meinen Ohren, während ich das Handy vor meine Brille führte.

Das Display war schwarz. Ich sah meine bleiche und schockierte Visage darin, der sämtliche Farbe entwichen war, und aktivierte es wieder. Mein Herz klopfte jetzt ganz merkwürdig, hart, aber irgendwie gedämpft. Wie gegen einen Widerstand. Meine Würde, vermutlich. Die wollte nämlich auf gar keinen Fall, dass sich die Katastrophe, die sich hier abzeichnete, als wahr erwies.

»Maxi, bitte sag mir, dass wir uns in einem *Deep Dream* befinden«, murmelte ich, mit immer weiter sinkendem Gefühl, während meine Augen über die Zeilen rasten.

Hauptberuflich arbeite ich als Programmleiter für das Willem-Imprint Heartstop Books. Wir interessieren uns besonders für experimentelle, innovative Stoffe. Zu Ihrem Beitrag sind mir gleich ganz viele spannende Ideen – oder besser:

Extrapolationen?;-) – in den Sinn gekommen, aus denen man eine großartige Story entwickeln könnte. Hätten Sie Interesse daran, mich zeitnah in meinem Kölner Büro zu besuchen? Wie ich durch Google erfahren habe, wohnen und arbeiten wir ja zufällig in derselben Stadt. In der Hoffnung, Sie bald persönlich kennenlernen zu können, und mit besten Grüßen, Tom Bonner.

Doch Maxi bestätigte meine Deep-Dream-Hoffnung nicht. Sie hielt mir stattdessen ihr Display unter die Nase. *Golems Grübeleien*. Ein Post von vor drei Tagen. **Playing Goddess**.

»Nein, nein, nein«, sagte ich, im Takt des Cocktails, der noch immer den Tisch hinuntertropfte.

»Ich habe das nicht veröffentlicht. Ich habe auf *Entwurf speichern* geklickt. Da muss sich jemand eingehackt haben«, *wer sollte so etwas tun,* »ich … das …«, *es war spät nachts, der »Veröffentlichen«-Button befindet sich direkt neben dem »Entwurf speichern«-Button,* »nein, nein, nein.« Tropf, tropf, tropf.

»Doch, doch, doch«, stimmte Maxi wenig hilfreich in den Takt ein. Mit einem Grinsen auf den Lippen. Was glaubte sie, was das hier war? *Comedy?* Das war ein *Deep Nightmare*. Persönlichste, intimste, vermutlich objektiv psychisch verwirrte und verwirrende Gedankenspiele von mir im Internet, aufgespürt von einem tech-affinen Lektor, der sich ausgerechnet unter den drei Lesern meines Golem-Blogs befinden musste.

Mein Herzschlag beruhigte sich schlagartig. Mir kam

eine Idee. Mit ein paar entschlossenen Klicks hatte ich den Beitrag wieder offline genommen. Mich versichert, dass er es auch wirklich, wirklich war. Dann hob ich mein Cocktailglas wieder auf, nahm die Orangenscheibe vom Glasrand ab und sah meinem Spiegelbild inmitten der Stadtlichter dabei zu, wie es selbstzufrieden hineinbiss. Der süßsäuerliche Geschmack erfüllte meinen Gaumen, ein Schiff glitt in der Ferne über den Rhein, aus meinem Sichtfeld, bis es verschwand wie meine Panik.

»Ich antworte einfach nicht auf die Mail«, sagte ich an Maxi gewandt. »Der Post ist nicht mehr öffentlich, es hat ihn nie gegeben. Der Lektor wird denken, *er* hat einen *Deep Dream* gehabt, der Error ist behoben, nicht mein Problem.«

Ich griff nach einer Serviette, um endlich die Cocktail-Lache aufzuwischen. Maxi riss die Augen auf.

»Spinnst du? Weißt du, was das für eine massive Chance ist? *Heartstop* ist das *Science*-Journal unter den Romance-Imprints!«

»Ich bin keine Romance-Autorin, ich bin Informatikerin, Wissenschaftlerin!«

»*Genau*, Wissenschaftlerin mit einem PR-Problem, niemand nimmt Emmi wahr! Moderne Wissenschaftlerinnen sind auf Instagram, TikTok und Co wie deine von dir verehrte Marianne!«

»Aber doch nicht mit so was. Du weißt gar nicht, was in *Playing Goddess* steht!«

»Nicht komplett, aber habe es gerade mal überflogen,

bevor du es runtergenommen hast. Was übrigens ziemlich überflüssig war, wurde schon auf Social Media geteilt. Sogar mit eigenem Hashtag #playinggoddess.«

What?! Ich nahm erneut mein Handy und schaute mir die Statistiken im Backend meines Blogs an. Der Beitrag hatte ein Vielfaches der üblichen Klicks erhalten. Ein Viel-Vielfaches. *Das darf doch alles echt nicht wahr sein!*

»Ist richtig witzig, besser als die RomComs, die ich in letzter Zeit gelesen habe!«

Maxi hob entschuldigend die Schultern, als sie hinzufügte: »Besser als alle Posts, die du bewusst veröffentlicht hast, sorry!«

»Das soll nicht witzig sein! Das ist mein Liebesleben, ungeschönt, hochgerechnet, geheimste Geheimnisse! Eher würde ich mir mit der Pydra und Simon eine Luftmatratze teilen, als das zu veröffentlichen!«

Eine Furche grub sich zwischen Maxis Brauen.

»Eine Luftmatratze?«

Der Kellner kam vorbei und fragte, ob wir noch etwas brauchten. Sein Blick wanderte zwischen uns her und verharrte einen Tick länger auf der noch immer recht feuchten Tischoberfläche. *Noch ein paar Servietten*, wäre eine gute Antwort. *Alkohol, viel Alkohol*, keine gute, aber eine nachvollziehbare. Am liebsten aber hätte ich bei ihm einen Internet-Tintenkiller bestellt.

Wir verneinten, der Kellner verschwand, ich ließ mich in meinem Loungesessel zurücksinken und kniff oberhalb meiner Brille in meine Nasenwurzel.

»Ach, vergiss es, ist egal«, murmelte ich. »Das bleibt ab sofort jedenfalls geheim.«

»Quatsch. David und Nate kriegen einfach andere Namen, hier und da veränderst du ein paar Details, und zack – ist es ein rein fiktiver, super Informatik-PR-Stunt, der dich endlich sichtbar macht, perfekt.«

»Nein.«

Mit der anderen Hand knüllte ich die nasse Serviette zu einem traurigen Klumpen zusammen und presste die Lippen aufeinander. Maxi hielt einen Moment inne und fuhr mit dem Finger den Ring ihres Glasrandes nach. Ich glaubte schon, sie käme endlich zur Vernunft, als sie einwarf:

»Die zahlen übrigens richtig gut. Auch Debütautorinnen mit vielversprechenden Projekten. Wie *Playing Goddess*.«

Unter dem Tisch stupste ich sanft meinen Fuß gegen ihren.

»Ich bin nicht käuflich.«

»Ach nein? Auch nicht, wenn es dir Emmi sichert? Die Aufmerksamkeit deines Idols?«

Sie stupste zurück. Frustriert stöhnte ich auf.

»Auf wessen Seite stehst du eigentlich, Maximiliane?«

Vehement schüttelte ich den Kopf. Das war so nicht geplant. Ganz und gar nicht. Die Golem-Grübeleien sollten Klarheit bringen. Und hatten es auch getan. Für zwei Sekunden. Bis mir wandelnde Panne auffiel, dass ich den verfluchten falschen Button gedrückt hatte!

»Auf deiner natürlich. Mehr als du selbst. Und deswegen fahre ich dich auch höchstpersönlich zu dem Treffen mit diesem Bonner. Du hörst dir wenigstens an, was er zu sagen hat! Dann kannst du das Angebot immer noch ausschlagen.«

Leise fügte Maxi etwas von *zu deinem Glück zwingen* hinzu, und mir dämmerte allmählich, dass sie mich aus dieser durch meine unendliche Dummheit verursachten Nummer einfach nicht mehr rauslassen würde. Vielleicht hatte Einstein recht gehabt, dass die menschliche Dummheit unendlich war. *Meine* Dummheit war es in jedem Fall.

11. Kapitel

»Soll ich gleich im Gespräch als deine Agentin auftreten?«, fragte Maxi viel zu enthusiastisch, als sie auf dem Industriegebiet-ähnlichen Gelände des Verlags nach einem freien Gästeparkplatz suchte.

»Ich handele dir den besten Deal aus.«

»Gar nichts handelst du aus«, sagte ich gedankenverloren, ohne den Blick von meinem Display zu heben. Keine Antwort von Marianne. Obwohl ich ihr gleich nach der DigiArt eine Mail geschrieben hatte. War meine Mail vielleicht in ihrem Spam-Ordner gelandet? Hatte meine Autokorrektur aus »Marianne« in der Anrede »Marian« gemacht? Musste ich unbedingt überprüfen.

Ein Hupen riss mich aus meinen Gedanken. Ich fuhr zusammen. Wandte den Kopf zur Seite und funkelte Maxi an, die sich nun den Kragen ihrer Bluse zurechtrückte.

»War das nötig?«

»Ich wusste nicht, wie ich sonst deine Aufmerksamkeit bekommen soll.«

Anschließend zog sie den Schlüssel aus dem Zündschloss und sah mich über ihre Sonnenbrille hinweg tadelnd an.

»Während ich die gesamte Fahrt deinen Bestseller geplant habe, musstest du mal wieder Workaholic spielen.«

Ich aktivierte die Bildschirmsperre und schob mein Handy in die Hosentasche.

»Es wird keinen Bestseller geben. Wahrscheinlich nicht mal einen Deal. Ich mache das einzig und allein, damit du mich in Frieden lässt. Und apropos Frieden«, ich hob einen Finger in Maxis aufkeimenden Protest hinein. »Du gehst da nicht mit rein. Ich mache das allein. Sonst komme ich da gleich wie beim Teleshopping nicht nur mit einem Verlagsvertrag, sondern auch noch mit einer Saftpresse und einem wundersamen Fleckentferner raus, weil du Bonners Co-Verkäuferin spielst.«

»Du hast echt einen an der Waffel, Charlotte«, näselte Maxi betont beleidigt. Dann verschränkte sie die Arme vor der Brust, ihre silbernen Armreifen klimperten bei der Bewegung wie ein Windspiel.

»Aber ich komme mit ins Verlagsgebäude. Ich liebe Willem. Vielleicht kann ich ein paar Bücher mitgehen lassen, mein SUB neigt sich langsam dem Ende.«

»Ich sage ja, Saftpresse«, murmelte ich, als wir beide hinaus auf den Parkplatz traten, mich insgeheim fragend, was ein SUB war. Vielleicht war ich nicht die Einzige mit Geheimsprache.

Wir schritten auf die großen Glastüren des Verlagsgebäudes zu, auf dessen flachem Dach in schnörkelloser Schriftart die massiven Buchstaben WILLEM thronten. Rechts von uns befand sich eine Imbissbude, vor der sich unter einer bewölkten Himmelsdecke eine beachtliche Schlange gebildet hatte.

Wir gingen weiter. Unsere Mienen wären ein phantastischer Datensatz für eine Emotionserkennungssoftware gewesen. Über Maxis Züge flackerte das gesamte Spektrum von Vorfreude und Faszination, bei mir von Genervtheit und Unsicherheit bis hin zu ... *Angst*. Kurz vor der Tür hielt ich an, legte meinen Kopf in den Nacken und starrte die Buchstaben so lange an, bis sie sich vor meinen Augen zu drehen begannen.

Was mache ich hier, was mache ich hier, was mache ich hier?

Maxi schnalzte mit der Zunge und zog mich über die Schwelle ins warme Innere hinein. Der Geruch von druckfrischem Papier und Kaffee wehte mir in die Nase.

An der Wand vor der Eingangstür hingen drei schlichte Regalbretter, auf denen sich uns in Reih und Glied die Neuveröffentlichungen bekannter und weniger bekannter Autoren präsentierten. Brandneue Bücher, in hübschen Farben und mit perfekt designten Covern. Daneben ein massives Plakat, auf dem das Who's who der Willem-Welt in bunten Buchstaben verschiedener Größen zu lesen war.

»Die haben die Autobiographie von Jack Raven rausgebracht, wie ist das bitte an mir vorbeigegangen?«, stieß Maxi aus und strich unverhohlen über eines der Cover, das einen grimmigen Typen mit pechschwarzem Haar zeigte. *Nie gehört. Nie gesehen.*

»Suchen Sie etwas?«

Eine distanzierte weibliche Stimme ließ uns beide herumfahren. Von der Rezeption blickten uns die Augen einer Brünetten in Bluse und Blazer entgegen.

»Allerdings. Wir suchen Herrn Bonner«, übernahm Maxi das Antworten. »Wir haben in wenigen Minuten einen Termin mit ihm.«

»*Ich* habe einen Termin mit ihm«, korrigierte ich leise. *Einen, den ich eigentlich gar nicht will.*

»Ein Treffen mit Herrn Bonner?«

Die Empfangsdame sah überrascht aus.

Maxi nickte eifrig.

»Nun, dann kommen Sie mal mit mir mit.«

Wir folgten ihr ins Treppenhaus. Zwei Stockwerke hinauf, einen endlos langen Flur mit grauem Linoleumboden und weißen Wänden entlang, an denen Zitate von berühmten Autoren rund ums Thema Schreiben in schnörkelloser Schrift standen.

»Warten Sie hier einen Augenblick. Ich erkundige mich im Vorzimmer, wie es gerade zeitlich bei Herrn Bonner aussieht.«

Sie machte eine bedeutungsvolle Miene. Dann verschwand sie durch die weiße Tür am Ende des Ganges.

»Man könnte meinen, wir hätten ein Treffen mit Elon Musk«, flüsterte ich.

»Gar nicht so weit hergeholt, der Vergleich. Habe mich über Tom Bonner schlau gemacht, und er hat echt eine steile Karriere im Verlag hinter sich.«

Die Empfangsdame kam wieder heraus. In Begleitung einer jungen Frau, die sich als Bonners Assistentin vorstellte und von dort an übernahm.

»Frau Fröhlingsdorf, oder? Wie schön, dass Sie es einrichten konnten. Herr Bonner freut sich sehr darauf, Sie kennenzulernen, kommen Sie doch gleich mit.«

Und jetzt nahm mein Puls doch ein nervöses Tempo auf. Weil ich das hier nicht einschätzen konnte. Zu viele Unbekannte. Ein Sudoku-Raster ganz ohne Zahlen.

Die Assistentin führte mich zu einer weiteren Tür, und da war er dann. Allein in einem großen Raum mit Glasfenstern, die Ausblick auf die Weiten des Parkplatzes gewährten, an einem Schreibtisch sitzend und umgeben von einer Vielzahl von Dokumenten und Büchern.

»Frau Fröhlingsdorf.«

Er sprang sofort auf. Sein Schreibtischstuhl krachte gegen ein Bücherregal, ein Buch fiel heraus. Ein Buch, so dick wie ein Ziegelstein, mit dem man Leute ermorden konnte. Informatiker vorzugsweise. Peter Norvigs und Stuart Russells Standardwerk *Artificial Intelligence: A Modern Approach*. Über tausend Seiten. In der dritten Auflage. Erkannte ich sofort. Bonner wich dem Buch gerade noch rechtzeitig aus, bevor es auf seinen Kopf fallen und unser Gespräch noch vor Beginn beenden konnte.

»Verzeihung«, sagte er, hob das Buch vom Teppichboden auf seinen Schreibtisch, wo es nun mit an einer Ecke hässlich verbeultem Karton liegen blieb.

»Zu viel Kaffee tut mir nicht gut, aber ich bin da einfach unverbesserlich.«

Schulterzuckend kam er auf mich zu. Als sein Blick auf meinen zu einem »o« geformten Mund fiel, schaute er wieder zum Buch.

»Ja, ich bin ein bisschen besessen von dem Thema KI. Vielleicht auch nicht wirklich gesund. Kennen Sie Russell Norvig?«

»Auswendig.«

Bonner warf den Kopf in den Nacken und lachte herzhaft. Seine Brille mit den halbrunden Gläsern verrutschte dabei und löste den Impuls in mir aus, meine eigene in die Mitte meines Nasenrückens zu schieben.

Kannte es wirklich auswendig. Zumindest so gut wie.

Bonner ließ seine, wo sie war. Schief und krumm. *Würde mich wahnsinnig machen.* Dann fiel mein Blick auf die Wand in seinem Rücken neben dem Bücherregal.

»Melba Roy Mouton!«

Dort hing ein gerahmtes Foto, das ich nur allzu gut kannte. Das gleiche, das in meinem Arbeitszimmer hing! Pluspunkt für Bonner. Sehr großer Pluspunkt. Ähnlich wie Maxi vorhin in der Lobby schloss ich die Distanz zum Rahmen, fuhr mit dem Finger darüber und ließ meinen Blick über Melbas hinter einer Brille steckende Augen und ihre Kette wandern.

»Die Historikerin Mar Hicks hat ein ganz wunderbares Buch über von der Geschichte unterschlagene Informatikerinnen verfasst.«

Ein Buch kam von der Seite geflogen, das ich im letzten Moment noch abfing, bevor es mich ausknocken konnte, wie kurz zuvor der *Russell Norvig* Bonner. Mar Hicks. *Programmed Inequality.*

Langsam wandte ich mich von der Fotografie zu Bonner,

das Cover mit meinem Zeigefinger liebkosend. Ein weiterer dicker Pluspunkt.

»Ich vergöttere Mar Hicks.«

Und ich musste höllisch aufpassen, dass ich nicht auch noch aus Versehen diesen Bonner zu einer neuen Götze in meinem Nerdiversum stilisierte. Bonner, den zu verachten ich mir im Vorfeld dieses Treffens ganz fest vorgenommen hatte.

»Ich hätte nicht damit gerechnet, dass Sie Mar Hicks lesen.«

»Tja, Frau Fröhlingsdorf, vielleicht müssen Sie langsam einsehen, dass Sie nicht alles *berechnen* können, hm?«

Ich fasste an mein Pi. Nicht alles berechnen können? Das war meine Religion!

»Denken Sie: Quantenphysik! Ist die Welt vielleicht nicht binär geordnet, sondern können 0 und 1, ja und nein, im selben Zustand existieren? Kann Schrödingers Katze gleichzeitig …«

»Tot und lebendig sein«, wisperte ich den Satz zu Ende, innerlich noch immer bei diesem berühmten Gedankenexperiment der Quantenphysik.

Dieser Typ war wirklich gut. Er kämpfte mit ganz unfairen Mitteln. Meinen Mitteln. Mein Griff um das Pi wurde fester.

»Kann *Playing-Goddess*-Charlie Feministin und erfolgreiche Wissenschaftlerin sein und trotzdem mit David oder Nate eine kitschige Märchenhochzeit feiern? Mit David *und* Nate?«

Ein flaues Gefühl breitete sich in meiner Brustgegend aus. Das Pi formte Abdrücke in meine Handfläche.

Er war gut. *Gefährlich* gut.

»Ich habe mir das wie eine Art Neuauflage von *Lola rennt*, nur mit Informatik Vibes, Nerdiness, Feminismus und mehr Romance vorgestellt, ein Upgrade sozusagen, *Lola rennt* meets Ali Hazelwood, *Charlie läuft*, Testläufe nämlich, mit ihrem inneren und ihrem ausgelagerten Gehirn, ihrer feministischen Sprachassistentin Emily und —«

Und ich hatte gedacht, Bea redete schnell. Aber dieser Bonner sendete auf einer ganz anderen Frequenz als ich. Hatte schon auf Glasfaser umgestellt, während ich noch bei Kupfer hing, vielleicht sogar bei Rohrpost.

»*Charlie läuft* also ihre ganzen Testläufe durch —«

»Moment«, unterbrach ich ihn und kniff kurz die Augen zusammen. »Wenn ich hier gleich einhaken darf: Charlie läuft nicht. Charlie sitzt meistens. An ihrem Rechner und programmiert. *Marlie* läuft vielleicht. Oder Annette oder Christina oder wer auch immer.«

Ich räusperte mich.

»Dass das gleich klargestellt ist.«

»Äh …«

Und jetzt erinnerte mich Bonner irgendwie an meinen alten Kassettenrekorder, wenn das Tonband sich verhedderte. Ich konnte ihm regelrecht beim Entflechten zusehen, während seine Brauen über seinen – immer noch schief sitzenden – Brillenrändern einen kleinen Tanz aufführten.

»Ah, Sie wollen den Namen ändern.«

»Richtig.«

»Gar kein Problem, das sind ja Details.«

Für mich nicht. Charlie war nämlich ich und Marlie nicht. Und selbst wenn es Details wären. Wer Details für ein Synonym von unbedeutend hielt, hatte schlichtweg keine Ahnung. Beim Programmieren kam es auf minisküle Details an. Sollte Bonner besser wissen. Mental notierte ich einen Minuspunkt. Zugegeben, es war der erste. Neben einer erschreckend langen Liste mit Pluspunkten.

»Jedenfalls«, und ich hörte, wie Bonner mit der nächsten Atmung wieder Speed aufnahm, »rechnet Charlie – oder Marlie – all diese Szenarien durch, hält immer wieder Rücksprache mit ihrer Sprachassistentin und denkt, sie hätte die Liebe einmal komplett durchgerechnet«, *hatte ich!*, »und dann fänd' ich es richtig spannend, wenn sie anschließend, in der trügerischen Gewissheit, sie sei für alles gewappnet«, *war ich!*, »ins Leben geht und schauen will, welches Szenario sich in der Wirklichkeit abspielt, und dann *Bam*.«

Bonner klatschte so laut in die Hände, dass ich zusammenfuhr. Seine Augen leuchteten auf wie bei einer Supernova.

»Dann aber alle Szenarien in sich zusammenfallen.«

Ja, super spannend, ein echter Traum, dachte ich sarkastisch und mit sachte aufflackernder Panik. Während Bonners Augen durch seine Brillengläser vor Begeisterung funkelten, weiteten sich meine Pupillen. Dazu zog sich mein Magen auch noch merkwürdig zusammen.

»Nate stellt sich zum Beispiel als Arschloch heraus, und David wollte ihr die ganze Zeit über einen Heiratsantrag machen, hat sich aber nicht getraut, weil er dachte, dass Char-, äh, Marlie ihn als die Super-Feministin, die sie ist, sowieso nicht annehmen würde, und dann steht sie vor einer Wahl, die vielleicht keine Wahl ist, wegen Schrödingers Katze eben – und —«

Je länger Bonner redete, desto heißer wurde es in meinem Kopf. Ein Gefühl, wie wenn man erkältet im Flugzeug beim Landeanflug saß, plötzlich die Ohren dicht machten und der Kopf sich wie in einer Schrottpresse anfühlte kurz vorm Platzen. Der Typ mochte ein brillanter Story-Teller sein, aber er hatte nicht den blassesten Schimmer, dass er gerade über *meine* Story sprach und sich das für mich alles nicht so toll anhörte.

Als wäre ich wirklich im Flugzeug, drückte ich kurz meine Nasenflügel zusammen und blies meine Backen auf, um das Druckgefühl von meinen Ohren zu vertreiben. Der Bücherschrank, das Fenster, das Melba-Porträt, alles drehte sich.

Doch als ich danach wieder tief Luft holte, ebbte auch die Hitze wieder etwas ab.

Denkfehler: Das war ja nicht meine Story. Das war alles rein hypothetisch.

»David und Nate bleiben auch nicht David und Nate, das waren nur Platzhalter-Namen«, sagte ich klar und langsam.

»Hm?«

Ich hatte Bonner wieder rausgeworfen. Er nickte hastig.

»Ja, klar, selbstverständlich, wie gesagt, alles Details. Auch, wie die Geschichte dann genau verlaufen wird, das hier ist nur ein erstes Brainstorming.«

»Mhm.«

Stille breitete sich aus. Die Bonner offensichtlich nervös machte. Sein rechtes Auge zuckte zweimal. Fahrig kramte er in dem Durcheinander auf seinem Schreibtisch, bis er einen Papierstapel in einer Klarsichthülle aufgespürt hatte.

»Hier. Sie bekämen selbstverständlich eine digitale Version, können Sie auch digital unterzeichnen, aber ich habe den Vertrag mal als Muster ausgedruckt, damit Sie sich das alles konkreter vorstellen können. Eine Literaturagentur haben Sie nicht, oder?«

Meine Gedanken wanderten zu Maxi, die irgendwo da draußen auf einem der Gänge auf mich wartete und sich die Zeit vermutlich damit vertrieb, unauffällig Willem-Neuerscheinungen in ihre Handtasche gleiten zu lassen.

Ich schüttelte den Kopf und hob den Mustervertrag aus der Hülle. Blätterte ihn durch wie ein Daumenkino. Bis mein Blick bei § 6 hängen blieb. Honorar. Und meine Augäpfel sprangen fast aus ihren Höhlen. *Die zahlen richtig gut*, hallte Maxis Stimme in meinem Kopf.

Aber *das*.

»Uns ist kurzfristig ein Titel für den Sommer weggebrochen«, sagte Bonner, meine riesigen Augen nicht bemerkend. »Wenn wir schnell arbeiten – das Skelett des Romans ist ja schon da, ein bisschen Fleisch hat es auch schon auf den Rippen – und ich das in zwei Monaten in die Herstellung gebe, dann könnten wir die Lücke mit *Playing Goddess* im September füllen.«

September. Der Monat, in dem Sarina heiratet, schoss es mir durch den Kopf. Gleich darauf wieder weggeschwemmt von dieser Zahl. Mit diesem Honorar wäre Emmi gerettet. Ge-re-ttet. Auf alle Zeit. Pydra, Marianne und die DFG hin oder her.

Bonner schien zu denken, dass ich so geschockt dreinschaute, weil ich wieder an einem Namen etwas auszusetzen hatte.

»*Playing Goddess* ist natürlich nur ein Arbeitstitel. Da können wir selbstverständlich auch was anderes nehmen«, versicherte er.

Ich bin nicht käuflich, sprach ich mir zu wie ein Mantra. Ich bin nicht käuflich. Ich. Bin. Nicht. Käuflich. Das ist eine Schnapsidee. Schrödingers Katze ist tot. So tot wie ich, wenn ich unter dieses Dokument meinen Namen setze. *Playing Goddess* ist nur für mich, mein streng geheimer Wahnsinn, den ich gar nicht so wahnsinnig finde, was mich erst richtig wahnsinnig macht. Für mich und niemanden sonst.

Aber die Zahl. Mar Hicks. Melba Roy Mouton. Russell Norvig. Marianne. Self Promotion. Emmi. Die ZAHL.

Und in meinem Körper passierte eine Kurzschlussreaktion, die mich im nächsten Moment sagen ließ:

»Kann ich das hier gleich unterschreiben?«

12. Kapitel

Nein, nein, nein, nein, nein, nein, nein, nein, nein …

Meine Platte hatte ja schon öfter einen Sprung. Aber gerade – hier und jetzt – wo ich zu Hause auf unserem Sofa lag, den Kopf über die Kante gestreckt, meine Hand um meine Pi-Kette gelegt, ging gar nichts mehr. Die »Neins« rasten in immer schnellerer Geschwindigkeit durch meinen Kopf, wie Tetris-Steine kurz vor dem Kollaps, parallel zum Blut in mein Gesicht. Die Zeit war ebenfalls stehengeblieben, Maxi schon lange wieder in ihrer Agentur. Ich hatte ja eigentlich auch ganz entspannt im Home Office weiterarbeiten wollen, aber … *nein*.

Ganz ruhig, sprach ich mir selbst zu. Vielleicht war es nicht so schlimm, wie es auf den ersten Blick schien. Einfach noch mal eine Liste mit den Pluspunkten erstellen, es gab Pluspunkte, Pluspunkte gab es. Erstens: Emmis Fortbestehen war gesichert. Zweitens: Bonner war cool. Einigermaßen. Redete zwar zu viel zu schnell, aber kannte Melba Roy Mouton. Drittens: PR in eigener Sache. Unliebsam, unumgänglich.

Eine ganz ansehnliche Liste. Damit konnte man arbeiten. Meine Atmung normalisierte sich von abgehackt zumindest auf flach.

Bis mein Gehirn in Lichtgeschwindigkeit die Minus-Liste auf mein inneres Flipchart kritzelte.

Erstens: In welcher Community sollte mir ein Liebesroman helfen? PR nicht in eigener, sondern in falscher Sache! Zweitens: Bonner war unberechenbar, hatte er quasi selbst gesagt! Drittens: Namen hin oder her, es stand einfach mal mein komplettes extrapoliertes Liebesleben Schwarz auf Weiß in einem Print-Buch! Wenn David oder Nate sich darin wiedererkannten, war ich geliefert!

»Was tust du da?«

Ich fuhr hoch. Versuchte es zumindest. Mit meinen verkümmerten Bauchmuskeln in meiner aktuellen Position nicht so ganz leicht. Ich sah gerade noch Davids auf dem Kopf stehendes Gesicht, die angehobenen Augenbrauen, bevor er mir näherkam, mir seine Hände entgegenstreckte und mir beim Aufrichten half. Jetzt war mir auch noch körperlich schwindelig, ich musste mir mit Daumen und Zeigefinger an die Augenhöhlen fassen, um wieder mit meiner Umgebung klarzukommen.

Ich hatte nicht mal gehört, wie David die Tür aufgeschlossen hatte. Nicht mal mitgekriegt, dass es draußen dunkel geworden war.

»Ist das Gehirn-Yoga oder so etwas?«

Ich wünschte. Das, was ich gerade gemacht hatte, war eher eine Art Gehirn-Tough-Mudder. Und ich konnte nicht sagen, dass ich darin gut abgeschnitten hatte.

David drückte mir einen Kuss auf die Stirn. Wischte sich danach über die Lippen.

»Du bist ganz schwitzig.«

Kein Ekel in seiner Stimme. Eher Sorge.

»Ist alles in Ordnung mit dir? Hattest du keinen guten Tag?«

Meine Lippen öffneten sich, ich schaute ihn mit großen Augen an.

»Nerdy?«

Seine Fingerkuppen strichen über meinen – ebenfalls schwitzigen – Hals, über meinen Nacken bis zu meinem Haaransatz.

Er fragt mich, wie mein Tag war, sortierte ich die Ereignisse in meinem Kopf. Seit gefühlten Jahren zum ersten Mal. Wo es einmal nicht um Emmi, die Pydra oder Simon geht, sondern ich meine Seele an *Heartstop Books* überschrieben habe. Und seine und Nates gleich mit.

Unterschreib nichts, was ich nicht vorher gegengelesen habe, hatte David einmal zu mir gesagt, kurz nachdem er seine Anwaltszulassung erhalten hatte.

Joa.

Nun legte David seine flache Hand auf meine Stirn.

»Hast du Fieber?«

Vielleicht. Lebensfieber.

Doch ich konnte noch immer nicht antworten, während ich jedes einzelne Detail seiner Erscheinung und seines Verhaltens in mir aufsog und zu verarbeiten versuchte. Wie einzelne Pixel, die ich durch ein künstliches neuronales Netz jagte. Daten ohne Label, auf der Suche nach einem Muster. Der konzentrierte Blick durch seine dunkelbraunen Augen.

Seine Zunge, mit der er sich über die Unterlippe fuhr. Das Gefühl seiner Finger auf meiner Stirn. Seine Erkundigungen nach meinem Wohlbefinden.

Und dann fand ich tatsächlich eine Verdichtung. Einen dicken Knotenpunkt. Nur eine Hypothese, ein Anfangsverdacht, doch er verschlimmerte das fiebrige Gefühl in mir dramatisch.

Das mit der Therme war kein One-Hit-Wonder. Wir befanden uns in Szenario *Pi-Kette*. Das unter Laborbedingungen zur idealen Beziehung zwischen David und mir führen würde.

Unter *Laborbedingungen*. Wenn nicht ein Amateur daherkam und ins Versuchsdesign pfuschte. Wie einst in einem meiner Bachelor-Kurse geschehen. Da war mein Computer plötzlich aus gewesen. Der Schuldige hatte nach eigener Aussage »nur ein bisschen auf den Knopf gedrückt« und damit den Reset-Knopf des Programms gemeint. Ausgeschaltet. Testlauf zerstört. Einfach so. Ohne Sinn.

So fühlte ich mich in diesem Moment. Gegenüber meinem eigenen Leben: *Ich habe nur ein bisschen auf den Chaos-Knopf gedrückt.*

»Alles bestens«, sagte ich wie computergeneriert, während ein besonders massiver Tetris-Stein herabstürzte und das Level zermalmte.

NEIN.

13. Kapitel

Um in den nächsten Wochen und Monaten nicht komplett die Nerven zu verlieren und handlungsfähig zu bleiben, musste ich meine Gedanken von meinem Kopf auf meinen PC downloaden. Damit diesmal aber nichts schiefging, nutzte ich ein schlichtes Word-Dokument mit dem Namen *Golem-Protokoll*, in das ich stichpunktartig meine Gedanken lud, wann immer sie mir zu viel wurden. Die Zeit rauschte an mir vorbei, ich hatte das Gefühl, nur noch in diesem Logbuch zu leben.

3. Mai, 14:50
Heute mit Bonner telefoniert. Versuchung widerstanden, das Telefonat mitzuschneiden und im Anschluss in 0,5-facher Geschwindigkeit erneut anzuhören. Und Maxi als Übersetzerin dazu zu holen. Glaube, er sagte, dass er mir ein Redaktionspapier mit allgemeinen Anpassungswünschen schicken will. Das habe ich zumindest aus einem Reigen aus Buchbranchen-Fremdwörtern herausgefischt. Plotten, ET, Cover-Briefing, Leserunden, Blogger-Aktionen, Giveaways ... mir schwirrt der Kopf. David weiterhin nett. Erstaunlich engagiert bei der Arbeit. Fühlt sich gerade stark nach Unterszenario *50er-Zeitmaschine* an: positive Steigung auf der Gefühls-

ebene in Kombination mit einseitig positiver Steigung auf der Karriereebene bei David bei gleichzeitiger Fallbewegung bei mir. Weitere Pydra-DFG-Drohung und Simon-Stichelei. Eine Mail später Hinweis auf dieses neue tolle Mentoring-Programm. *Ohne Worte.* Nächste Journal-Absage. Nichts von Marianne. Nichts vom *Women & Science* Journal. *Auch alles ohne Worte.*

Bald nächstes *Tech-Women*-Treffen. Vielleicht Switch zu Unterszenario *Emmi trägt Pi-Kette* möglich.

Nate weiterhin in New York. Oder von schwarzer Materie geschluckt. Kommt für mich aufs Gleiche hinaus: nicht in meinem Leben.

8. Mai, 16:12
Mit Bonner über den Aufbau des Buchs geredet. ET heißt offenbar »Erscheinungstermin«. Versucht, ihn davon zu überzeugen, dass die Ausgangssituationen (alles, was mit Platzhaltername-David, Platzhaltername-Nate und mir war) für das Verständnis der Szenarien nicht notwendig ist. Erfolglos. Muss jetzt alles dran setzen, das möglichst gut zu verfremden. Als wenn mein Leben davon abhinge. Denn ... *das tut es.*

Dann noch über Szenarien gesprochen. Obwohl sie schon vor Kitsch triefen, will Bonner, Zitat: *noch mehr auf die Tube drücken.* Mehr Kitsch, mehr *spice.* Was meint er mit *spice*?

8. Mai, 16:27
Gerade mal ein bisschen recherchiert. Mit meinen Marianne-

Spionage-Accounts. Musste nicht lange suchen. Anscheinend werden Liebesromane in sozialen Medien auf einer Chili-Skala bewertet. Je mehr Chilis – *spice* – desto lesenswerter. Maxi angerufen, hat es bestätigt. Ich will keine Chilis. Nicht einmal eine Paprika. Maxi sagt, ich soll Bonners Redaktionen abwarten. Ich weiß ja nicht ...

12. Mai, 8:23
Erste Redaktionen von Bonner überflogen. Maxi saß neben mir und hat mitgelesen. Ist hellauf begeistert. Ich hingegen ... Offenbar ist es üblich, dass bei Liebesromanen die Iriden der männlichen Protagonisten die Farbe wechseln, von sturmgrau zu flüssigem Quecksilber, es darin blitzt und funkelt und sich verdunkelt, dass die Muskeln unter ihren Hemden spannen (ernsthaft, David hat einen Top-Körper, aber er kann sich ausreichend große Hemden leisten! Und Nate sowieso), dass ihre Stimmfarbe so dunkel wie Zartbitterschoko- ne, das kann ich nicht mal aufschreiben.

16. Mai, 20:34
Bonner will von meiner Bitte, ein geschlossenes Pseudonym zu verwenden, nichts hören. Marketing-Gründe (was für ein Marketing überhaupt?). Maxi steht natürlich auf seiner Seite. *Dann hättest du das mit dem Buch gleich lassen können. Stichwort: Self Promotion?!*

Ich hasse es, das zugeben zu müssen, aber leider hat sie recht.

Denk ich lieber nicht dran.

David und ich immer noch in Unterszenario *50er-Zeitmaschine*. Marianne lässt mich über Bea und Susann grüßen (warum antwortet sie nicht auf meine Mail?).

Weiter nichts von Nate.

20. Mai, 10:23
Bonner und ich haben so eine Art Rhythmus gefunden. Vorher mehr so Mac OS trifft auf Microsoft, jetzt beide über Citrix verbunden. Würde das niemals laut aussprechen, geschweige denn, es ihm ins Gesicht sagen ... es fällt mir nicht einmal leicht, es zu denken und aufzuschreiben, aber ... mir macht das eigentlich sogar Spaß. Das mit dem Schreiben. Die Verbindung von Mathematik und Romance. Und *ja*, auch das mit dem Spice. Letztlich ist das ja auch reine Naturwissenschaft. Biochemie, Anatomie.

David und ich immer noch in Unterszenario *50er-Zeitmaschine*. Weiter nichts von Nate.

25. Mai, 13:02
Gibt jetzt einen Titel. *The Nerd Love Code*. Hätte schlimmer kommen können, schätze ich. Immerhin nicht *Playing Goddess* oder *Marlie läuft*.

27. Mai, 16:54
Pseudonym steht auch: Marlea »Marlie« Lenz. Lenz wegen Fröhlingsdorf und Frühling und so. Maxis Idee. Ist okay. Protagonistin heißt auch so. *Voll Meta.*

30. Mai, 9:23

Ersten Cover-Entwurf gesehen. Geweint. Für ein paar Minuten versucht, Existenz des Covers zu ignorieren. Erneut geöffnet. Wieder geweint. Zwei Typen mit nacktem (!) Oberkörper hinter einer Frau mit tiefem Ausschnitt, in dem eine Pi-Kette hängt (*auf gar keinen Fall*!), ein Typ hat einen Paragraphen als Tattoo auf der Brust (*nope*), der andere Brustmuskeln mit eigener Postleitzahl, so dick, beide kleben mit ihren Lippen am Hals der Frau, und Mr. Paragraphen-Tattoo beißt in das Band der Pi-Kette. *So was von auf gar keinen Fall!!! Sex sells*, hat Bonner dazu geschrieben. Dazu fünf Chili-Emojis! Will er mich verarschen?

Ab sofort hasse ich Chilis. Werde nie wieder irgendetwas mit Chili essen. Nie, nie wieder. Muss Bonner erst mal- neue Mail von ihm.

30. Mai, 9:36

Ja, er will mich verarschen. Also wirklich ernsthaft buchstäblich verarschen. Das ist seine Vorstellung von einem Witz! Hat er nichts Besseres zu tun? Hat richtiges Cover geschickt. Es ist ... kann es selbst nicht so recht fassen, aber ... ich finde es nicht schrecklich. Gar nicht schrecklich. Gelungen. Cool. Ja, okay, ich liebe es. Es ist eine super süße Illustration von einer Frau an einem Computer, die zwei Gleichungen aufstellt, aus der zwei reale Typen aus dem Computer hinauswachsen, catchy, lustig, auf den Punkt und – Mist, ich klinge schon wie Bonner.

31. Mai, 6:13

Aufgewacht mit kaltem Schweiß auf der Stirn. Erkenntnis wie ein Blitz, der auf Wasser trifft: Das Cover ist viel zu gut! Ein Cover, nach dem sogar unbuchige Menschen wie ich greifen würden ... wenn man dazu noch buchaffine Menschen rechnet, die auch Bücher mit schlechten Covern à la Paragraphen-Pi-Porno-Cover kaufen würden, dann ... wäre ich Marlea Lenz, wäre das gar kein Problem, aber ich bin nicht Marlea Lenz, ich bin Charlotte Fröhlingsdorf, und wenn zu viele Leute nach dem Buch greifen und sich vielleicht für die Autorin dahinter interessieren, dann ... *nein.* Mal ehrlich: Wie hoch ist die Wahrscheinlichkeit? Wer interessiert sich für das Debüt einer No-Name-Autorin? Niemand. Egal, wie hübsch das Cover ist. Ich kann wieder atmen.

2. Juni, 00:04

Heute Begehung von Sarinas Hochzeitslocation. Heißt zwar was mit Villa, ist aber ein Schloss. Erst völlig aus dem Nichts unerwünschte Neid- und *Ich-will-auch-eine-Märchenhochzeit*-Gefühle (ätzend!!). Dann Nervenzusammenbruch von Sarina. Weil man aus Brandschutzgründen kein Lagerfeuer machen kann. Völlig angemessene Reaktion – *nicht*. Danach ist Sarina auf mich losgegangen. Ob mir *mit meinem ach-so-tollen selbstlernenden Algorithmus im Kopf keine bessere Lösung für das Problem einfallen würde, als blöd zu gucken.* Nett. Glaube, dass ihr Problem tiefer sitzt. Kann mich aber nicht drum kümmern. Habe eigene. *Viele.*

6. Juni, 7:23

Bonner hat gefragt, wie wir den Roman enden lassen sollen. Meine Eingeweide haben sich bei der Frage zusammengezogen. Bislang konnte ich irgendwie ausblenden, wie persönlich dieses ganze Projekt in Wahrheit ist. Was so ein paar veränderte Namen ausrichten. Marlie, Jonas und Dan (der seinen echten Namen *Daniel* hasst, das findet Bonner groß-ar-tig, sowieso findet er alles, was echt ist, groß-ar-tig und will es unbedingt drinbehalten, *seufz*). Diese Namen haben nichts mit mir zu tun. Haben alles mit mir zu tun. Ich habe keine Antwort. Bonner hat eine. Weiß nicht, ob sie mir gefällt. Muss nachdenken ... muss schlafen. *Verdrängen.*

12. Juni, 18:23

Heute *Ende* unter Manuskript geschrieben. Lustigerweise genau an Davids und meinem Jahrestag. Ist jetzt eine Mischung aus meinen und Bonners Ideen. Aber dieser letzte Satz ... wie ein Tattoo in meinen Gedanken, werde ihn einfach nicht los. Auch wenn es komisch klingt, weiß ich, dass es keinen anderen letzten Satz geben könnte. Kann ein Roman mehr über dein Leben wissen als du selbst?

Gehe jetzt mit David essen. Herz klopft, als wäre ich ein Teenager. Ich ahne, warum. Ich verachte, warum.

13. Juni, 01:34

Essen war schön. Sehr schön. Haben über Emmi und Davids neues Projekt bei der Arbeit sinniert und über Sarinas neuesten Hochzeitsausbruch getratscht (Problem mit Caterer, lächerlich, irgendwas mit der Karamellisierung von der Crème brulée, habe vorgeschlagen, das Problem chemisch zu betrachten, aber das einzig Chemische war Sarinas Reaktion, eine weitere *Explosion*). Davids und meine Chemie stimmt gerade. Sehr. Da war viel Verbindung. Irgendwie ist es immer besonders schön, wenn wir ausgehen. Tun wir immer noch zu selten. Zu wenig Zeit. Aber der Vorsatz ist da.

Das *Danach* war auch schön. Chili-schön.

Aber jetzt ... sitze ich am PC und fühle mich irgendwie ... *leer*. Obwohl alles so schön war. *Weil* alles so schön war. Das Davor, das Dabei, das Danach. Weil ... das *Dazwischen* fehlte. Diese eine Frage. Die er mir vielleicht nie stellen wird. Weil er immer noch denkt, dass ich das gar nicht will und ich nicht weiß, wie ich ihm das sagen soll. Weil ich doch einfach nicht über meine Gefühle sprechen kann. Sie immer noch nicht wirklich verstehe. Das alles vielleicht nur eine Phase ist. Eine *komplizierte* Phase, aber eine Phase.

20. Juni, 23:56

The Nerd Love Code wird jetzt in die Herstellung gegeben. Point of no return, kein Zurück mehr. Habe den Text mittlerweile so oft gelesen, dass ich gar nicht mehr die Bedeutung hinter den Worten sehe. Es sind einfach nur noch schwarze Buchstaben auf weißem Papier mit ein paar hübschen Illustrationen zu Kapitelbeginn.

Tief in mir spüre ich, dass es deutlich mehr ist als das. Meine Hände waren feucht, als ich die durchgesehenen Korrekturfahnen an Bonner gesendet habe. Augen zu und durch.

Erst einmal habe ich drei Monate meine Ruhe. Die kann mir keiner nehmen. Immer noch Unterszenario *50er-Zeitmaschine*. Immer noch nichts von Nate. Aber drei. Monate. Ruhe.

Und es hätte alles gut werden können. Weil ich das alles richtig berechnet hatte. Weil eines der Szenarien sich exakt so abspielte, wie ich es extrapoliert hatte. Bei David und mir war es super. Das mit der Karriere würde vielleicht noch kommen. Nate würde ich irgendwann vergessen, weil die Zeit jedes noch so schöne Gesicht verblassen ließ.

Dann aber rächte sich, dass ich in den perfekten Versuch eingegriffen und so *ein bisschen* auf den Chaos-Knopf gedrückt hatte.

14. Kapitel

»Kann ... kann man mich jetzt hören?«

Ich führte mich auf wie jemand, der aus dem 19. Jahrhundert ins moderne Technikzeitalter katapultiert worden war. Nicht wie eine Informatikerin. Nur hatte ich eben noch nie an einem Instagram-Live-Talk teilgenommen. Es auch nie vorgehabt. Aber hier war ich. Mittendrin. Oder besser: obendrauf. Der Bildschirm war zweigeteilt, unten Bonner mit dem Heartstop-Account, oben ich mit meinem brandneuen Autorenaccount, *The Nerd Lady* (*reden wir nicht darüber*).

»Ja, wir können dich super hören, Marlie!«

Marlie. Das klang so gar nicht nach mir. Damit konnte man mich nicht wie Emmi mit »Emily« aktivieren, ich musste geistig wach bleiben.

Bonner hatte ein Headset auf und lächelte – *strahlte*. Hätte man an seine Lippen ein Starthilfekabel angeschlossen, hätte man damit selbst Lkw mit aufgebrauchter Batterie wieder zum Laufen bekommen. Sogar durch den Bildschirm hindurch blendete es mich.

Vorfreude. Sein üblicher Enthusiasmus. Aber da war auch Triumph in diesem Grinsen. Weil er mich *doch* rumgekriegt hatte für einen Marketing-Termin zum »ET«.

Ganz bequem und entspannt von deinem Zuhause aus, Charlotte (wir duzten uns mittlerweile).

Das hier war allerdings weder bequem (mein Schreibtischstuhl war anti-ergonomisch, uraltes Billigmodell) noch entspannt. Das Fenster stand auf Kipp, ich hörte Rasenmäher, Kindergeschrei und irgendwo das Titschen eines Balls, das zu meinem Herzflummi passte. Machte mich alles noch nervöser, aber ich konnte jetzt nicht mehr aufstehen, um es zu schließen. Zu allem Unglück fiel mir als Nächstes auf, dass das Melba-Foto an der Wand schief hing. Wie sollte ich das bitte anderthalb Stunden lang ignorieren? Und dann war da noch David. David, der aktuell auf der Alki-Wiese Fußball spielte, aber jederzeit den von mir berechneten Sicherheitspuffer sprengen konnte ... *super entspannt*.

»Marlie?«

Ich zwang meinen Blick von der schiefen Melba zurück zum Bildschirm. Er fühlte sich wie umgekehrte Spionspiegelfolie an. Ich konnte nicht nach außen sehen, aber alle nach innen zu mir. Wäre das hier eine konventionelle Lesung gewesen, hätte ich das Setting viel besser einschätzen können. Oder überhaupt einschätzen. So aber blieb mir nichts, als mich davon abzuhalten, auf dieses komische Augen-Symbol – da sah man es ja schon, die spionierten mich aus, gruselig, dieses Ding – und die Zahl daneben zu schielen, ebenso wie die Emojis, Namen und Textnachrichten, die an der Seite des Split-Screens entlangrauschten.

Stell dir vor, das hier ist Anaconda. Du programmierst gerade etwas. Alles ist gut.

»*Marlie*?«, wiederholte Bonner, so laut, dass vom Mikrofon seines Headsets ein Störgeräusch produziert wurde. Ich kniff die Augen zusammen. Wusste ja, dass das mit dem Pseudonym noch ein Problem geben würde.

»Hörst du mich auch?«

»Ja, glasklar, glasfaserklar.«

Und genau deswegen wollte ich keinen Live-Talk machen. Weil man solche Gehirn-Ausfälle nicht rausschneiden konnte. Das hatten jetzt schon … 126!!! Leute gesehen. Und es wurden immer mehr!

Eine Flut an Lach-Emojis ergoss sich über das Chat-Feld. Manche mit Tränen in den Emoji-Augen. Auch mit nur einem kurzen Seitenblick stach ein Name hervor. KinderMaxiQueen. Ich konnte ein Augenrollen nicht unterdrücken. Gut zu wissen, dass sie mich aus der Ferne unterstützte, sie hatte mich ja auch immerhin hier reingeritten, trotzdem süß, ja. Aber dieser Name!

»Bist du sicher? Es wirkt so, als hätten wir Verbindungsprobleme«, sagte Bonner, noch immer ein breites Grinsen auf dem Gesicht. Hinter seinem Kopf ragte ein massives Bücherregal empor, ein bunter Mix aus Nerd- und Romance-Büchern.

»Die haben wir auch, aber das liegt an meinen Synapsen, nicht am Internet.«

Und das war der performative Beweis dafür. Beim Sprechen das demonstrieren, was man sagte. Was stimmte nicht mit mir?!

Wieder Lach-Emojis. Viele. Bonners Lachen, das durch

die Leitung kraxelte. Maxi hatte mir im Vorfeld geraten, einfach ich selbst zu sein. Das sei am authentischsten.

Das hatte ich jetzt davon.

Und die Leute schienen zu denken, dass ich Scherze machte. Allen voran Bonner.

»Seht ihr, liebe Community, ich bin mir sicher, dass wir euch im Vorfeld dieser Veranstaltung nicht zu viel versprochen haben. Marlie Lenz ist ein geborenes Comedy-Talent.«

Nein, ist sie nicht. Und sie erleidet gerade körperliche Schmerzen. Ich klammerte mich mit einer Hand am Polster meines Schreibtischstuhls fest. Mein Blick fiel schon wieder auf Melba. *Ginge mir besser, wenn sie gerade hinge, bescheuert, aber wahr.*

»Ihr Debütroman ist mindestens so witzig wie sie selbst. Wo wir schon beim Thema sind.«

Bonner hielt den *Nerd Code* in die Kamera. Ein kleines Lächeln arbeitete sich auf meine Lippen bei seinem Anblick. Das Cover war wirklich schön. Das ganze Buch war schön. Sogar veredelt mit Klappenbroschur und hervorgehobener Schrift. Es weckte das unsinnige Verlangen in mir, wie der bibliophile Mensch, der ich nicht war, mit dem Finger über die glatten Buchstaben des Titels zu fahren. Was ich mir nicht erlaubte. Zu riskant.

Als der Karton mit meinen Belegexemplaren vor zwei Wochen hier eingetroffen war, hatte es schon beinahe ein Desaster gegeben. Denn natürlich war David da noch nicht zum Fußball aufgebrochen. Und natürlich war er so nett gewesen, den Karton in Empfang zu nehmen, weil wir uns ja nach wie vor auf wundersame Weise in Unterszenario *50er-Zeitmaschine* befanden und sich David quasi durchgehend lieb und hilfreich verhielt.

»Was hast du bestellt? Eintausend Speicherplatten?«

»Zweitausend«, hatte ich ironisch geantwortet, aber mit einem kleinen Wackler in der Stimme, der ihm glücklicherweise entgangen war.

Niemand aus meinem engsten Umfeld außer Maxi wusste von dem Buch. Und ich ahnte ja, dass ich es nicht für immer geheim halten konnte. Aber so lange wie irgend möglich eben schon.

»Jetzt mal im Ernst.«

»Zweitausend Speicherplatten. Die kannst du einfach in mein Büro stellen, und dann ab zum Fußball.«

Als David partout nicht locker lassen wollte, hatte ich die Hände an meinen Seiten abprallen lassen und deutlich genervter als intendiert – so nervös war ich geworden – gesagt: »Das sind Belegexemplare von so einer … so einer Publikation halt.«

Ich konnte einfach nicht lügen.

»Interessiert dich doch sonst auch nicht.«

Nicht fair. David hatte sich in letzter Zeit deutlich mehr für Emmi, die Pydra, sogar Marianne interessiert als in den ganzen Jahren zuvor gebündelt. Magisches Unterszenario *50er-Zeitmaschine*.

»Sorry, aber … damit war … sehr viel Stress verbunden. Deswegen reagiere ich so gereizt. Mach dir keine Gedanken, viel Spaß auf der Alki-Wiese.«

Das hatte er dann zum Glück akzeptiert. Er hatte mir die Wange gestreichelt, den Karton rübergetragen und war gegangen. Ich hatte den Karton geöffnet, reingeschaut, *einmal* die bibliophile Nummer mit dem Zeigefinger über den Buchstaben abgezogen, das Buch wieder zurück in den Karton gelegt. Und da stand er nun. Unter einem anderen Karton. Damit er nicht so auffiel.

Was irgendwie ungünstig war. Weil ich gleich doch aus einem der Bücher vorlesen sollte. Warum hatte ich mich nicht vorbereitet? Warum alles bis zur Unausweichlichkeit verdrängt?

Meine Wangen wurden unerträglich heiß. Ich fühlte mich wie eine Theaterschauspielerin auf der Bühne, die nicht nur ihren Text vergessen, sondern auch noch spontan das Sprechen verlernt hatte. Hektisch schaute ich mich um auf der Suche nach einer Lösung.

»Marlie?«

Verlernt.

Die halten mich für einen Totalausfall! Der ich auch bin! 126 – Moment, 237 sind es jetzt schon, was zur Hölle, 239, 240, 242 Leute halten mich für einen Totalausfall!

Meine Pupillen tanzten einen Charleston, flogen in Teilchenbeschleunigergeschwindigkeit über das Inventar meines Arbeitszimmers.

»Ich hatte ja gerade ein paar einleitende Worte zu *The Nerd Love Code* gesagt«, was über die Erinnerung an das Karton-Desaster vollkommen an mir vorbeigezischt war, das war eben auch das Problem an diesen Live-von-zu-Hause-

Veranstaltungen, man konnte sich sehr gut einreden, man sei selbst nur eine Zuschauerin statt Beteiligte. »Jetzt wollen wir einfach mal mitten reinspringen, bevor wir weiter darüber diskutieren. Bist du startklar?«

Schiefe Melba, Karton auf dem Karton, erwartungsgeladener Bildschirm, schiefe Melba. Entweder hielt ich jetzt kurz mein Gesäß in die Kamera, rumpelte hier rum und machte mich als Mensch noch lächerlicher – oder ich schaltete meine Kamera aus, schob Technikprobleme vor und machte mich als Informatikerin noch lächerlicher. Ich raufte mir die Haare zu einer elektrisch aufgeladenen Einsteinfrisur. *Hilfe!*

Mein Display leuchtete auf. Wie als Antwort auf meinen Hilferuf.

Nimm das Dokument auf deinem Desktop. Dann sieht es so aus, als würdest du beim Vorlesen in die Kamera gucken.

Maxi. Die mich ins Verderben stürzte, aber auch wieder herauszog. Ich ließ meinen angehaltenen Atem entweichen. Wieso war ich auf diese simple Lösung bislang nicht selbst gekommen? Gehirn-Blockade.

Du machst das übrigens toll. Auch wenn du das selbst nicht so wahrnimmst, wie ich dich kenne. Die Community liebt dich (wie könnte sie auch nicht).

Und jetzt lächelte auch ich. Breit. Die Anspannung löste sich aus meinen Knochen, ich klickte auf die fertig gesetzte PDF-Datei vom *Nerd Code*, reckte einen Daumen in die Kamera (*komisch*, egal) und begann zu lesen.

»Prolog: Mein Leben war in Ordnung. Das meine ich buchstäblich. Es war *geordnet*. Weil ich der festen Überzeugung bin, dass es nichts gibt, was sich letztlich nicht in Nullen und Einsen zerteilen und damit ordnen lässt. Ein binäres System aus oben und unten, rechts und links, gut und schlecht, richtig und falsch, schön und hässlich, praktisch und unpraktisch, das mir Orientierung gab. Mit Jonas zusammen sein: richtig. Die Beziehung zu meiner Schwester Nathalie: falsch. Eine Karriere als Informatikerin anstreben: gut. Eine tyrannische Anti-Feministin als Chefin haben: schlecht. Immer schwarze Klamotten tragen: hässlich und praktisch. Modische Klamotten tragen: schön und unpraktisch. Die Beziehung zu meiner feministischen Sprachassistentin Feli: goldrichtig, sehr gut und wunderschön. Okay und ziemlich unpraktisch. Aber alles klar. Zerteilbar. Verstehbar. In Ordnung.

Und dann kam Dan. Und auf einmal flogen mir die Nullen und Einsen meines Lebens wie bei einem Hagelsturm um die Ohren. Eine Mathokalypse bahnte sich an. Ich dachte, ich hätte den Code der Liebe geknackt – aber hatte ich das wirklich?«

Atemlos hielt ich nach einiger Zeit inne. Blinzelte den Übergang von einer gänzlich anderen Welt in meinem Kopf zurück in die Wirklichkeit weg. Es war mucksmäuschenstill. Zu gern hätte ich gesagt, dass das an meiner fesselnden Lesung lag. Aber ich war ja allein in meinem Büro. Ob die Instagram-Zuschauer soeben an meinen digitalen Lippen gehangen oder sich einen Kaffee gekocht, Katzen-Reels angeschaut oder die Nägel gefeilt hatten, konnte ich nicht sagen. Ob sie Emojis und Kommentare geschickt hatten. Denn ich war ja auf der PDF-Datei und nicht auf der Instagram-Seite, auf die ich nun zurückwechselte.

»Danke, liebe Marlie, für diesen Einblick in deinen ebenso intelligenten wie witzigen Debütroman. Ich habe gesehen, dass bereits ganz viele Fragen eingetroffen sind, und da würde ich jetzt einfach mal ein paar rausgreifen.«

Er nahm einen Schluck aus einer NASA-Tasse, offenbar noch so ein Interesse von ihm, stützte sein Kinn auf einer Hand ab, während sich seine Augäpfel flink in ihren Höhlen bewegten.

Ich lächelte. Meine Wangen waren auch wieder rot, aber diesmal nicht vor Scham. Sondern von diesem guten Adrenalinkick, den man bekam, wenn man sich aus seiner Komfortzone traute und es nicht schieflief.

Bonner schaute auf eine analoge Armbanduhr.

»Wir sind zwar schon etwas ... gut, *deutlich* hinter unserem Zeitplan, aber weil so ein reges Interesse herrscht und noch so viele von euch dabei sind ... wäre das in Ordnung für dich, Marlie, ein bisschen zu überziehen?«

Zack. Mit einem Schlag verwandelte sich der gute in einen ganz und gar schlechten Adrenalinkick.

Ne, das war nicht in Ordnung. Kein bisschen. Wie viel überzogen hatten wir denn schon – *heilige Scheiße*. Die Extra-30-Minuten waren verpufft. Einfach so. Hatte ich weggelesen. Weggezonet. Es kribbelte in mir, wieder ehrlich zu sein. *Tut mir leid, aber ich muss noch etwas programmieren.* Was auch stimmte. Zum Teil.

Mein Display leuchtete wieder.

Denk nicht mal dran. Das kannst du jetzt echt nicht bringen, die Interaktion mit deinen potenziellen Lesern ist das Allerwichtigste!

Ich verfluchte Maxi dafür, dass sie mich so gut kannte. Dass sie selbst durch die 50.000er-Leitung, von der aber nur ein Bruchteil in unserer Wohnung ankam, jede meiner mimischen Regungen zu einhundert Prozent richtig deuten konnte.

Und dass sie recht hatte.

Wenn ich mich jetzt verabschiedete, wirke ich so sozial kompetent wie Simon.

»Ich hätte noch so zwanzig Minuten Zeit für Fragen«, presste ich hervor.

Vierundzwanzig, um genau zu sein, aber das blieb mein Geheimnis.

Leuchtendes Display.

SAG, DASS DU DICH AUF DIE FRAGEN FREUST!!!

»Auf die ich mich richtig freue«, fügte ich lahm hinzu. Wie lächerlich ich war. Ohne Maxi als meine Sozial-Souffleuse hätte ich mittlerweile einen Spitznamen weg, so was wie Grumpy Nerd. Warum schauten überhaupt noch so viele Leute zu?

»Wunderbar«, strahlte Bonner. Nichts schien ihn in seiner guten Laune aus dem Konzept bringen zu können. Auf ein paar Fragen an mich folgten ein paar Fragen an Emmi.

Immerhin darauf war ich vorbereitet. So konnte ich etwas mehr Wissenschaft in dieses Event hineinbringen, dieses unliebsame Thema Selbst-PR angehen.

Die Minuten vertickten, und dann wurde es knapp. Bonner hatte die Uhr glücklicherweise im Blick. Nach 18 Minuten sagte er:

»So, liebe Community, vielen Dank euch für die vielen tollen Fragen. Weil Marlie bald aufbrechen muss, kommt jetzt die letzte.«

Traurige Emojis. Aber auch dankende. Herzen. Herzaugen-Smileys. Unter dem Schreibtisch trippelte ich mit den Füßen.

»Also, liebe Marlie, eine Frage, die hier mehrfach im Chat gestellt wurde: Ist *The Nerd Love Code* auch ein bisschen autobiographisch?«

Und natürlich, weil Alan taub war und meine Gebete stets überhörte, nutzte David exakt diesen Moment, um mit durchgeschwitztem Trikot und rot schraffierten Wangen in mein Büro hineinzuplatzen.

»Was machst du da, Char —«

Geistesgegenwärtig schlug ich den Laptop zu.

»Nichts. Gar nichts.«

Chaos.

15. Kapitel

Zum ungefähr zwanzigsten Mal beobachtete ich, wie eine junge Frau in die Tasten ihres Laptops hackte, untermalt von einem Tetris-Musik-Remix, der immer schneller wurde, während animierte Symbole und Textzeilen wie Tetris-Steine über sie hereinbrachen, denen sie auszuweichen versuchte.

Der Laptop auf meinem Schoß war schon heiß gelaufen, doch ich spürte es kaum. Ebenso wenig wie meine eingeschlafenen Beine, die ich auf dem Sofa angewinkelt hatte. Vor mir auf dem Wohnzimmertisch stand eine unberührte Kaffeetasse mit mittlerweile kaltem Kaffee, aus der Küche drang das leise Klirren von nachlässig eingeräumtem Geschirr in der Spülmaschine, ich sah nur fallende Symbole.

Wie bei der Tetris-Stein-Metapher, die ich im *Nerd Code* untergebracht hatte. Ein Computer. Ein Herz. Ein Mann. *Jonas ist der Richtige.* Noch ein Mann. Drei Herzen. *Dan ist der Richtige.* Die City-Skyline von New York. Ein gebrochenes Herz. Ein intaktes Herz. Ein Mann. Der Gesichtsausdruck der Frau wurde immer panischer. Die Symbole mehr und mehr und mehr, Ausweichen hoffnungslos, sie ertrank darin. Satt *Game Over* dann in roten Lettern in Fettschrift die mit Hashtag versehene Frage: #whoismrright? Abgelöst von #thenerdlovecode.

Und wieder von vorn. Wieder und wieder und wieder. Eine Endlosschleife, ich musste mich unter meinem dumpf schlagenden Herzen dazu zwingen, es zu schließen. Doch anstatt das einzig Vernünftige zu tun und auch das Chat-Fenster mit KinderMaxiQueen und den gesamten Browser mit der geöffneten Instagram-Seite zu schließen, verselbstständigten sich meine Finger und klickten auf das nächste Reel, das Maxi geschickt hatte. Ein Bücherregal. Prominent darin platziert *The Nerd Love Code*. Neben Büchern wie Ali Hazelwoods *Die Theoretische Unwahrscheinlichkeit von Liebe* und Helen Hoangs *The Kiss Quotient*. Ein Schriftzug. **He's a Ten, but ...** Nächster Schriftzug. **He's also your Boyfriends's Boss.** Ein Munch-Schrei-Emoji. #thenerdlovecode.

Ich ruckelte kurz auf dem Sofa hin. *Ah. Schmerzhaft.* Da war *alles* eingeschlafen und vielleicht nicht nur das, vielleicht hatten meine Muskeln schon begonnen, sich zurückzubilden. Mein Blick glitt zum gerahmten Köln-Trikot über den Fernseher, der schon seit Stunden lief, gerade irgendeine Nachrichtensendung, und dann wieder auf den Bildschirm.

Nächste Nachricht. Es war wie ein Sog. Wie an einem Glücksautomaten, in den man eine Münze nach der anderen warf, obwohl man wusste, dass es sinnlos war, weil man eh nichts gewann.

Diesmal sah ich das Gesicht einer Bloggerin mit einer gigantisch großen Brille auf der Nase, die sie beim Sprechen befingerte. Sie hielt *The Nerd Love Code* in die Kamera und sagte langsam und gedehnt, auf 0,25-Bonner-Sprechgeschwindigkeit: »Hallo Bookies. Wie ihr wisst … bin ich ja kein … besonders großer … Fan … von romantischen … Komödien. Aber … nachdem ich … die Insta-Talk-Aufzeichnung … von dem Gespräch mit … Marlie Lenz … geschaut habe …, musste ich es einfach lesen und … es ist echt … richtig … gut. Vor allem das Ende … hat mich … sehr … nachdenklich … gemacht.«

Dann ein paar Emoji-Skalen.

😂😂😂😂😂+/😂😂😂😂😂.
♡♡♡♡♡+/♡♡♡♡♡.
🌶🌶/🌶🌶🌶🌶.

Wow. Der Nerd Code kriegt nur zwei Chilis auf der Chili-Skala!, blitzte es in mir auf, bevor ich mich wieder auf das sich anbahnende – oder vielleicht schon unaufhaltsam über mich hereinbrechende – Unglück besann. *Die Leute lesen das. Die Leute beschäftigen sich damit. Die Leute verbreiten es. Aber nicht die Mariannes dieser Welt, sondern Romance-Leserinnen, die darin wie Trüffelschweine nach Chilis suchen.*

KinderMaxiQueen: Hast du dir mal die Klickzahlen angeschaut???

Tu es nicht. Tu es nicht. Tu es ni- Oh. Mein. Gott. Es war wie beim ersten *Matrix*-Film. Als hätte ich die rote Wahrheitspille geschluckt. Mein Gehirn war nicht an einen Tank angeschlossen, die Welt nicht von KIs, von Emmi übernommen. Dafür von viralen Reels. Klickzahlen im fünfstelligen Bereich – das war doch absurd!

»Hey, Nerdy.«

Wie bei diesem Live-Talk vor einer Woche steckte David nun den Kopf zur Tür herein, diesmal zur Haustür. Wie letzte Woche klappte ich hektisch den Laptop zu. Verdächtig. David zog auch sogleich die Augenbrauen zusammen, während er seine Fußballschuhe auszog und achtlos zu den anderen wild verteilten Schuhen warf. Letztes Mal konnte ich ihn noch mit zusammenhangslosem Gefasel so verwirren, dass er irgendwann aufgegeben hatte. Bonner wiederum hatte wohl so getan, als wäre es Teil der Inszenierung. Hatte Maxi mir erzählt. *Er ist echt gut. Das Chat-Fenster ist vor Begeisterung explodiert, Bookstagram ist verrückt nach Nerd-Marlie.* Und wie verrückt. Fünfstellige-Klickzahlen-Reels-verrückt.

Aber Maxi wäre nicht Maxi, wenn sie nicht noch tadelnd hinzugefügt hätte, dass ich mich wie eine Erwachsene verhalten und David von dem Roman erzählen sollte.

Aber wie? *Wie?*

»Du verhältst dich seltsam, Charlie.«

David kam näher, die Hände hinter dem Kopf verschränkt. Obwohl er mal wieder durchgeschwitzt war, roch er nicht unangenehm. Salzig, mit einer Spur Deo. Ich seufzte in seinen Geruch hinein und fixierte anschließend das Trikot an der Wand. Und den Riss daneben in der Tapete. *Müsste auch mal neu gestrichen werden.*

»Ja, weil ich aus Versehen ein Buch über uns und deinen Chef veröffentlicht habe.«

Ich blinzelte. Das Trikot flackerte wie bei Stroboskop-Licht. Das hatte ich natürlich nicht gesagt. Auch wenn es sich in meinen Gedanken kurz richtig gut angefühlt hatte. Fiktion und Wirklichkeit verbanden sich wie ein Elektronenpaar, gefährlich.

»Ist was mit Emmi, was mit der Pydra?«

Nein. Aber warum konntest du eigentlich nicht vor ein paar Monaten so sein wie jetzt? Vielleicht hättest du dann sogar die olle Schmitter-Akte selbst geholt, ich wäre Nate nie begegnet und alles verliefe noch in geordneten Bahnen.

Er ging vor mir in die Hocke und legte den Kopf schief. Ich ließ meine Nägel über den zugeklappten Laptop klackern, David schob ihn von meinem Schoß zur Seite auf das Polster, jetzt konnte ich mich nicht mehr ablenken.

»Charlie, ernsthaft. Langsam mache ich mir Sorgen um dich.«

Zu Recht.

»Du bist wirklich komisch drauf.«

»Und?«

Ich versuchte mich in einem Lächeln, das so schief geriet, dass es vermutlich aussah wie mit Paint gezeichnet.

»Das ist doch nichts Neues.«

Spitzen-Joke.

Fand David offenbar auch. Denn jetzt verdunkelte sich sein Blick, seine Augenbrauen trafen sich in der Mitte.

»Charlie ...«

Das Telefon klingelte.

»Meine Mutter«, sagte ich.

Zum Glück. Wurde schon richtig brenzlig.

David fuhr sich durch das Haar und nickte.

»Welches Dinner verpassen wir gerade?«

Jan-Philipp: Beförderungsdinner verpassten wir, stellte sich heraus. Wie Jan-Philipp selbst im Übrigen. Ironisch aber wahr. Als wir nach unzähligen Gelblichtverstößen, Vollbremsungen und riskanten Überholmanövern wie nach einer Achterbahnfahrt schwindelig vom Auto in das Restaurant *Strandkorb* wankten, das Mom mir am Telefon genannt hatte, fiel mir sofort auf, dass er fehlte. Das Ambiente des Restaurants war ziemlich cool. Ein bisschen Köln meets Hamburg, mit großzügigen Strandkörben anstelle von Stühlen, rustikalen Tischen aus Treibholz mit Muscheln und Fischernetzen als Dekoration sowie wuchtigen runden Stahllampen, die ein warmes Licht warfen.

Nur saß Sarina eben allein in einem dieser Strandkörbe.

»Pünktlich wie eh und je«, begrüßte sie uns sarkastisch, den Blick auf mich fixiert. Oha. *Sind wir heute noch mürrischer drauf als sonst?*

»Da sind wir ja offenbar nicht die Einzigen.« Ich setzte mich neben David in den Strandkorb gegenüber von ihr.

»Jan-Philipp musste spontan an einem Meeting teilnehmen«, erklärte meine Mutter aus dem Strandkorb daneben in einem Ton, als wäre das völlig selbstverständlich. Was es für sie als Unternehmerin wohl auch war. Ich erinnerte mich noch sehr genau daran, wie früher beim Italiener die Finanzlage diskutiert wurde, mein Vater auf der Alm zwischen blökenden Ziegen und bimmelnden Bergkühen neue Aufträge besiegelte und wir auf der Rückfahrt vom Urlaub noch schnell einen Stopp bei einem Vertragspartner oder Kunden einlegten. So hatten Sarina und ich immerhin wunderschöne Orte wie Malsch, Bad Hersfeld und Dinkelsbühl kennengelernt.

»Bisschen ungünstig«, murmelte David, was meiner Mutter nicht entging. Zur Abwechslung schoss ihr strafender Blick einmal nicht zu mir, sondern zu ihm.

»Gut, David, dass dir das mit Charlotte nie passieren würde.«

Sarina setzte ihr bestes fake-liebenswürdiges Lächeln auf und klimperte mich mit ihren langen Wimpern an. Dann fasste sie sich gespielt erschrocken an den Mund.

»Ups, stimmt ja wirklich. Weil Charlotte an der Uni nie befördert wird.«

»Lass gut sein, Charlotte«, schnitt Mom meinen Protest ab. »Sarina hat es gerade wirklich nicht leicht.«

Und wie *wirklich nicht leicht* sie es hatte, erfuhr ich kurz darauf bei der Vorspeise.

»Wenn ich es dir doch sage, Mama: Wir finden einfach keinen vernünftigen Caterer. Die sind alle mangelhaft oder schon über Jahre ausgebucht.«

Das Thema schon wieder. Grimmig stach sie auf einen Reibekuchen ein, ohne einen Bissen davon zu nehmen. Meine Mutter redete auf sie ein, während David sich von meinem Vater mit einem Monolog über neue Geschäftsstrategien in den Wahnsinn langweilen lassen musste. Unschlüssig beobachtete ich das Geschehen, bis mir auffiel, dass jemand *mich* beobachtete. Eine mittelalte Frau war auf dem Gang stehen geblieben und starrte mich an. Ungefähr so unauffällig, wie ich Alan Turing angestarrt hätte, wenn er plötzlich von den Toten auferstanden wäre, um in einem der Strandkörbe abzuhängen. Ich guckte hinter mich, aber da war ja nix außer blau-weißem Stoff. Schaute sie vielleicht David an? Hatte ich etwas im Gesicht? Mit dem Handrücken wischte ich mir über die Lippen, nur für den Fall.

Dann kam die Frau näher. Den Blick noch immer exakt auf mich gerichtet. Ein mir ebenfalls unbekannter Mann folgte ihr. Etwas stach in meinen Brustkorb. *Was, wenn sie eine Bookstagrammerin ist?*

»Charlotte, bist du das?«

Charlotte. Nicht Marlie. Ich atmete erleichtert aus. *Ja, ich bin Charlotte, aber wer bist du?*

Hinter meiner Brille kniff ich die Augen zusammen, als könne ich so besser sehen, und scannte die Erscheinung der Frau ab. Ich kannte keine mittelalten Frauen in schicken Cocktailkleidern, die in Edelrestaurants wie dem *Strandkorb* speisten. Mein Blick glitt an ihren nackten Armen entlang bis zu ihrem Handgelenk. Und dann machte es endlich Klick. Und ich atmete noch erleichterter aus.

Aber ich kannte Frauen, die Armbänder mit Nerd-Symbolen trugen. Bea.

Unter Sarinas und Moms Blicken stand ich auf, ging zu ihr und umarmte sie.

»Vielleicht brauche ich eine neue Stärke, war schon ewig nicht mehr beim Optiker und habe dich gar nicht erkannt!«

»Hat man nicht gemerkt«, antwortete Bea trocken und presste so übertrieben die Augen zusammen, dass ich lachen musste. Danach stupste sie sanft gegen meine Schulter.

»Wie witzig, dass wir uns hier sehen. Das ist meine bessere Hälfte Lukas. Oder auch der Grund, warum ich manchmal aus meiner IT-Höhle rauskomme.«

Sie warf ihrem Partner einen liebevollen Blick zu, der einen weiteren Stich in meiner Brust auslöste. Weil Bea vielleicht hatte, was ich auch haben könnte, wenn ich nicht im Versuchslabor rumgefummelt hätte?

»Charlotte.«

Ich lächelte und schüttelte Lukas die Hand.

»Und du, mit wem bist du hier?«

Mit meiner geliebten harmonischen Familie, dachte ich ironisch. Die gerade überraschend ihre Lieblingsbeschäftigung – sich selbst beim Reden zuzuhören – einstellte und zur Abwechslung mal mir zuhörte. Aber sollten sie ruhig sehen, dass ich nicht die IT-Eremitin war, die außer Emmi, David und Maxi keine Freunde hatte, wie sie immer dachten.

David war aufgestanden. Mit nicht wenig Stolz beobachtete ich, wie er neben mich trat, Bea freundlich anlächelte und ihr seine Hand entgegenstreckte. Gut aussehend, sozial souverän, mein.

»Hi, ich bin —«

»Lass mich raten«, unterbrach Bea ihn und hob eine Hand in die Luft.

»Schicker Anzug, gut aussehend, selbstbewusst – du bist bestimmt Dan.«

Und mit einem Schlag verschwand der Boden unter meinen Füßen. Die Knochen in meinem Körper. Die Schwerkraft. Ich fühlte mich so stabil wie geschmolzene Butter, hatte jeden Moment das Gefühl, einfach auf den Boden zu fließen.

Wie konnte es sein, dass sie – *ist doch egal, denn offenbar ist es ja so, unterbinde das hier!*

»Dan?«

Was sind das für merkwürdige Freunde von dir?, stand in Davids Iris. Die Panik in mir schwoll an. *Sag was, mach was, grätsch' dazwischen! Wie ein Fußballspieler!*

»Oder nein, warte, deine Haare sind zu kurz für Dan, der hat doch diese hinreißend verstrubbelten Haare, vielleicht bist du doch Jonas. Oder gar ein Hybrid? Das Beste von beiden Männern?«

Mein Gehirn feuerte einen Befehl nach dem anderen ab, die ungehört verhallten. Als wäre die Verbindung zwischen ihm und den Rest meines Körpers gekappt. Wenn doch nur meine Zunge nicht so wachsweich wäre. Wenn ich doch nur mal wieder den blöden Laptop zuklappen könnte, um diese Situation zu beenden!

»He, Mar-, äh, Charlie, ich mach nur Spaß.«

Bea grinste und tätschelte mir die Schulter.

»Ich habe nur Wind von deinem Insta-Live-Talk bekommen und mir die Aufzeichnung angeschaut. Das war richtig großartig, so ein tolles Projekt! Wieso erzählst du davon eigentlich nichts? Ich war, um ehrlich zu sein, ein bisschen beleidigt. Schreibt hier mal eben neben ihrer Promotion noch einen super witzigen Roman für einen der angesagtesten Verlage, die es da draußen so gibt, habe schon reingelesen – der Knaller! –, und verliert kein Sterbenswörtchen darüber. Du musst unbedingt eine Lesung für die *Tech Women* machen. Habe ich auch schon Marianne gesagt, die fand das auch total spannend und wäre super gern dabei!«

Scheiße. Scheiße. Scheiße. Mein Gehirn hatte das mit den Befehlen frustriert aufgegeben und spezialisierte sich nun stattdessen aufs Fluchen. Während sich Davids Blick in meine Seite brannte. Ich spürte, dass er sich keinen Zentimeter regte, als wäre er versteinert, und traute mich nicht, ihn anzusehen. Auch meine Familie schwieg noch immer, Bea sich Lukas zuwandte.

»Du kennst doch deinen kleinen Romance-Addict«, schien sie über sich selbst in der dritten Person zu sagen.

»Und Charlie hier, das ist die mit dieser coolen feministischen Sprachassistentin, sie hat unter offenem Pseudonym so einen Liebesroman über eine Dreiecksbeziehung geschrieben, für *Heartstop Books*! Das geht gerade auf Insta richtig viral!«

Das ist eine Verwechslung!, wollte ich rufen. Sorry, Bea, aber irgendwas hast du da durcheinandergebracht, ich habe mit Marlie Lenz nicht das Geringste zu tun.

Das sprachliche Äquivalent zum Laptop-Runterklappen.

Mach dich nicht lächerlich, sagte eine andere Stimme in mir. Aus der Nummer kommst du jetzt nicht mehr raus. Und David musste es sowieso irgendwann erfahren.

Aber ausgerechnet *so*?

Ein Kellner manövrierte sich mit einem vollbeladenen Tablett an uns vorbei, ich machte einen Ausfallschritt zur Seite. Und war nicht undankbar für den Abstand, der sich dadurch zwischen David und mir ergab.

»Du hast ein Buch geschrieben?«, hörte ich ihn im nächsten Moment tonlos fragen. Und dann zwang ich mich doch dazu, meinen Kopf zu ihm zu drehen. Alles verkrampfte sich in mir, seine Miene war unlesbar.

»Einen Liebesroman?«

Ja. Über dich und deinen Chef. Cool, oder?

Beas Augen weiteten sich so sehr, dass ich Sorge hatte, ich müsste sie gleich mit den Händen auffangen, damit sie nicht auf dem Boden des *Strandkorbs* endeten. Ihre Lippen glitten auseinander.

»Moment mal – du *weißt* davon nichts?«

»Charlotte hat ein Buch geschrieben?«, hörte ich nun auch Sarinas Stimme in meinem Rücken. Schnappatmend. *Schockiert.*

»Was ist hier los, Charlotte?«, quatschte mich im nächsten Moment meine Mutter an.

»Du hast ein Buch geschrieben?«

Lasst mich doch gerade einfach mal in Frieden, flehte ich innerlich. Am besten für immer!

»Du bist mir ja eine«, schnaubte Bea.

»Und ich dachte, du hältst es nur vor den *Tech Women* geheim, aber nicht einmal deine Familie weiß davon?«

»Wovon denn nun?«, fragte mein Vater ungeduldig.

Ich will hier raus. Ich will mich wegbeamen. Auf einen Planeten, auf dem ich die Naturgesetze noch verstehe und nicht das Chaos lostreten kann!

»Charlotte ist einfach zu bescheiden. Also, ihr Lieben«, sagte Bea locker und legte eine Hand auf meine Schulter. Meine knallheißen Wangen und Sprachlosigkeit noch immer vollkommen fehldeutend.

»Charlotte Fröhlingsdorf hat unter dem Pseudonym Marlie Lenz eine wunderbare romantische Komödie mit dem Titel *The Nerd Love Code* geschrieben, in dem die Protagonistin sich nicht zwischen zwei Typen entscheiden kann und deswegen Szenarien hochrechnet und sie an der Wirklichkeit testet, einfach grandios!«

In der Tat grandios. *Grandiose Scheiße!*

»Der Karton«, wisperte David.

»Das neulich mit dem Laptop …«

»Und«, fügte Bea hörbar stolz hinzu. Sag mal, merkte sie eigentlich nicht, dass ich überhaupt nichts sagte? Weil sich gerade alle meine Organe zusammenzogen, weil ich vor Scham und Reizüberflutung implodierte?

»Der Roman ist bei einem richtig renommierten Verlag erschienen und wird gerade von allen Bloggerinnen, die Rang und Namen haben, auf Social Media in den höchsten Tönen gelobt. Ihr könnt richtig stolz auf eure Charlotte sein.«

»Das ist jetzt nicht wahr, oder?«, hauchte meine Mutter. »Charlotte. Wie kannst du so etwas vor uns geheim halten? Das ist ja großartig, phänomenal! Carlo, bringst du uns gerade mal eine Flasche Champagner? Wir haben etwas zu feiern!«

Nicht schon wieder Champagner! Champagner drohte zum Sinnbild für alles Schlechte in meinem Leben zu werden.

»Das ist … das ist echt so …«

Mein Blick schwenkte zu Sarina, deren Wangen ebenfalls auffällig rot schimmerten. Auch ihre Augen wirkten glasig. Sie biss sich auf die Lippen und schüttelte kaum merklich den Kopf. Irgendetwas in mir sagte mir, dass das kein Ausdruck von Freude war.

»Wie gesagt, ich glaube, dass Charlotte einfach zu bescheiden ist.«

Bea drückte mich an sich, ich gab kein bisschen nach. Ging einfach nicht. Mit dieser ganzen bedrohlichen Organaktivität in meinem Innern. Sarina stieß ein zischendes Geräusch aus.

»Bescheiden. Charlotte Fröhlingsdorf ist *super* bescheiden. Vor allem, wenn sie dir beide Ohren mit langweiligem Zeug über ihren dämlichen Roboter abquasselt. Oder sich selbst beim Hochzeitskleid-Aussuchen als Expertin aufspielt. Jetzt muss sie auch noch Romane schreiben. Die Wissenschaft allein reicht für ihren Geltungsdrang ja nicht.«

Ich starrte meine Schwester an. Das war selbst für ihre Verhältnisse fies.

»Sarina«, ermahnte meine Mutter sie. Eine Art Novum, das mir keine Genugtuung gab.

»Was?! Ist doch so, Mama! Es sollte heute um Jan-Philipp gehen!«

Jan-Philipp ist nicht mal da!

Ein Kellner brachte Champagnergläser, auch für Bea und Lukas, die meine Mutter gleich dazu einlud und die sich sichtlich gut unterhalten fühlten. Mit finsterem Blick fixierte Sarina das Glas, ließ das Thema aber fallen. Wir stießen an, ich schaute weder David noch sonst jemandem in die Augen. *Fünf Millionen Jahre schlechter Sex,* wenn ich abergläubisch gewesen wäre. Doch ich musste nicht einmal abergläubisch sein, um zu wissen, dass ich fünf Millionen Jahre *überhaupt keinen* Sex haben würde, zumindest nicht mit David. Mich beschlich das Gefühl, dass er das alles nicht so gut aufnahm. Und dass es nicht zwingend besser würde, wenn er das Buch las.

Ich nahm meine Brille ab und pustete sinnlos ein nicht vorhandenes Staubkorn weg. Anschließend trank ich einen Schluck und spürte dem Kribbeln in meinem Gaumen nach.

Hoffentlich las er es nicht! Wie standen die Chancen, dass er es nicht las? *Kein Bock auf lesen* mal *Noch weniger Bock auf Liebesroman* minus *Es ist das Buch seiner Freundin* gleich, ach, Scheißrechnung, kriegte ich gerade eh nicht hin.

Nach dem ersten Schluck stellte David plötzlich schwungvoll sein Glas auf den Tisch. *Klirr.* Schlagartig sahen ihn alle an.

»Sorry ... ich ... muss kurz mal weg.«

Wohin?

Shit.

Er schritt auf den Ausgang zu. Ich sah noch, wie er die Tür aufriss, und dann durch die Glasscheiben hindurch, wie er um eine Straßenecke verschwand. Als ich den Kopf wieder drehte, kurz mit mir hadernd, ob ich ihm hinterherlaufen sollte oder ob das zu dramatisch wirkte, fing ich Beas Blick durch weit aufgerissene Augen auf.

»Ich habe aber jetzt nichts Falsches gesagt mit dem Buch, Charlotte, oder?«, fragte sie, ungefähr eine Viertelstunde und fünfzig prekäre Äußerungen zu spät. *Doch, schon. Aber du kannst nichts dafür.*

»Keinesfalls«, antwortete meine Mutter für mich. An mich gewandt:

»David musste bestimmt nur einen wichtigen Anruf tätigen.«

Du verwechselst ihn mit Jan-Philipp! Oder mir, wie es mir schuldbewusst durch den Kopf schoss.

»Ich finde das ganz toll mit deinem Roman und kann es gar nicht erwarten, ihn zu lesen!«, fügte sie strahlend hinzu.

Und spätestens, wenn Renate Fröhlingsdorf dir ein Lob aussprach, musstest du hellhörig werden.

SHIT.

16. Kapitel

Die Stille zwischen David und mir im Auto war nicht schneidend. Sie war unendlich. So still stellte ich es mir vor, wenn du in einem Astronautenanzug stecktest und Außenarbeiten an der Internationalen Raumstation durchführtest. Wenn du allein einen Schritt auf den Mond setztest. Durch Zeit und Raum flogst. Von einem schwarzen Loch eingesogen wurdest. Tot warst, ins Nichts verschwandst. Aber weniger friedlich. Die Stille war aufgeladen wie ein Taser. Wenn David irgendwann den Mund aufmachen würde, bekam ich einen Stromschlag ab, der mich außer Gefecht setzte.

Nun vermischte sich die Stille mit meinen immer härter und lauter werdenden Herzschlägen.

David manövrierte den Wagen ruhig um eine Kurve, das genaue Gegenteil von unserer hektischen Hinfahrt. Was ich dafür gegeben hätte, selbst am Steuer zu sitzen. Weil ich dann mit was anderem als meinen Gedanken und dem Gewicht der Stille beschäftigt wäre.

Mein Zeigefinger verselbstständigte sich und näherte sich zittrig dem Radio-Button an. Wie magnetisch davon angezogen.

Hör auf, ermahnte ich mich selbst. Das ist feige. Kindisch. Du solltest etwas sagen. Zuerst. Keine Musik.

Nur: Es war schwer. So, so schwer. Davids ausdrucksloser Blick nach seiner Rückkehr zum Dessert hatte Verbrennungen zweiten Grades auf meiner Herzhaut zurückgelassen. Da waren Bea und ihr Partner längst weg gewesen, endlich, und neuer Champagner bestellt worden, mein Trauergetränk. Noch immer versuchte ich, seine Emotionen zu dekodieren. Fassungslosigkeit, Enttäuschung, Schock, Wut, Zorn? Zu welchen Anteilen?

»Ein Buch.«

Zisch.

Der erste Stromschlag.

Ich ließ meinen Kopf zur Seite schnellen, Davids Blick klebte an der Frontscheibe

»Ein Liebesroman.«

Der nächste Stromschlag.

Scheinbar harmlose Wörter. Doch hinter seiner tonloser Stimme steckten ganze Lexika an Bedeutung. Und ich war mit der Übersetzung heillos überfordert. Ich war Informatikerin, keine Sozialkorrespondentin.

An einer roten Ampel angekommen, wandte er mir doch den Kopf zu.

»Wann genau wolltest du mir davon erzählen? Nie?«

»Ne.«

Gott, meine Stimme klang so kratzig, als hätte jemand meine Stimmbänder aufgeschlitzt. Unter seinem Blick, der mich weiter verbrannte. Ich schluckte.

»*Nie* bestimmt nicht.«

»Bist du dir sicher?«

Die Ampel wurde grün. Ich atmete tief aus, als David wieder von mir zur Straße schaute.

»Wieso sollte ich dir glauben, dass du nicht einfach abgewartet hättest, bis es irgendwann von selbst rausgekommen wäre?«

Er machte eine Kunstpause.

»Wie es dann ja auch soeben passiert ist«, fügte er dunkel hinzu.

Und was dazu sagen? Er hatte mich Kommunikationsamöbe ertappt. Vermutlich hätte ich ihm tatsächlich erst davon erzählt, wenn mich etwas dazu gezwungen hätte. Ein Kometeneinschlag, der die Kiste mit den Belegexemplaren durch die Wohnung geschleudert und deren Inhalt über den Boden ergossen hätte, zum Beispiel. Insofern war das *nie* nicht direkt eine Lüge.

Ich holte tief Luft, und dann zwang ich meinen Finger wieder vehement dazu, nicht das Radio einzuschalten. Auf gar keinen Fall.

»Ich wollte das alles nicht. Also nicht so wirklich. Das mit dem Buch. Ich bin da so … reingeschlittert.«

»Wie kann man sich das konkret vorstellen?«

Nächste rote Ampel. Wieder Davids Blick auf mir. Wie eine Liebkosung – mit Stacheldraht. *Können wir bitte, bitte einfach eine grüne Welle haben? Ich bin ein erbärmliches Fluchttier und fühle mich hier im Auto mit diesem Blick maximal eingekesselt.*

Außerdem waberte da unter der Schuld und der unangenehmen Berührtheit noch ein anderes Gefühl. Ein viel mächtigeres, das ich aktuell noch mäßig in Schach halten konnte. Blanke Panik.

Das war erst der Anfang ... wenn er das Buch jetzt auch noch tatsächlich las, dann ... dann war es das mit *Szenario Pi-Kette*, das wir Meter für Meter, den wir im Auto zurücklegten, bereits verließen. Dann fielen alle Szenarien ineinander, wie es *Nerd-Code*-Marlie passiert. Wie bei einer gruseligen selbsterfüllenden Prophezeiung, an die ich eigentlich nicht glaubte. Aber ob ich an sie glaubte oder nicht, könnte dieser Prophezeiung möglicherweise, eventuell, ein bisschen egal sein.

Noch immer dieser Blick. Eine Augenbraue, die nach oben wanderte, gekräuselte Lippen.

»Eine Katze ist in eurem Institut über deine Tastatur gelaufen und hat einen Liebesroman verfasst, dein Zeigefinger ist auf der Maus ausgerutscht und hat den dann an einen Verlag geschickt, dessen Vertragsangebot du mit einem unkontrollierten Zucken deiner Hand versehentlich unterzeichnet hast? Lief das ungefähr so, das mit dem ›Reinschlittern‹?« Obwohl David schon wieder anfuhr, nahm er kurz die Hände vom Lenker, um mit den Fingern Anführungszeichen in die Luft zu malen. Ich hatte mal wieder einen kurzen Moment, um durchzuatmen. Bis zur nächsten roten Ampel.

Genau deswegen redete ich nicht gerne. Das war *intensiv*. Ließ meinen Puls bis zur Herzstillstand-Gefahr durchdrehen, das konnte ja irgendwie auch nicht Sinn der Sache sein. Und wie kam er auf das mit der Katze?

»Ne, das war ein bisschen anders.«

Ich biss in die Innenseite meiner Wange und schob meine Brille wie bei einem Tick vor und zurück, vor und zurück.

»Gut zu wissen.«

Immer noch dieser elektrisch aufgeladene Sarkasmus.

»Hat sich jemand bei dir eingehackt? Hat jemand deine Identität geraubt und sich auf Instagram als du ausgegeben, wie war noch mal dieser Name, Marie —«

»Nein.«

Es war mehr ein gequältes Jaulen, was da meine Kehle verließ.

»Ich habe das schon geschrieben, zumindest so die Basis, beim Rest war dann viel von Bonner, aber ich hatte nie die Absicht, es zu veröffentlichen, ich habe beim Golem-Blog auf den falschen Button gedrückt, ich schwöre. Und dann sind Dinge passiert, die normalerweise auf dieser Erde nicht passieren, ich verstehe es selbst nicht«, *klingt nicht unbedingt so viel besser als das mit der Katze,* »und dann war da Maxi und dieser abgefahrene IT-affine Lektor und Melba Roy Mouton und Mar Hicks und diese Zahl, von dem Honorar konnte ich nämlich Emmi retten und —«

»Und warum zur Hölle sagst du mir davon *vorher* nichts? Warum erst jetzt, wo ich wie der letzte Idiot vor deiner Familie von deiner Kollegin davon erfahren musste?«, platzte es aus David heraus, frei von jeglichem Sarkasmus, den ich mir schon wieder zurückwünschte.

Mist. Das klang wirklich schrecklich. Fatal. Als wäre ich der schlechteste Mensch auf der Welt? War ich das?

»Habe ich dir nicht auch gesagt, dass du mir Verträge

vorher zeigen sollst, bevor du was unterzeichnest? Weil das mal so der einzige Bereich ist, in dem ich mich besser auskenne als du?«

Whoa. Ich riss die Augen auf. Dachte er das echt? Dass er nur in Jura mehr drauf hatte als ich? Mir fielen da gleich Dutzende, Hunderte Lebensbereiche ein, in denen er kompetenter war als ich. Angefangen beim Fußball über Sachen-Reparieren bis hin zu sozialen Interaktionen.

Nichts davon brachte ich über die Lippen.

»Das Buch ist lächerlich, David. *Deswegen* habe ich dir davon nicht erzählt. Ich habe jetzt auch nicht so richtig den Unterschied zwischen dieser Publikation und all meinen anderen gesehen, die du ja auch nicht liest. Dass es so viel Interesse wecken würde, konnte ich nicht ahnen, das ist absurd und legt sich sicherlich bald wieder.«

Jetzt griff ich ihn auch noch an. Obwohl ich eigentlich mit jedem einzelnen Wort vor ihm zu Kreuze kriechen müsste. Am besten fügte ich noch etwas hinzu wie: *Außerdem hat mich dein Verhalten in den letzten Monaten auch so dermaßen irritiert, insbesondere das, bevor ich mich in deinen Chef verknallt habe, da konnte ich ja wohl nicht anders, als einen Roman darüber zu schreiben.*

Ich war so ein … so ein … Ausfall.

David schnaubte. Meine innere Kritikerin war voll auf seiner Seite.

»Ne, klar. Macht gar keinen Unterschied. Ein Liebesroman ist fast das Gleiche wie ein informatischer Fachartikel, den keine Sau versteht.«

Wieder eine rote Ampel. Wie lang ging diese Fahrt eigentlich noch? Leidend schaute ich auf die Rheinuferstraße. Ohne Ampeln wären wir schon längst da. Miese Ampeln, mieses Köln. Gute Sündenböcke. David fummelte an seinem Handy herum. Klickte auf den Medien-Knopf der Schaltzentrale des Autos, über den er die Inhalte seines Handys wiedergeben konnte.

»Und ob das Buch lächerlich ist oder nicht – davon werde ich mir selbst ein Bild machen.«

Im nächsten Moment ertönte die – eindeutig viel zu rauchig-erotische – Stimme der Schauspielerin, die sie für die Vertonung vom *Nerd Code* gewonnen hatten. Und setzte gleich nach dem Prolog ein. Als hätte David zuvor schon reingehört. Während seiner Abwesenheit vorhin, draußen vor dem Restaurant.

»Kapitel 1: Schon seit längerer Zeit verfolgte mich das Gefühl, dass die Beziehung zwischen Jonas und mir eher eine Art Empfangsstörung war. Eine Stromleitung, die schon zu viele Jahre nicht mehr gewartet worden war. Mal kamen Signale problemlos durch, zu oft aber häuften sich die Ereignisse, bei denen —«

Aus.

Nach einer kurzen Schrecksekunde konnte ich mich wieder auf meine Reflexe verlassen. David schaute mich an. Und diesmal hatte ich keine Probleme, die Emotionen darin zu lesen.

Ungläubigkeit und Verachtung.

»Lass das laufen.«

»Nein.«

»Ich höre es mir sowieso weiter an …«

»*Nein.*«

»… ganz egal, ob …«

»Schau auf die Straße!«

»… dir das passt oder nicht.«

»Schau. Auf. Die. Straße.«

»Mach das sofort wieder an, wer am Steuer sitzt, darf besti —«

»Ich greife dir ins Lenkrad, wenn du dich nicht sofort wieder aufs Fahren konzentrierst!«

Dafür, dass es spät abends und die Straßen beinahe leer waren, klang meine Stimme unangemessen schrill und kreischig. Eine Weile rangelten wir noch wie Kleinkinder um die Kontrolle über die Schaltzentrale. Bis David schließlich seinen gesunden Menschenverstand Schrägstrich Überlebenswillen wiederfand und es aufgab. Reichte ja, wenn das bei einem von uns der Fall war. Entschieden klickte ich aufs Radio.

Ich hörte David noch etwas von »Du hast echt einen an der Klatsche« murmeln, was ich zu all den anderen Sachen weit nach unten in meinem Herzen schob, die ich gerade ignorierte. Wenige Minuten später erreichten wir endlich unsere Wohnung, und ich fiel völlig erschöpft ins Bett. Der letzte Gedanke, den ich dachte, bevor mich eine komatöse Schlafwelle davonspülte, war: *Bitte lass mich in einem anderen Universum aufwachen, Alan. Bitte.*

17. Kapitel

Die nächste Woche wurde nicht besser – sie wurde schlimmer. Ich fühlte mich seltsam entfremdet von den Geschehnissen um mich herum. Als wäre mein Leben eine Stadt, die soeben in Schutt und Asche gelegt wurde, und ich flog mit offenem Mund in einem Hubschrauber darüber hinweg und staunte.

Mit meinen Liebeshochrechnungen hatte ich einen Nerv getroffen. *Warum auch immer.* Auf meinen Social-Media-Accounts strömten die Follower ein, Maxi haute mir die viralen *Nerd-Code*-Reels um die Ohren, im Willem-Online-Portal kletterten die Verkaufszahlen des Buchs in Höhen, die ich nicht greifen konnte.

Die Stimmung zwischen David und mir war seit der Autofahrt angespannt, um es milde zu formulieren. Außerdem sahen wir uns quasi nur im Vorbeigehen. Ich war zu beschäftigt mit Arbeit und Buch-Wahnsinn, David mit seinem Arbeitsprojekt, in das er weiterhin so ungewöhnlich viel Zeit investierte. Und wenn wir uns dann über den Weg liefen, hatte er Kopfhörer auf – und ich ahnte Schreckliches. *Das Hörbuch.*

Manchmal wanderten meine Gedanken zu Nate. Was machte er gerade? Wo war er? Kam er je zurück? Hatte er das Buch gelesen? Wie dachte er darüber?

Meistens wollte ich einfach nur aus meinem Kopf raus. In den Rettungshubschrauber steigen und die brennende Stadt meines Lebens hinter mir lassen. Den Laptop zuklappen. Mal was anderes machen. Surflehrerin auf Hawaii werden vielleicht. Auch wenn ich weder surfen konnte, noch über die motorischen Grundfähigkeiten verfügte, es zu lernen. Halt einfach weg.

Dabei passierte auch Gutes. Sehr Gutes. Marianne nahm an meiner Lesung für die *Tech Women* teil und war begeistert. Erstmals wurde ein Paper von mir angenommen. Die PR schien sich auszuzahlen, wie Maxi es vorausgesagt hatte. Maxi, die sich mit mir freute, eine konstante Lichtquelle in meinem Leben war.

Auch auf der Arbeit lief es okay. Die Pydra und Simon lebten glücklicherweise auf dem Mond und hatten von dem Buch nichts mitbekommen. Dafür Tine, die es feierte und mit der ich mir einen Spaß daraus machte, in einer verlängerten Mittagspause schlechte Rezensionen in komischen Stimmlagen vorzulesen.

Ich wollte gerade ansetzen und die nächste als Donald Duck zum Besten zu geben, da steckte Simon den Kopf zur Tür rein. Seine Wangen waren zartrosa unterlegt, und er funkelte mich an. Was war bitte *sein* Problem?

»Es wäre schön, wenn du dich mal wieder deiner Arbeit widmen könntest«, zischte er mich an.

»Erstens hat dein Spielzeug plötzlich zu quasseln angefangen und will nicht mehr damit aufhören, irgendetwas von Stephen Hawking und Astro-Alex, es geht mir mächtig auf den Keks, und zweitens —«

Er musste unfreiwillig in seiner Tirade innehalten, da er sich an seinen eigenen Worten verschluckte. Jetzt hustete er sogar. Die bescheuerte Ohne-Simon-ist-alles-blöd-Tasse in seiner Hand erzitterte, und ich musste mich mal wieder zusammenreißen, nicht zu Tine zu gucken, die schon leise grunzte.

»Und zweitens«, wiederholte er, »klingelt seit zehn Minuten ununterbrochen dein Arbeitstelefon, Charlotte. So kann man sich wirklich nicht konzentrieren, ich hatte schon drei Ausgabefehler hintereinander.«

Das liegt aber nicht an der Lärmbelästigung, sondern an deinen Programmier-Skills, dachte ich ein bisschen gehässig. Dann erst wurde mir klar, was er gesagt hatte. Mein Arbeitstelefon klingelte. Dabei klingelte es nie, schon gar nicht durchgehend.

Entschuldigend sah ich zu Tine, deren Augen auffällig wässrig wirkten. Mein Grinsen verblasste allmählich, zusammen mit meiner gelösten Stimmung, wie ich Simon in unser Büro folgte.

Wieso klingelte es? Wer rief mich an?

Mit jedem Schritt verdunkelte sich meine Vorahnung weiter.

David. David, der das Buch gelesen hatte und jetzt Schluss machen wollte. Am Telefon. Weil ich herzlose Hochrechnerin nichts Besseres verdient hatte.

Wir traten ein.

Und tatsächlich, mein Arbeitstelefon klingelte.

Ich hob ab.

»Charlotte Fröhlingsdorf«, ertönte eine gut gelaunte Männerstimme.

Nicht David. Das war schon einmal gut. Die Panik ebbte etwas ab.

»Du bist ja schwerer ans Telefon zu kriegen als Melba.«

Bonner. Hatte ich dem Verlag etwa meine Arbeitsnummer gegeben? Nein, sie mussten sie gegoogelt haben. Ich tippte auf mein Handy, das ich hier gelassen hatte, eine hohe Zahl verpasster Anrufe leuchtete auf.

Ich räusperte mich.

»Melba Roy Mouton ist tot. 1990 gestorben. Hirntumor, sehr tragisch.«

»Natürlich ist sie tot! Das war so ein bisschen der Punkt.«

Bonners Signature-Lachen schallte durch die Leitung. In meinen Wangen breitete sich die Schamesröte aus. Simon gegenüber von mir musterte mich mit zusammengekniffenen Brauen. Als wäre ich ein personifizierter Brain Teaser, den er gerade zu knacken versuchte.

»Ausnahmsweise fasse ich mich mal kurz: Ich muss unbedingt mit dir sprechen. Könntest du vielleicht spontan in den Verlag kommen? Das würde ich dir gern persönlich sagen, von der Uni ist es ja nicht so weit.«

»Na ja, ich weiß nicht so recht, ich muss eigentlich noch ein paar Dinge programmieren.«

»Wunderbar, Charlotte, ich freue mich auf dich, bis gleich!«

Aufgelegt. Ich starrte auf den Hörer und pausierte meine Atmung. Er freute sich. Meistens freute er sich über Ereignisse aus der Buchwelt, die mich *nicht* freuten. Über den Aufstieg des *Nerd Codes* zum Beispiel. Und heute hatte er sich sogar noch freudiger angehört als sonst. Das konnte nur bedeuten, dass etwas für mich ganz und gar Schreckliches passiert sein musste.

Alles drehte sich, als ich mich aufrichtete und in Zeitlupe zur Tür ging.

»Sag der Pydra bitte, dass ich krank geworden bin und zum Arzt muss.«

»*Wem*?!«

»Der Petra, hörst du schlecht?«

Nicht gerade fair, meine Stimmung an Simon auszulassen. Aber wenn es jemand verdient hatte, zu Unrecht angeschnauzt zu werden, dann er.

»Petra liegt in der südwestlichen jordanischen Wüste und ist der Na —«

»Halt die Klappe, Emmi!«

Ich verließ das Büro. Um das Problem, dass Emmi plötzlich ohne Stichwort drauf los schnatterte, würde ich mich wann anders kümmern müssen. Bald hatte ich vermutlich sehr viel Zeit dafür, dachte ich, als ich in die Bahn nach Mülheim stieg. Sobald mich diese Katastrophe zum Single machte.

»Charlotte«, stieß Bonner aus, als ich in sein Büro trat. Und sprang wieder so ruckartig aus seinem Schreibtischstuhl, dass ich vorsorglich zusammenzuckte. Nicht, dass diesmal der Glas-Rahmen von Melba Roy Mouton dran glauben musste.

»Herr Bon-, äh hallo, Tom«, grüßte ich steif zurück.

Wir duzten uns zwar nun schon eine ganze Weile. Aber weil ich ihn in Gedanken weiterhin Bonner nannte, tat ich mich damit noch immer etwas schwer.

Bonner kam zu mir herüber, lief dabei fast einen Karton mit kleinen Büchern um, Notizbücher vielleicht, und tätschelte mir sachte den Arm. *Äh ... was ... was wird das jetzt?*

Fand ich nicht Me-Too-verdächtig, aber auch nicht super angenehm. Ich war ja eher nicht so der körperliche Typ Mensch.

»Na, wie geht es dir, Charlotte? Hattest du schon Zeit, dir die ganzen Rezensionen und Reels und Nachrichten durchzulesen, die auf dich eingeprasselt sind?«

»Nicht so richtig ...«

... bis eben auf die schlechten, die ich mit Tine vorhin ins Lächerliche gezogen hatte.

»Bald wird es mal Zeit, dass wir über ein weiteres Projekt von dir sprechen, findest du nicht? Einen zweiten Lenz!«

»Einen zweiten Lenz?«

Meine Gesichtszüge schmolzen zu einer Grimasse zusammen.

»Ja, absolut, ich habe mir schon ein paar Gedanken gemacht, wir sollten auf jeden Fall bei dem Nerdigen bleiben, das geht weg wie warme Semmeln und passt ja auch ausgezeichnet zu dir, wie wäre es zum Beispiel, wenn wir als

Nächstes Marlies beste Freundin Sascha in den Vordergrund rückte ...«

An dieser Stelle verlor er mich mit seinem High-Speed-Gequatsche. Na ja, wenn es nur das war, überblendete ich sein Live-Plotting gedanklich. Ein zweites Buch konnte ich per Mail ablehnen. Denn ein weiteres Mal würden meine Nerven diesen Rummel nicht aushalten. Außerdem: Worüber sollte ich überhaupt schreiben?

Vielleicht darüber, wie »Sascha« mit einem Buch über ihr Liebesleben ihre Beziehung zerstört?

»Großartig, oder?«, fragte Bonner, mit leicht verrutschtem Lächeln. Meine Gesichtsregungen schienen ihm nicht zu entgehen.

»Mhm.«

»Aber das ist alles noch Zukunftsmusik. Heute geht es erst einmal um etwas anderes.«

»Und um was?«

»Würdest du mich mal in die Küche begleiten?«

Er soll aufhören, mich auf die Folter zu spannen. Bestimmt baut er bewusst Spannung auf. Gelebtes Storytelling. Hasse ich!

»Habe ich eine Wahl?«

»Du bist echt ein Original, Charlotte. Brauchst du einen Entscheidungsbaum?«

»Nein, der würde hier ehrlicherweise nicht besonders viel bringen, weil es nur zwei Optionen gibt und ich mich ja entschieden habe, aber das vermutlich gegen Ihr-, äh, deine Entscheidung steht.«

»Jetzt komm mal mit, ich führe dich nicht auf die Schlachtbank, du wirst dich freuen.«

Wenig überzeugt kniff ich die Lippen zusammen. Das bezweifelte ich. Stark.

Dann folgte ich ihm, bevor er noch auf die Idee kommen konnte, mir freundschaftlich einen Arm um die Hüfte zu legen und mich zu geleiten. Konnte ich gar nicht ab.

Wir schritten den endlosen Gang entlang, der von offenen Bücherschränken gesäumt wurde, von denen ich noch immer vermutete, dass sie seit Maxis Besuch signifikant leerer waren. Um die Ecke, bis wir eine moderne Küche in knalligen roten und gelben Farbtönen erreichten. Dort standen Leute, die ich mal als Willem-Mitarbeiter klassifizierte, in einem Halbmond um einen Tisch angeordnet. Auf dem Tisch waren Sektflaschen, Luftschlangen und eine verschlossene Tortenbox drapiert. Wie bei einem Kindergeburtstag, nur mit Alkohol statt Robby Bubble.

Denkt er, ich habe Geburtstag?

»Weißt du, was morgen für ein Tag ist, Charlotte?«

Nicht mein Geburtstag.

»Mittwoch.«

Meine Stimme war schon wieder so dünn, ein lächerlicher Hauch. Ich sah von Bonners rosigem Gesicht zu den Sektflaschen und den erwartungsvollen Mienen der Heartstop-Belegschaft zurück zu Bonner. Ein Grinsen überzog seine Lippen, wie so oft, nur breiter.

»Auch«, sagte er und legte ein, zwei, drei Kunstpausen ein. Mir wurde plötzlich kalt. Und heiß. Kalt-heiß-kalt-heiß.

»Morgen ist der Tag, an dem *Heartstop Books* nach Monaten wieder ein Buch auf Platz 1 der Spiegel-Bestseller-Liste platziert haben wird. Und weißt du, welches wundervolle Buch diesen Platz für den Verlag ergattert hat, Charlotte?«

Bitte nicht. Bitte. Nicht. In meinem Magen war wieder die Snake-Schlange unterwegs, in Begleitung von unzähligen Schwesterschlangen. Meine Hand wanderte von selbst an meinen Bauch, die andere an meine Kette, es brachte nichts.

Bitte, bitte nicht.

»Es ist *Sternschnuppengewitter* von Dorothea Weinberg. Aber weil die gerade verreist ist und wir eine Autorin für die Social-Media-Bilder brauchten ...«

Erleichterung breitete sich in mir aus. Schlagartig ging es mir wieder so gut, dass ich sogar ein Lächeln wagte. Bonner wirkte irritiert. Um uns herum war es noch immer still, mit Ausnahme eines Druckers, der irgendwo hinten einsam vor sich hindruckte.

»Das hast du mir jetzt nicht ernsthaft geglaubt, Charlotte, oder? Dorothea Weinberg gibt es nicht einmal, zumindest nicht als Autorin bei uns, die und *Sternschnuppengewitter* habe ich mir spontan ausgedacht, aber super Titel, was?«

Knaller-Titel. Der mir gerade sowas von egal war. Nervös schabte ich mit meinem Sneaker über den Filzboden. Leises Kichern ertönte im Hintergrund.

»War ein kleiner Scherz, Charlotte, wie mit dem Cover vor ein paar Wochen, ein bisschen Spaß muss sein, oder?

Gerade bei einer so lustigen Vertreterin der Spezies Homo sapiens wie dir.«

»Nein«, entfuhr es mir gewispert. Ich sah auf. Bonner grinste *noch* breiter und legte einen Arm um meine Schulter, ich versteifte mich.

»Und *ob*, Charlotte!«

Er denkt, ich bin positiv schockiert. Wieso müssen eigentlich alle Menschen in meinem Leben meine gesamte Existenz so unglaublich missverstehen?

Er gab einer Kollegin ein Zeichen, die daraufhin den Deckel der Box öffnete. Ich starrte so entsetzt darauf, als handele es sich um ein Hackebeil mit meinen eingravierten Initialen. Im nächsten Moment knallten die Sektkorken. Am Rande bekam ich mit, dass Fotos geschossen wurden.

»Es ist *The Nerd Love Code*, du bist on top, Marlie-Charlie, ganz große Nummer, und darauf trinken wir jetzt einen!«

Jubel brach aus. Jemand reichte mir ein Sektglas, ein anderer hielt mir eine Handy-Kamera vors Gesicht. Der Drang, mich in einer spritzenden Fontäne bis zu der Torte mit dem *Nerd-Code*-Cover und der gigantischen Nummer 1 darauf zu übergeben, wurde so stark, dass ich rasch mein Glas leerte, um mich irgendwie mit irgendwas abzulenken. Hoffentlich machte es das nicht noch schlimmer.

Im Hintergrund klirrte es. Vielleicht ein Glas, das zu Bruch ging. Oder, und das hielt ich in diesem Moment für wahrscheinlicher: die Szenarien, die ineinander fielen.

HILFE!

18. Kapitel

Worin bestand die effektivste Methode, sich von einem Desaster abzulenken? Richtig: darin, übergangslos in ein anderes zu hüpfen. Unter normalen Umständen hätte ich die nächsten Tage damit verbracht, mich von diesem Schlund des Schocks wie bei Treibsand weiter und weiter einziehen zu lassen, bis ich verschwunden war. Maxi hatte es selbstverständlich nicht versäumt, mir einen Screenshot von einem Instagram-Post mit meinem Hilfe-ich-bin-auf-Nummer-1-Gesicht zu schicken, den Heartstop seiner 120.000-Leute-starken Followerschaft in Echtzeit präsentiert hatte. *Wenn man dich nicht kennt, könnte man es für nerdige Schock-Freude halten, sehr sympathisch und bescheiden*, hatte Maxi es kommentiert. Gefolgt von: *Kannst du dich echt kein bisschen darüber freuen, Charlotte Fröhlingsdorf?! DU BIST AUF NUMMER EINS, OH MEIN GOTT, ICH SCHMEIßE DIR AM WOCHENENDE DIE BESTE NR.1-BESTSELLER-PARTY, DIE DIE WELT JE GESEHEN HAT!* Meine Antwort: Un.ter.steh. dich. Dann hatte ich tief geseufzt und hinterhergeschickt: *Außerdem: keine Zeit. Muss am Wochenende zum Junggesellinnen-Abschieds des Grauens aufbrechen.*

Sophia hatte dieses Wochenende organisiert. Klar. Ein ganzes Wochenende. Weil für die Märchenhochzeit des Jahrhunderts ein Abend nicht reichte. Sie hatte sich für ein Wellnesswochenende in einem 5-Sterne-Luxushotel namens *Schloss Beauville* im Bergischen entschieden. Wieder: *klar.* Unter Schloss taten sie es nicht.

Am Samstagmorgen reisten wir an und hatten einen vollen Terminkalender mit Anwendungen, bis wir uns abends im Kaminzimmer trafen, um zu feiern. Sonntag würde das Ganze mit einem Brunch abgerundet.

Eigentlich ja ganz nett. Nur leider durfte ich Maxi nicht mitbringen. So fühlte ich mich im wunderschönen Wellnessbereich des Schlosses sehr einsam, inmitten von Sarina, Sophia und sechs weiteren Freundinnen aus Sarinas Schul- und Studienzeit. Wie ein Informatiker-Einsiedlerkrebs. In der Sauna hielt ich es nie länger als zehn Minuten am Stück aus, weswegen ich zwischen meinen Behandlungen entweder im Pool meine Runden schwamm oder im Relax-Tempel auf einem Wasserbett dem entspannten Gedudel aus den Boxen lauschte. In der Mitte brannte ein künstliches Feuer, ich war in einen warmen Frottee-Bademantel gehüllt und las den neuesten Roman einer RomCom-Autorin, mit der ich immer verglichen wurde. Es war so lustig, dass ich wegen meiner als Husten getarnten Lacher Dutzende strafende Blicke kassierte. Und bereute, nicht schon viel früher solche Bücher entdeckt zu haben.

Dann folgte meine Kleopatra-Behandlung – und es war schlagartig vorbei mit der guten Zeit. Was mit einem harmlosen, angenehmen Schaumbad anfing, entwickelte sich nach und nach zu einer subtilen Form der Folter. Erst wurde ich in einer stinkenden Algenpackung auf einer viel zu heißen Softpackliege niedriggegart, bevor mir anschließend bei einer »Schaumbürstenmassage« die wunde Haut vom Körper gescheuert wurde.

War das Absicht von Sarina?, fragte ich mich, als ich mir missmutig wieder meinen Bademantel überzog und die Flucht ergriff. Und wenn ja: Auf welche weiteren Attacken musste ich mich einstellen?

Später versammelten wir uns im Kaminzimmer wieder, das Sophia für uns reserviert hatte. Die Wände waren von einer roten Samttapete mit floralem Muster überzogen, auf den Tischen flackerten Kerzen in goldenen Kerzenhaltern, es gab ein Büfett mit reichlich Fingerfood und Snacks, einen Kübel mit mehreren Champagner-Flaschen und eine Cocktailbar, an der man aus Dutzenden Cocktails wählen konnte. Ich setzte mich zu den anderen Mädels, die bereits, in funkelnde Kleider gehüllt und nach Beauty-Produkten duftend, auf den Stühlen um die Rittertafel saßen, die so pompös waren, dass sie mich an Throne erinnerten.

Innerhalb von einer Stunde hatten die meisten einen gewissen Alkoholpegel erreicht, ich hingegen hielt es für die beste Idee, nüchtern zu bleiben, und nippte an einem als Caipirinha getarnten Ipanema. Ich musste Sophia zugutehalten, dass es keine peinlichen Trash-Spiele gab und sie sich wirklich Mühe gegeben hatte. Im Vorfeld hatte sie uns die

Aufgabe gegeben, ihr drei persönliche Quizfragen für Sarina inklusive Antwortmöglichkeiten zuzuschicken. Für jede richtige Antwort gab es ein kleines Geschenk, das Sarina aus einem Beutel ziehen durfte. Für jede falsche Antwort mussten alle einen großen Schluck aus ihrem Glas nehmen. Es ging reihum. Nachdem bereits ein Reigen an Schul- und Studieninsidern über uns ergangen war, kam ich dran.

Ich hatte mich absichtlich für unverfängliche und einfache Fragen entschieden.

»Welches Spiel haben wir in diesen verregneten Urlauben auf Rügen immer gespielt?«

»Phase 10!«, rief Sarina sofort.

»Richtig!«

Ich lächelte, Sarina zog erneut ein Geschenk aus dem Beutel, diesmal ihr Lieblingsduschgel.

»Und was war immer Todsünde Nummer eins, wenn Mama abends von der Arbeit zurück war?«

»Wenn die Pfanne nicht gespült war!«, kam es wie aus der Pistole geschossen.

»Wieder richtig!«, sagte ich anerkennend.

Sarina erzählte den anderen, wie meine Mutter früher stets Wutanfälle bekommen hatte, wenn die Pfanne nicht gespült gewesen war. Selbst wenn wir alles drumherum perfekt aufgeräumt hatten. Da waren Sarina und ich komischerweise auch immer solidarisch geblieben. Keine hatte die andere verpetzt.

In Erinnerung an diese Szene drückte Sarina jetzt sogar sanft meine Schulter. Überrascht schaute ich sie an. Keine

Spur von Gehässigkeit oder bösen Hintergedanken in ihrem Gesicht. Fast schon unheimlich.

»Die nächste Frage, die nächste Frage«, sagte sie, aufgeregt wie ein kleines Kind.

So hatte ich sie seit der Grundschulzeit nicht mehr erlebt. Es erinnerte mich daran, dass Sarina und ich früher auch schöne Momente miteinander verbracht hatten, es war nicht immer so kompliziert zwischen uns.

»Du willst die nächste Frage? Also gut … Wie lautet der Name von Tante Marthes Bauernhof, auf dem wir einen Großteil unserer Kindheit geteilt haben?«

»Friedenshof«, erriet Sarina zum dritten Mal die korrekte Antwort.

»Bei Marthe war es immer soo schön oder, Charlie?«

»Ja! Um ehrlich zu sein, vermisse ich sie manchmal sogar.«

»Was macht sie denn heute überhaupt? Lebt sie noch, lebt Bertolt noch?«

»Wer ist denn Marthe?«, fragte Sophia. »Und *Bertolt*?«

»Unsere Nenntante. Und ihre Lieblingsziege«, erklärte Sarina. »Mama und Marthe haben sich beim Babyschwimmen kennengelernt. Sie besitzt einen Gutshof in so einem Dorf im Bergischen, wir waren früher oft bei ihr.«

Bis das Unternehmen unserer Eltern durch die Decke gegangen war und sie es für besser gehalten hatten, Leute wie Tante Marthe aus ihrem Bekanntenkreis zu streichen, fügte ich in Gedanken hinzu. Mein Blick fiel auf den Kamin, in dem ein digitales Feuer mit künstlichen Geräuschen knisterte. Ich hörte, wie Sarina zischend ihre Sektflöte füllte, die sie mir anschließend entgegenhielt.

»Prost, Charlie!«

Ich griff nach meinem Ipanema.

»Prost.«

Unser Gläser klirrten gegeneinander. Noch immer war ich mir nicht sicher, ob ich diesem Braten wirklich trauen konnte. Wir verstanden uns gut, regelrecht perfekt. *Aber vorhin die Kleopatra-Folterbehandlung ...*

Ich ließ meinen wunden Rücken gegen die Stuhllehne aus Brokat sinken und entschied mich dazu, es nicht tot zu analysieren.

Sophia war als Letzte mit ihren Fragen dran. Die ersten beiden konnte Sarina nicht beantworten, der Alkoholpegel der anderen stieg weiter.

»Okay, ich gebe zu, die Fragen waren echt schwer«, räumte Sophia ein. »Aber hier kommt die letzte, die weißt du bestimmt: Wie hieß dieses ranzige Kuscheltier, das du noch bis zur fünften Klasse überall hingeschleppt hast?«

»Goldi, natürlich!«, antwortete Sarina. »Und er war nicht ranzig.«

Ihr Blick verschleierte sich. Vom Alkohol? Musste ich langsam mal einschreiten, die vernünftige große Schwester spielen, wie von meiner Mutter verordnet?

»Goldi war ein sehr schöner Bär in einem goldenen Anzug, und ich hatte ihn sehr lieb.«

Sarinas Stimme bröckelte mit jedem Wort etwas mehr. Ihr glasiger Blick wurde rot und wässrig.

Was passierte hier?

Instinktiv griff ich nach ihrem Cocktailglas, nahm es ihr aus der Hand und stellte es auf den Tisch. Mut-Level: *Hello-World*-Programmieren-*Anfänger*. Ich ließ meinen Blick von ihrem bröckelnden Gesicht bis zu ihrem angespannten Oberköper gleiten und wieder zurück. Ich war wirklich schlecht in so was. Zumal wenn es um einen alten Teddybären ging und ich mich zusammenreißen musste, mich irgendwie in ihre Trauer hineinversetzen zu können, aber … auf der aktuellen Datengrundlage schien es mir das einzig Richtige. Vorsichtig schob ich meinen Arm hinter ihrem Rücken an ihrer Stuhllehne vorbei und ließ ihn, auf der anderen Seite angekommen, mechanisch wie einen Greifarm um ihre Seite zuschnappen. Mut-Level: *Alan-Turing-plus-Einstein*-Profi.

Eine Weile war die Szene ein Standbild. Sarinas Körper blieb angespannt, mein Griff blieb zugeschnappt, die Mädels um uns herum schwiegen, das künstliche Feuer knisterte, der Kellner existierte still.

Gerade als ich kurz davor stand, meine kleine Schwester probeweise ein bisschen an mich zu drücken, wand sie sich aus meinem Griff und blitzte mich an. Ihre grüne Iris sah aus wie ein Nordlichtgewitter.

»Und ich hätte ihn auch noch bis zum Abitur überall hingeschleppt, wenn Charlotte uns nicht voneinander getrennt hätte!«

»*Was?!*«

Mit offenem Mund starrte ich sie an. *Wenn Charlotte uns*

*nicht ... * noch mal: *bitte was?!* Ich konnte mich an diesen blöden Bären kaum erinnern! Wusste nur, dass er sehr hässlich gewesen war, weil er auf sämtlichen gemeinsamen Bildern aus unserer Kindheit unter Sarinas Arm klemmte. Ich hatte überhaupt keine Ahnung, was aus ihm geworden war, geschweige denn, dass ich angeblich zwischen den beiden stand.

Tränen kullerten aus ihren Augen. Ich versuchte, etwas zu sagen, doch es blubberten nur unverständliche Laute aus meiner Kehle.

»Ja, genau! Tu nicht so unschuldig! Du hast Goldi auf dem Gewissen, Charlotte, und das weißt du auch!«

Die Tränen wurden immer mehr. Ich fand etwas wieder, das entfernt Ähnlichkeit mit meiner Stimme hatte.

»Sarina, ich weiß wirklich nicht, was du meinst.«

Daraufhin sprang sie auf. Ihr Cocktailglas fiel scheppernd zu Boden. Sie scherte sich nicht darum.

»Das ist eine verdammte Lüge! Du bist so verlogen, Charlotte, so unglaublich verlogen!«, schluchzte sie.

»Nur weil du angeblich Bauchschmerzen hattest, sind wir damals nicht zurück zur Pension gefahren! Obwohl ich Mama und Papa angefleht habe, weil Goldi nicht dabei war! Du hattest überhaupt keine Bauchschmerzen. Du wolltest nur nicht, dass ich ihn wiederbekomme!

Was in aller Welt ...

»Weil du schon immer so warst! Missgünstig, aufmerksamkeitsgeil! Musstest schon immer im Mittelpunkt stehen, den Ton angegeben, nur weil du die beschissene ältere und ach-so-hochbegabte Schwester bist und Mama und Papa dich immer an erste Stelle setzen!«

Unbeholfen kletterte sie über ihren gepolsterten Stuhl und warf dabei noch ein paar Sachen um. Alle anderen hielten den Atem an, machten nicht den kleinsten Mucks, ich eingeschlossen. Ich wusste beim besten Willen nicht, was ich auf *so was* sagen sollte. Ich, aufmerksamkeitsgeil. Ich, an erster Stelle. *Wow*. Das hier war auch eine Art rote Matrix-Pille. Bislang hatte ich mich wegen der Sache mit dem Roman nur für eine halbe Charakterruine gehalten. Aber wenn ich Sarinas Urteil schluckte, dann … war mein Charakter eine trostlose verdorrte Aschewüste!

»Ist wirklich krass«, fügte Sarina zittrig hinzu, an ihre Freundinnen gewandt.

»Wir haben in der Grundschule stufenübergreifend ein Gedicht auswendig gelernt, das Bratapfel-Gedicht. Alle haben sich einfach hingestellt und es aufgesagt, nur *sie* hier«, sie deutete mit einem anklagenden Zeigefinger auf mich, »musste sich mit dem Rücken zum Publikum stellen, damit sie auch ja in der Menge heraussticht! Wegen ihrer Mittelpunktneurose!«

»Weil mir dieses Kipfel-Kapfel-Gedicht peinlich war, habe ich mich mit dem Rücken zum Publikum gestellt!«, platzte es jetzt aus mir heraus. »Weil ich nämlich gerade *nicht* im Mittelpunkt stehen will, das hasse ich!«

»Ja, klar!«, schrie Sarina zurück, so dass mir ihr Speichel ins Gesicht flog. Ich war zu geschockt, um mich zu ekeln.

»Wer soll dir das denn abkaufen, hm?! Immer dieser Bullshit mit deinem Roboter, dann musst du sogar noch einen Roman schreiben und feierst dich dafür ab, auf eins zu sein, ich habe die Posts gesehen, mit dieser absolut lächerlichen Pseudo-Bescheidenheit von dir, und die Leute fallen auch noch drauf rein! Weil niemand checkt, dass das eine Nummer von dir ist! Einen auf ahnungslose Informatikerin zu machen, während du exakt weißt, was du da tust, *sei schlau und stell dich dumm* und so!«

Whoawhoawhoa.

Ich sah, wie Sarinas bebender Brustkorb sich unter ihrem glitzernden Top aufblähte. Wie sie wie ein Drache Luft holte, bereit dazu, die tödliche Ladung Feuer zu speien.

»Und das alles nur, weil du es einfach nicht ertragen kannst, dass es wegen der Hochzeit ein einziges Mal um *mich* geht! Wie erbärmlich kann man sein, wie unfassbar erbärmlich!«

Strike.

Mit diesen Worten stürmte sie aus dem Kaminzimmer davon. Der Barkeeper hinter der Cocktailbar sah ihr mit großen Augen hinterher, bis sie die Tür hinter sich zuknallte.

Sophia stand sofort auf.

»Toll gemacht, Charlotte«, zischte sie und rannte Sarina hinterher.

Ich starrte zum Fenster, durch das ich meine Schwester in Richtung Rosengarten laufen sah, Sophia auf ihren Fersen. Dann streifte mein Blick die feindseligen Mienen der anderen Girls. *Ich gehe dann besser mal.*

Wie auf der Flucht vor einem Rudel ausgehungerter Löwinnen, die mich für Frischfleisch hielten, huschte ich aus dem Kaminzimmer in die Lobby. Ich klickte auf den Aufzugknopf und wartete. Mein Blick ging auf Wanderschaft, ohne dass ich die optischen Reize der Lobby so recht verarbeitete, zu gedankenversunken war ich. Für einen winzig kleinen Augenblick war mal alles gut zwischen Sarina und mir. Fast eine Annäherung. Dann zack – kam Sophia mit Goldi daher, und alles war dahin. Immerhin wusste ich jetzt, was Sarina in ihrem tiefsten Inneren über mich dachte.

Ping.

Der Aufzug war da. Ich stieg ein, lehnte mich gegen die Spiegelwand und wollte unter dem Geräusch der sich schließenden Türen die Augen zu machen, als eine Hand vor den Sensor schnellte.

Ich riss die Augen wieder auf. 17,5-Augen schauten zurück.

»Charlotte.«

19. Kapitel

Nate.

Mit einem Schlag bestand meine Wirklichkeit nur noch aus diesem Mann, hinter dem sich nun die Aufzugtüren schlossen. Sein Waldspaziergang-in-der-Dämmerung-Duft, seine große Statur und sein intensiver Blick füllten die wenigen Quadratmeter des Aufzugs komplett aus. Als wäre der Raum zwischen uns zu klein dafür, passte kein Gedanke, der nicht mit ihm zu tun hatte, mehr in meinen Kopf. Stattdessen nur:

Was macht er in diesem Hotel? Warum ist er jetzt hier mit mir im Aufzug? Warum riecht er so gut? Warum durchleuchtet er mich so mit seinen blauen Augen? Atmen, ich muss atmen. Auch wenn es nur Nate-Duftmoleküle sind.

Und auf den Knopf drücken. Sonst tat sich hier gar nichts. Ich wollte meinen Zeigefinger auf das Tastenfeld manövrieren, doch Nates Körper versperrte es. Da drückte er selbst schon auf die zehn. Oberstes Stockwerk. Und ich ... fuhr einfach mit nach oben. Wie wenn man im Parkhaus einen Aufzug nach unten brauchte, aber erst einmal eine Extrarunde nach oben drehte.

Was tust du da, klick auf die Vier.

Eins ...

»*Charlotte*«, wiederholte Nate, mit diesem unanständigen »l«, das mich gleich erschaudern ließ. Sein Blick fiel auf meine Arme. Meine entblößten, von einer Gänsehaut überzogenen Arme.

Reiß dich zusammen. Klick auf die Vier.
Zwei …

Nate machte einen Schritt auf mich zu, in meinen Personal Space. Ich blieb, wo ich war, eingekesselt von ihm und dem kühlen Spiegel in meinem Rücken.

»Was machst du hier?«

Die süßen Noten in Nates Atem, die ich kannte, vermischten sich mit etwas Rauchig-Alkoholischem. Vielleicht Whiskey. Cognac. Ich schluckte. Fühlte mich auf einmal selbst schwummrig und beschwipst, ohne einen einzigen Tropfen Alkohol getrunken zu haben.

»Misslungener Junggesellinnen-Abschied meiner Schwester«, presste ich hervor.

»Misslungen?«

Nate hob fragend eine Augenbraue an. Es war so warm. *Er* war so warm. Ich musste hier raus. Ich hatte für dieses Szenario keine Handlungsschablone!

Drei …

»Ja, hier ist übrigens mein Zimmer.«

Vier. Genau hier. *Steig aus. Steig. Aus.*

»Gib mir noch die sechs Etagen, ich muss dir etwas sagen.«

Keine Frage. Mehr ein Befehl. Er ließ mir nicht die Wahl, schirmte meine Hand weiter vom Tastenfeld ab. War mir so nah, dass wenn ich sehr tief in meinen Bauch geatmet hätte, unsere Oberkörper sich berührt hätten. Mein Herzschlag schnellte parallel zu den Etagen in die Höhe, die Hitze wurde unerträglich.

Warum ließ ich mir das von ihm gefallen? Warum verhielt ich mich wie ein hilfloses Weibchen, das sich dem erstbesten Alphamann beugte, anstatt wie eine ernst zu nehmende feministische Wissenschaftlerin? *Good Girl.*

Bad girl.

»Ich glaube nicht, dass das eine gute —«

»*Charlotte.*«

Verflucht. Wenn er noch einmal so meinen Namen aussprach, verlor ich meine Selbstbeherrschung.

Seine Fingerkuppen strichen unvermittelt über den erratischen Puls an meiner Halsschlagader. Federleichte Berührungen, die jede meiner Zellen zum Leben erweckte, das Blut in meinen Adern zu … *Lavaströmen werden ließ.* Verfluchter *Nerd Code.*

Im nächsten Moment spürte ich seine Nasenspitze an meiner, sein warmer Atem schmiegte sich um meine Wangen. Meine Lider flatterten, ich atmete nur noch ihn ein. Brauchte dringend, dringend echten Sauerstoff.

»Ich weiß von deinem Buch.«

Noch immer seine Fingerspitzen an meinem Hals. Mein absurd schneller Herzschlag. Er wusste vom *Nerd Code.* Er wusste davon und …

»… und …«

… empfiehlt mir als Nächstes, der Cologne Nerd Women

Society für durchgedrehte Wissenschaftlerinnen mit zu lebhafter Phantasie beizutreten ...

... neun ...

... Szenario Rauchschwaden *mit ihm durchzuspielen und mit auf sein Hotelzimmer zu kommen ... oder ...*

Oder *gar nichts.*

Das Klingeln seines Handys durchschnitt die Spannung und ließ Nate einen abrupten Satz zurück machen. Er holte es aus der Tasche seiner Anzughose. Für einen kurzen Moment glaubte ich, er würde es auf lautlos stellen und wieder zurückpacken. Doch seine Stirn legte sich in Falten, bevor er abhob und sich mit einem sachlichen »Spencer« meldete. Reingewaschen von allen heiseren Zwischentönen, die Sekunden zuvor noch in seiner Stimme lagen.

Und diese Sachlichkeit übertrug sich auf meine Sinne. Löste den Zauber auf, mit dem Nate mich belegt hatte. Nun befand sich genug Abstand zwischen uns, um mich ein bisschen klarer sehen zu lassen. *Ihn* klarer zu sehen. Wie blass seine Haut war, wenn sie nicht im Schatten lag, sondern von der LED-Leuchte bestrahlt wurde. Wie violett die Ringe unter seinen Augen waren, beinahe so dunkel wie die der Pydra. Und wie tief die Falte zwischen seinen Brauen, ein richtiger Graben.

»Ich rufe dich später noch einmal zurück, okay?«

Später. Wie spät war es denn? Ein Uhr, zwei Uhr nachts?

Zehn.

Nate beendete das Telefonat. Die Aufzugtüren sprangen auf.

»*Charl —*«

»Nathaniel.«

Ich blickte über Nates Schulter auf den Flur. Da stand sein persönlicher Assistent, eine Zimmerkarte gezückt, und musterte mich – wie immer – skeptisch. Ich schaute ebenso skeptisch zurück.

Nate wirkte unentschlossen. Stand vor dem Sensor, so dass unsere Szenerie einfror.

»Charlotte, wir sehen uns auf dem Barbecue, nehme ich an?«

Welches Barbecue? Herr Beckers Blick wurde noch finsterer.

In Nates Augen stand noch einiges mehr, was er vor seinem Assistenten nicht aussprach. Und irgendwie war ich Herrn Becker dankbar für seine Präsenz.

Weil du David hast, natürlich deswegen! Was zuvor nur ein leises Rauschen wie bei einer schlecht funktionierenden Lüftung eines Laptops war, schallte nun so laut wie durch ein Megafon geschrien durch meinen Kopf.

Aber das allein war es nicht.

»Ich muss auf mein Zimmer.«

»Ja, klar, natürlich«, sagte Nate knapp und leicht abwesend. Verschwunden war auch der Befehlston.

Ich wurde aus diesem Typen nicht schlau. Doch als sich die Aufzugtüren schlossen und ich endlich auf die richtige Etage fahren konnte, dachte ich zum ersten Mal, wo auch immer es so plötzlich herkam, dass ich es vielleicht auch gar nicht werden musste.

20. Kapitel

Sarina ließ sich am nächsten Morgen nicht beim Frühstück blicken. Ebenso wenig Sophia. Ich schlang ein einziges Marmeladenbrötchen hinunter, was angesichts des reichhaltigen Brunch-Büfetts, inklusive Schokobrunnen und Show-Kochen mit Wok, eine echte Schande war. Doch wollte ich so schnell wie möglich nach Hause. Auch um niemandem mehr begegnen, nicht Sarina, nicht Sophia, nicht den anderen Girls, nicht Herrn Becker und schon gar nicht Nate.

Als ich vor Davids und meiner Wohnung parkte, war ich sehr erleichtert. Erleichtert, aber auch verwirrt. Was wollte Nate mir sagen? Würde ich es jetzt noch jemals erfahren? Wollte ich es? Was war da in mir passiert, als er den Anruf entgegengenommen hatte? In der einen Sekunde hatte ich mich wie in Szenario *Rauchschwaden* gefühlt, doch dann … auf einmal … war es wie weggewischt. Und das, was ich gefühlt hatte … es hatte nicht mein Herz berührt. Lediglich einen sehr, sehr primitiven Teil in mir. War es eigentlich jemals mehr gewesen als das?

Und was zum Teufel hatte es mit diesem Barbecue auf sich?

Wenigstens darauf fand ich schneller eine Antwort als vermutet. Nämlich kurz nach Betreten der Wohnung. Zielsicher machte ich David im Wohnzimmer vor dem Fernseher aus. Er zockte.

»Hi«, sagte er.

Ohne aufzusehen. Seine Sichtlinie wie mit den flackernden Bildern des Games verschmolzen. Kein *Nerdy.* Kein *Wie war es?. Kein gar nichts.*

Eine dicke Kugel fiel in meinen Unterbauch, schwer wie ein Gymnastikball. Auf weichen Beinen und mit pochendem Herzen schritt ich zur Couch und stellte mich daneben. Der frische Geruch von Davids Duschgel umfing mich.

»Hey.«

Meine Stimme klang belegt und kratzig, als hätte ich die ganze Nacht durchgefeiert. Dabei war ich ganz ohne Alkohol verkatert. Sozial verkatert.

Noch immer sah er nicht auf. Sagte nichts weiter. Zu hören war nur das leise Klicken der Controller-Tasten unter Davids geschickten Fingern, die Game-Kommentatorenstimme und leise Fanchöre aus den Boxen. Unschlüssig ließ ich meine Arme an den Seiten baumeln. Mein Blick wanderte über sein T-Shirt mit der Aufschrift *Erster Jeckenverein Köln-Kalk*, darunter ein Foto von einer Mannschaft, von reichlich Waschmaschinengängen ramponiert. Vermutlich das Alki-Wiesen-Team, seine Kumpels. Die Kugel in meinem Bauch drehte sich und walzte dabei über etwas, für das ich mal wieder keinen Begriff fand. Was wusste ich eigentlich über diesen Verein? *Nichts. Nada.* Weil ich … in Gedanken immer Emmi programmierte, wenn er damit anfing.

Ich schluckte. Schaute von seinem T-Shirt zur Topfpflanze neben dem Sofa, die ohne David schon längst wie das Opfer eines Buchbrandes ausgesehen hätte, wieder auf das Polster ... auf *mein Buch.*

Wie von selbst trugen mich meine Beine dorthin, ließ ich mich in Sicherheitsabstand neben David sinken und nahm das *Nerd-Code*-Exemplar in die Hand. Kurz wieder versucht, mit dem Finger über die glatten Buchstaben des Titels auf dem Karton zu fahren. *Ne, nicht, ist unangemessen.* Warum hatte David dieses Buch hierhin gelegt? Hatte er nicht das Hörbuch gehört?

»Ich wollte etwas nachlesen«, sagte David, wie zur Antwort auf meine Gedanken.

Oh.

In Zeitlupe wandte ich ihm meinen Kopf zu. Er hatte die Lippen zusammengepresst, schaute hoch konzentriert auf den Bildschirm. *Was wolltest du nachlesen?*

Anstatt ihn das zu fragen, öffnete ich das Buch. Ein Lesezeichen steckte darin. Es handelte sich um eine Art Postkarte mit der Abbildung einer Dachterrasse im Sonnenuntergang. *Einladung zum Sommer-Barbecue.* Das Kanzlei-Logo von Jameson, Wolff & Spencer. Für kommenden Mittwochabend. Die Einladung datierte eine Woche zurück. David hatte mir nichts davon erzählt.

Mit schwerem Herzen legte ich die Karte neben mich und schaute auf die Stelle im Buch, an der sie gesteckt hatte.

Kapitel 2, Kennenlernen »Dan«. Unangenheme Schauer lief mir über Rücken und Arme, einer nach dem anderen, in nicht abebben wollenden Wellen, als ich die Worte gequält überflog. Marlie Lenz' Worte. Bonners Worte. Unsere Worte. *Meine* Worte.

»Blöder Lazy Track, wegen dem wir den Workload jetzt erst recht nicht managen können«, fügte der Typ leise hinzu, mehr zu sich selbst.

Worte, die so viel mehr waren als Worte.

»Und … Marlea Lenz …«
Wow. Aus seinem Mund klang mein Name wie eine Melodie. Vibrierte in meinem gesamten Körper und brachte mein Herz zum Schmelzen.

Nächster Schauer. Alle kleinen Härchen stellten sich auf.

»Dan«, sagte der Unbekannte, mit leichtem amerikanischen Akzent, so dass es wie *Dän* klang.

Ein Gefühl wie bei Schüttelfrost. Bei einem Fieberalptraum. Einmal hatte mich Maxi an Halloween zu einem Horrorfilmabend gezwungen. Wir hatten Stephen Kings *The Shining* geschaut. Und diese eine Szene gegen Ende, in der die weibliche Hauptfigur die auf Schreibmaschine verfassten Seiten des Manuskripts ihres Schriftsteller-Ehemanns durchgeht und feststellt, dass dort nur ein einziger Satz steht, in unterschiedlichsten typographischen Formationen, ein Satz, über Wochen und Wochen immer nur ein einziger, wahnsinniger Wahnsinnssatz, hatte sich auf ewig in mein Gedächtnis eingebrannt.

> Erstens: Er glaubt mir. Zweitens: Er nennt den Work-Life-Balance-Pfad wie ich Lazy Track.

So fühlte ich mich gerade unter den fiebrigen Schauern. Ich sah keine Liste mehr. Nicht mehr den Inhalt meiner Worte. Ich sah nur mich selbst. *Erkannte* mich. *Rote Matrix-Pille, die dritte.* Las nicht einen sich permanent wiederholenden Satz, sondern eine sich permanent wiederholende Frage: *Was hast du getan?*

> Drittens: Er verachtet seinen Namen – als wären der Fremde und ich Seelenverwandte. Viertens: Wenn er meinen Namen ausspricht, Mar-li-ah, fließe ich dahin. Fünftens: Er sitzt jetzt neben mir auf dem Boden und blättert in Jonas' Akte, um ... um mir zu helfen?

Was hast du getan? Was hast du getan? Was hast du getan?

> Hitze durchströmte mich wie eine Spur aus Feuer unter meiner Haut und drohte, jede Faser meines Seins zu versengen.

Was. Hast.

Zwar konnte ich seine Augen in der Dunkelheit kaum erkennen, fühlte ich mich von seinem Blick dennoch gebrandmarkt.

Du. Getan?

Dieser Typ, er sah nicht einfach nur gut aus; er war eine Naturgewalt. Seine Augen glitzerten wie ein tiefer See im Mondschein, in den ich eintauchen wollte.

Was. Hast. Du. Getan?

Dann trafen seine Fingerkuppen auf meine Haut. Diese zarte Berührung setzte endgültig alles in Brand.

Und für Meister Yoda reichte mein popkulturelles Grundwissen ebenfalls.

Getan. Hast. Du. Was?

»Hat mich gefreut, Mar-liah Lenz. Ich hoffe, wir sehen uns bald wieder.«

WAS HAST DU GETAN?
Washastdugetan?

Als ich den Blick vom Buch hob, sahen David und ich uns genau in die Augen. Sein Spiel musste beendet sein, er ließ den Controller in seinen Schoß sinken. Aus der Tiefe seiner Marslandschaftsiriden wurde mir die Frage von ihm erneut zurückgeworfen: *Was hast du getan? Was hast du uns angetan?*

Enttäuschung. Verrat … Distanz.

Panisch suchte ich auf meiner inneren Festplatte nach dem Ordner mit einer Anleitung zum Umgang mit dieser Situation. Nach der Improvisationszentrale. Meinem veralteten Sprachzentrum, das noch auf Dos arbeitete, den Umstieg auf Windows in den 90ern einfach verpennt hatte.

Es kommt nicht so sehr darauf an, was du getan hast, sondern auf das, was du als Nächstes tust.

Unter der schweißverklebten Oberfläche meiner Stirn kramte ich tatsächlich einen einigermaßen brauchbaren Ordner hervor, eine kühle Brise von Erleichterung durchwehte mich. _*Du wirst ihm nämlich jetzt endlich ganz offen und ehrlich sagen, was Sache ist*, lautete der Untertitel der Ordner-Bezeichnung.

Perfekt.

Doch als ich darauf klickte, musste ich feststellen: Er war … *leer.*

Und ich spürte es, sah es in Davids Augen wie bei einem Zug, für den man *fast* noch pünktlich war, bei dem man dann aber mitansehen musste, wie sich in Slow Motion die Türen schlossen. Er entglitt mir. Wahllos, panisch tastete ich um mich, buchstäblich auf der Suche nach Halt. Und fand die Barbecue-Einladung. Wie ein lächerliches Schutzschild hielt ich sie zwischen mich und Davids sich verschließenden Blick.

Und sagte genau das, was man von einem Sprech-Einzeller erwarten konnte, das Falscheste von allem Falschen:

»Komme ich hier eigentlich mit?«

Und weil noch nicht lächerlich und falsch genug, wedelten meinen Hände nun auch noch mit der Karte vor seinem Gesicht. Als wäre nicht ich, sondern David schwer von Begriff.

Bam. Möglichkeitsfenster mit einem Knall zugeschlagen wie bei einem heftigen Windstoß.

»Kommst du da eigentlich mit?«, wiederholte David langsam, die Lippen beim Sprechen seltsam verzogen, als kaue er auf einem ungenießbaren, sehnigen Stück Fleisch.

Dann stand er abrupt auf, der Controller fiel klackend zu Boden. Er lachte humorlos auf.

»Ja, klar«, stieß er aus mit so viel Bitterkeit in der Stimme, dass er damit unzählige Gins in Gin Tonics hätte verwandeln können.

»Klar kommst du da mit, *Mar-liah.*«

Damit drehte er sich um und verließ das Wohnzimmer. Ich hörte noch, wie er sich seine Schuhe anzog und im nächsten Moment die Tür ins Schloss fiel.

Was hast du —

Alles schwarz. System von bösartigem Virus befallen. Nicht mehr zu retten.

21. Kapitel

Mein Herz schlug wie ein Tischtennisball bis in meine Kehle hinauf, als ich aus dem Aufzug des Business-Hotels ausstieg und die letzten Meter zur Dachterrasse zurücklegte. Der Dachterrasse von derselben Bar, die Maxi und ich nach der DigiArt besucht hatten und in der ich mit Bonners E-Mail das erste Mal eine Störung in meiner Matrix vernommen hatte. *Ironisch.*

Die Tage von Sonntag bis zum Mittwochabend waren an mir vorbeigerauscht. Die Pydra hatte gerauscht. Keine Verlängerung meiner Stelle. Rausch. Marianne hatte gerauscht. *Sieht gut aus mit meinem DFG-Antrag, wollen wir uns demnächst vielleicht einmal zusammensetzen?* Rausch. Maxi, Bonner, die *Tech Women*. Alles so an mir vorbei, ohne mich zu berühren.

Und nun stand ich hier, beim Aufgang zur Terrasse, und hatte einen geradezu unwirklich schönen Ausblick auf die Kölner Skyline in der Abenddämmerung. Verloren ließ ich meinen Blick über den glitzernden Rhein und die kleinen Grüppchen von Kanzleimitarbeitern wandern auf der Suche nach David. Wie bunte Farbspritzer waren sie in ihren farbenfrohen Sommerklamotten an diesem außergewöhnlich warmen Spätsommerabend überall hingetupft, so dass ich mit meinem immerschwarzen Outfit sofort als Außenseiterin identifizierbar war. Links befand sich eine Bar, an der zu den bunten Klamotten passende Drinks gemixt wurden, und rechts eine Band, die leise Sommerhits spielte. *All summer long. Wonderwall. Get lucky.*

Eigentlich eine wunderschöne Szenerie. Wäre ich nicht ich. Sondern einer von den Farbtupfern. Unbeschwert, mit normalen und nicht blackbox-verschachtelten, deep-learning-verkomplizierten Problemen, heiter, gut drauf. Wie zum Beispiel die Weber, die mir nun ins Auge stach. Hübsch und elegant, in einem lockeren gelben Cocktaildress, mit vom Wind verwehten Strähnen, die sie sich lachend aus der Stirn schob, und einem gut aussehenden Mann an ihrer —

Moment. Das war nicht irgendein gut aussehender Mann an ihrer Seite. Das war *mein* gut aussehender Mann an ihrer Seite. Freund. *Noch*-Freund. Wie auch immer – David Voigt eben. In Khakis und weißem Hemd, die ersten beiden Knöpfe offen stehend, so dass seine Bolzplatz-gebräunte Haut aufblitzte. Die beiden wirkten wie aus einem Katalog für Gartenmöbel ausgeschnitten. Aus einer Raffaelo- oder Batida-de-Coco-Werbung in die Dachterrasse implantiert. Wie die Weber jetzt ihren niedlich-sommersprossigen Arm auf Davids Bizeps ablegte, wie auf einem verfluchten Tablett, scheinbar beiläufig, immer lächelnd, penetrant gut gelaunt, rein optisch schon viel besser zu ihm passend als ich, das *Kleine Bibliotheksgespenst*. Mir kam die Galle hoch. Er machte auch nicht darauf aufmerksam, dass er kein Tablett war, ne. Stattdessen nahm er ein paar Schlucke von einem Flaschenbier, ich beobachtete die kräftigen Bewegungen seines Adamsapfels, bevor er der Weber hinter vorgehaltener Hand etwas ins Ohr- *ich sterbe.*

Vielleicht wollte er mich deswegen bei dem Barbecue dabei haben. Um sich an mir zu rächen. Genau auf die heimtückische, stillose Art, die ich verdiente.

Ach, wie? Ich hab dir nicht gesagt, dass ich ab sofort mit der Weber statt mit dir zusammen bin? Gut, dann weißt du es jetzt.

Mein Herz fühlte sich an wie mit Millionen von Akupunkturnadeln durchstochen. Im Hintergrund plätscherte eine wunderschöne Akustikversion von *Simply the Best*. Machte es noch schlimmer. *Scheiße. Dieser Schmerz.*

Und dann schaute David doch zu mir. Rückte so von der Weber ab, dass sie ihn nicht mehr berührte. Mein Herz begann zu zappeln. Wie ein Fisch an Land, der noch ein bisschen Hoffnung hatte, zurück ins Meer geworfen zu werden. Unter der kitschigen Musik kam mir der kitschigste Gedanke, den ich vielleicht je gedacht hatte: *David ist mein Heimatmeer.*

Bonner wäre so, so stolz auf mich.

Ich lächelte David an. Sehnsüchtig. Und er lächelte zurück. Mit so etwas in den Augen, was noch nicht völlig verloren schien. Verletztheit, vielleicht. Nur Romance-Autorinnen konnten das auf fünfzehn Meter Entfernung identifizieren, aber ich war Informatikerin. Ich brauchte eine solidere Grundlage für meine Hypothesen, ich musste zu ihm —

Das Gewicht einer Hand drückte meine Schulter nach unten. David brach unseren Blickkontakt ab und wandte sich wieder der Weber zu. Dann erst drehte ich mich nach der Hand um.

»*Charlotte.*«

Im letzten Moment unterdrückte ich ein Stöhnen. Ein genervtes Stöhnen. Überraschte mich selbst ein bisschen, doch in diesem Moment fühlte ich es überdeutlich. Was ich anfangs noch charmant und sexy gefunden hatte, ging mir allmählich etwas auf den Nerv. Wie ein Running Gag, den man dieses eine Mal zu oft gebracht hatte. *Du störst hier gerade*, hätte ich Nate am liebsten in sein hübsches, aber wieder etwas fahl wirkendes Gesicht gesagt. *David und ich hatten gerade einen Moment, den du komplett zerstört hast, mieses Moment-Bombing. Ich bin nicht* Charlotte-Scarlett, *ich bin Nerdy.* Und wie ich diesen letzten Gedanken zu Ende dachte, wurde ich von einer Welle der Sehnsucht noch weiter weg von meiner rettenden David-Meerheimat weggespült.

»Hallo«, sagte ich distanziert. Fiel ihm nicht auf.

»Wie geht es deiner Sprachassistentin?«, fragte er, ein leichtes Lächeln auf den Lippen. *Sie sind spröde, seine Lippen*, ging es mir durch den Kopf, *er sollte mal Lippen-Balsam benutzen.* Und: *Erkundigte er sich ernsthaft erst nach Emmi statt nach mir?*

»Super geht's m- äh Emmi«, antwortete ich, maximal aus dem Konzept gebracht.

Dann tauchte schon wieder sein Assistent auf, um ihm

eine Info durchzugeben. Ich rollte meine Augäpfel gen Himmel und tat so, als bestaunte ich die Wolkenformationen. Nate gab es auch nicht allein, oder? Immer klebte dieser Typ an ihm wie ein Schatten, als hätte der keine eigene Identität. Ob Herr Becker nicht auch in der Therme am Beckenrand auf ihn gelauert hätte, wären Nate und ich dort gewesen?

»Du, Charlotte, ich muss mal kurz nach da vorne, ein —«
»Grußwort sprechen, ja, ich weiß.«

Und das unterdrückte ich nicht. Das rutschte mir raus.

Nate hob eine irritierte Augenbraue an.

»Ja, richtig«, sagte er knapp. »Wir sprechen uns gleich noch mal, okay?«

Wieder diese als Fragen getarnten Befehle. Allmählich dämmerte mir, dass er ebenfalls nicht besonders gut war, von einer Jukebox-Platte auf die nächste zu stellen. Von seiner Großkanzlei-Partner-Chef-Platte auf die Freizeit-Platte. Vielleicht *hatte* er ja auch nur die eine.

So wie du.

Nein, nein, nein. Das stimmte nicht. Ich hatte auch noch andere Platten drauf, sie waren nur recht gut versteckt, aber da gab es welche, garantiert gab es die.

»Gibt es ein Problem?«

Musste meine Gedanken pantomimisch dargestellt haben, während Nate mich noch beobachtete.

»Nope, kein Problem. Bis später.«

Da war er dann weg. Auf dem Weg zur Band, die auf ein Nicken seines Kopfes zu spielen aufhörte. Autorität. Ein bisschen beängstigend irgendwie.

Ich nutzte die Gelegenheit, um mich endlich weiter auf die Terrasse vorzuwagen, zu David. Stellte mich genau zwischen ihn und die Weber und schnitt dadurch deren Gespräch auf eine Weise ab, dass beide gleichzeitig abrupt verstummten und mich anstarrten.

»Hallihallo.«

Palimpalim. Peinlich. Unglaublich peinlich. Müsste ihn küssen, aber traute mich nicht, und dann *das*.

»Hey'n … hey«, sagte David. Ich hörte es ganz deutlich. Da war ein *N* gewesen. Er hatte *Nerdy* sagen wollen. Sich jedoch im letzten Moment davon abgebracht.

Während auch die Weber eine knappe Begrüßung murmelte, kramte ich den Pi-Anhänger unter meinem ausschnittlosen Shirt hervor und ließ ihn über den Stoff fallen, wo das funkelnde Silber einen schönen Kontrast zum Schwarz bildete. *Beziehungs-Handtuch ausgeworfen.* In meiner eigenen Beziehung. Lächerlich. Verzweifelt. *Notwendig.*

Ein dumpfer Mikrofon-Sound ertönte und ersparte uns vorerst alle weiteren Peinlichkeiten. Nate stand dort, mit professionellem – kühlem – Lächeln und schaute souverän in die Runde seiner Belegschaft.

»Liebe Kolleginnen und Kollegen«, setzte er an. »Was für ein schöner Abend für unser jährliches Sommer-Barbecue.«

Und obwohl er schon gut aussah, attraktiv, trotz Kühle in seinem Gesicht, trotz Anzeichen der Überarbeitung, konnte ich meinen Blick nicht auf ihm halten. Beobachtete ich lieber David. Er hatte ein Pokerface drauf. Die Arme vor der Brust verschränkt. Auch die Weber schielte immer wieder zu ihm, es machte mich rasend. *Sie soll gehen, ihr blödes Handtuch auf jemand anderen werfen!*

»Wie immer möchten wir dieses schöne Event auch dazu nutzen, um uns für Ihr Engagement für die Kanzlei zu bedanken«, hörte ich Nate sagen. Mit einem Mal kamen mir diese Floskeln irgendwie sehr oberflächlich vor. Glatt, aalglatt, *zu* glatt. Wo war der spannende, abenteuerlustige, rauchig-schwadige Nate? Ein Mann gewordenes Versprechen? Hatte ich das alles nur in ihn reininterpretiert? Aufgrund eines lächerlichen Flirts? War er nicht im Grunde genau so langweilig wie Jan-Philipp?

»Diesmal besonders bei Frau Körner, Herrn Nowak, Frau Weber und Herrn Voigt für die neuen Klienten, die sie für die Kanzlei gewinnen konnten, ganz herzlichen Dank. Engagierte Mitarbeiterinnen und Mitarbeiter wie Sie bilden das Herzstück von Jameson, Wolff & Spencer. Deswegen darf ich hier um einen großen Applaus bitten.«

Applaus ertönte, mein Mund öffnete sich automatisch. Die Weber grub ihre Hand in Davids Bizeps, kniff die Augen zusammen und gab einen undefinierbaren Laut von sich. So was wie einen spitzen Freudenschrei-Huster. Als hätte sie gerade erfahren, dass sie einen Oscar gewonnen hatte.

Wenn sie nicht bald ihre perfekt gepflegten roten Nägel aus seinem Arm entfernte ... Und David hatte einen neuen Klienten für die Kanzlei gewonnen?

Endlich rückte sie von ihm ab. David selbst wirkte unberührt. Nickte ihr kurz zu, wich meinem Blick aus und schaute wieder nach vorn zu Nate. Ich tat es ihm gleich.

»Ich will mich nun kurz fassen, ich weiß, dass Sie alle lieber Cocktails trinken und die schöne Aussieht genießen wollen«, sagte Nate.

Kalkuliert charmant. *Würg.* Er war irgendwie einfach *zu* perfekt. Zu gut in allem, was er tat, *langweilig* gut! Warum fiel mir das jetzt erst auf?

»Aber ich muss noch eine wichtige Ankündigung machen, über die in letzter Zeit über den Flurfunk bereits ein paar Gerüchte kursiert sind.«

Er trank einen Schluck stilles Wasser, sein Blick stach in sein Publikum, als er sagte:

»Und ich kann Ihnen sagen: Ja, die Gerüchte stimmen. Wir wollten mit dem Work-Life-Balance-Pfad eine Vorreiterrolle einnehmen und insbesondere die Millennials und die Gen Z ansprechen. Da die Bilanz aus diesem Pfad jedoch leider sehr enttäuschend ausfällt, wird dieser zum nächsten Jahr auslaufen.«

Ein Raunen schwappte durch die Belegschaft. Mein eigener Gesichtsausdruck imitierte das Munch-Schrei-Emoji. *No way.* Nate fügte noch irgendein Blabla von *Leistungsträgern* und *Verantwortung* und *tollen Karrieremöglichkeiten* hinzu, garniert mit ein paar denglischen Begriffen, ich hörte nicht mehr zu. Suchte wieder David. Aber der war plötzlich weg.

Wie war das passiert? Ich hatte ihn doch nur eine Schocksekunde aus den Augen gelassen! Wenigstens stand die Weber noch dort, wo sie war. Sie fing meinen Blick auf. Mit so etwas wie Mitleid in den Augen.

»David musste auf Toilette. Hat ein bisschen viel Bier getrunken.«

Um seine Blase machst du dir mal bitte keine Gedanken, dachte ich grimmig. Außerdem sagte mir mein Gefühl, dass er nicht auf Toilette musste. Da kannte ich sein Blasenvolumen besser.

Der Blick von der Weber wurde noch weicher. *Mitfühlend.* Sie legte eine Hand auf meinen Arm wie zuvor schon bei David. Ich zuckte zusammen.

»Hey, mach dir keine Sorgen um ihn.«

Da lag Aufrichtigkeit in ihrer Stimme *und* in ihrem Blick. Ein schlechtes Gewissen klopfte an mein schmerzendes Herz.

Vielleicht war sie einfach nett. Eine von diesen touchy people. Nicht hinter David her. Eine Freundin von ihm, mehr nicht. Konnte das sein?

»Er hat so eine gute Performance in den letzten Monaten hingelegt, die haben ihm schon längst gesagt, dass sie ihn für den regulären Track wollen.«

Diagnose: ja, eine Freundin von ihm. *Und du willst besser sein als die Pydra*, tadelte ich mich selbst. Dann sickerten ihre Worte so richtig zu mir durch. *Wieso weiß sie das alles und ich nicht?* Gefolgt von: *Das fragst du dich ernsthaft?* Und: *Aber David will den Partner-Track nicht!*

Ich wand mich sachte aus ihrem Griff. Schenkte ihr das beste verzerrte Lächeln, das ich zustande bekam.

»Danke«, sagte ich ehrlich. »Ich schaue trotzdem mal nach ihm.«

Die Weber nickte und tauchte in den nächsten Small Talk

ein. Auf meinem Weg nach drinnen zum Ausgang passierte ich Nate.

»*Char-*«,

»*Was?!*«

Zugegeben. Nicht die beste Idee, Davids Chef anzufahren. Doch ich wollte nicht mit ihm sprechen, ich hatte es eilig, müsste mich übergeben, wenn ich noch ein einziges Scarlett-*Charlotte* von ihm hörte.

Nate öffnete den Mund, um etwas zu sagen, doch kein Ton kam aus ihm heraus, der Rest seiner Gesichtszüge war so unbewegt, als hätte ich ihn mit meinem *Was?!* eiskalt erwischt. Zwei, drei Sekunden verstrichen, bis er sich wieder fing.

»Ich wollte dir etwas sagen.«

Nicht jetzt! Nicht gar nicht!

»Du siehst übrigens sehr hübsch aus. So natürlich. Smart.«

Meine Augen schwollen an. Was sollte das? Mit dem rechten Fuß tappte ich einen nervösen Rhythmus auf die Holzdielen. Das Gelächter, die Musik, das blendende Sonnenlicht, Nate mit seinem intensiven Blick – das alles war mir viel zu viel.

Nates Fingerspitzen streiften so leicht und beiläufig meinen nackten Arm, als hätte die kühle Brise, die soeben über die Terrasse zog, sie dort hingeweht. Ich zuckte zurück.

»Ich wollte dir sagen, dass ich deinen Roman phantastisch finde. Dass er für mich keine Unterhaltung ist, sondern Kunst.«

Ist auch Kunst, stimmte ich ihm dunkel zu. *Die Kunst der Zerstörung. Der Beziehungszerstörung.*

David. Ich muss zu David.

»Und ...«

Er beugte sich zu mir herunter. Wieder roch ich seinen Atem, wieder machte ich darin etwas Alkoholisches aus. Diesmal aber fand ich es nicht angenehm, nicht annähernd, ich hielt die Luft an.

»Wenn ich mir eines der Szenarien aussuchen könnte«, seine Stimme raute sich auf, unnatürlich, als hätte er es eingeübt und über die Jahre verfeinert, so wie ich jahrelang an Emmis Stimme gewerkelt hatte, »würde meine Wahl auf das Szenario *Rauchschwaden* fallen.«

Die Runzeln auf meiner Stirn mussten wie ein Labyrinth aussehen. Ich projizierte mal wieder mein gesamtes Innenleben nach außen, doch ich kapierte etwas, und während des Kapierens konnte ich nichts anderes tun, als mit jeder Zelle zu kapieren.

Ich kapierte, dass Nate *gar nichts* kapiert hatte. Dieser ach-so-smarte, arrivierte, distinguierte, was-auch-immer Typ hatte den *Nerd Code* kolossal missverstanden.

Reflexartig machte ich einen großen Satz nach hinten, und kollidierte dabei beinah mit einem Grüppchen.

»Weiß du, Nate«, sagte ich langsam und überraschend selbstsicher, während ich ihm genau in die eigentlich so leeren 17,5-Augen schaute.

»Marlie *konnte* sich die Szenarien aber nicht einfach aussuchen. Und wenn sie es gekonnt hätte, dann hätte sie nie erkannt, welches das einzig richtige für sie ist. Schönen Abend noch.«

Schönes Leben.

Damit ließ ich ihn stehen.

22. Kapitel

Nate war kein Märchenprinz, dachte ich, als ich den Aufzug ignorierte und die Treppe Sie hochsprintete. Lediglich ein Workaholic mit Kürbis statt Kutsche. Mein echter Märchenprinz befand sich, so wie ich ihn kannte, unten am Rheinufer und kickte Steine in den Fluss, weil er mit seinen Fußballer-Füßen immer gegen irgendetwas kicken musste. Vor allem dann, wenn er sich ärgerte. Und gerade ärgerte er sich. War er frustriert. Niedergeschlagen. Alles auf einmal.

Meine Beine verknoteten sich fast, so hastig, wie ich die Stufen hinunterlief. Nur durch Glück blieb mir der schnellste Weg nach unten erspart: der Sturz Dutzende Stockwerke hinab.

Meine Instinkte täuschten mich einmal nicht. Ich fand David nur wenige Augenblicke später, nachdem ich mich einmal im Wind um die eigene Achse gedreht hatte. Er kickte keine Steine, sondern gegen eine verbeulte Cola-Dose. Als ich nur noch wenige Meter von ihm entfernt war, sah er zu mir auf.

»Gott, David, es tut mir so leid«, stieß ich aus. »Ich weiß, wie viel dir der La-, der Work-Life-Balance-Pfad bedeutet, weil du mit deinen Kumpels Fußball spielen und zocken willst, was nicht zwingend meine Priorität wäre, aber«, sprudelte es unbeholfen aus mir heraus.

Obwohl Davids Augen immer schmaler wurden, redete ich weiter. Gegen das Rauschen des Windes, das Schlurfen von Fahrradrädern, meine Nervosität.

»Vielleicht lassen die ja doch noch mal mit sich reden, und außerdem gibt es ja sicherlich noch andere Kanzleien, die solche Modelle anbieten, Stichwort Arbeitnehmermarkt und so, ich bin mir ganz sicher, dass wir da eine gute Lö —«

»Stopp.«

Er hob eine Hand in die Luft. Lachte auf, wieder so unschön humorlos. Bitter.

»Spar dir das gleich, okay?«

»W-w-arum?«

»Weißt du«, er schaute zum glitzernden Rhein, wog den Kopf hin und her und sah wieder zu mir.

»Für eine Zehntelsekunde habe ich geglaubt, du würdest dich für etwas anderes entschuldigen. Für eine beschissene Zehntelsekunde. Aber natürlich ist das Einzige, was deine Gehirnzellen prozessieren können, *Arbeit.*«

Kick. David trat erneut gegen die Dose, knirschend rollte sie nun über Asphalt, Torf und Laub. Er hätte genauso gut auch gegen mein nutzloses Herz kicken können, so weh tat das, was er sagte.

»Du glaubst ernsthaft, dass ich wegen des Tracks weg von der Terrasse musste?«

Warum denn sonst? Da bestand doch ein eindeutiger zeitlich-kausaler Zusammenhang zwischen *Nate lässt die*

Track-Bombe platzen und *David flieht vor seinem Workaholic-Chef.*

»Das weiß ich doch schon ewig. Wie Captain America meinte, das wird schon seit Wochen über den Flur gefunkt. Heute hat er es doch nur offiziell gemacht, ne.«

David schnaubte. Rieb sich mit dem Handrücken über die Nase. Fast meinte ich, dass seine Augen nun ähnlich wie die Wasseroberfläche glänzten. Oh. Ohohohoh*oh*.

»Ich habe es nicht ertragen zu sehen, wie du Captain America anhimmelst. Deswegen musste ich da raus.«

Wie ich Nate anhimmelte?! Heute war vielleicht das erste Mal, wo ich ihn kein bisschen angehimmelt hatte! Wo ich ihn endlich vollkommen klar sah! Als ein verdorrtes Stück Wiese, das ich aus der Ferne fälschlich für sattgrün gehalten hatte!

»Ich schätze, ich musste es einfach mit eigenen Augen sehen. Deswegen wollte ich, dass du mit zum Barbecue kommst.«

»Ich …«

Error. Error. Error.

»Charlie, halt mich nicht für dumm, okay? Mag sein, dass die Welt da draußen dein Buch für ein geniales Stück Fiktion hält. Wir beide wissen, dass es anders ist.«

Ja, wissen wir, es ist ein verworrenes Stück Gedankenknäuel wie ein Kabelsalat, das ich auf absurdeste Weise weiter verknoten und dann entflechten musste, um zu erkennen, dass du Mr. Right für mich bist! #youaremrright

»Für eine Weile habe ich geglaubt, ich könnte um dich

kämpfen. Dir beweisen, dass ich auch wie er sein kann. Der tolle ambitionierte Anwalt, der die Arbeit über alles stellt und richtig Karriere macht so wie du, wie deine Eltern. Ich habe die letzten Wochen für dieses Projekt geblutet, alles hintenangestellt, sogar den Jeckenverein, wodurch super viele Trainings ausfallen mussten, aber … dann habe ich gemerkt, dass ich das einfach … nicht kann.«

Jetzt röteten sich seine Augen, seine Stimme brach. Mit ihr mein Herz. *Knack.* Meine Kehle zog sich zusammen, wie so oft. Ich konnte einfach nichts sagen und hasste das so sehr in diesem Moment, dass ich schreien wollte, bis der Knoten um meinen Hals platzte.

»Scheiße, ich weiß, dass du dir jemanden wie ihn wünschst, es steht ja da in deinem Roman, schwarz auf weiß, aber … sorry. Ich … ich werde nie sein können wie er. Ich habe es versucht.«

Er ließ seine Arme an den Seiten herabfallen. Eine einzelne Träne kullerte aus seinem Augenwinkel. Oben in meiner nutzlosen Kommandozentrale hakte wieder was. Ein Satz.

Ich hasse mich, ich hasse mich, ich hasse mich.

Sollte endlich Platz machen für die richtigen Sätze. *Nein, ich wünsche mir niemanden wie ihn, ich wünsche mir dich, genauso wie du bist, und ich will diese Märchenhochzeit, die ich jahrelang verteufelt habe, ich will sie mit dir, mit dir und keinem anderen, die Arbeit, die …*

David wischte die Träne unwirsch weg. Schluckte. Trat auf mich zu und griff nach meiner Kette. Drehte sie zwischen den Fingern, sah auf das Pi-Symbol, nicht in meine Augen, als er erneut ansetzte.

»Ich glaube, es ist besser, wenn ich erst mal ein paar Tage bei Ben wohne.«

Nein, das ist nicht besser, das ist katastrophal, ich will das nicht, du sollst bei mir bleiben! Bleib, bleib, bleib, bleib!

Er ließ das Pi los. Ließ gleichzeitig, buchstäblich, mich los. Ein Taxi fuhr an den Bürgersteig heran, David schritt darauf zu.

»Ich liebe dich, Nerdy. Was auch immer es wert ist.«

Dann öffnete er eine der Autotüren.

Kurz stand ich dort wie festgewurzelt. Bis aus dem Nichts ein Hoffnungsblitz durch mich fuhr. Vielleicht auch ein Verzweiflungsblitz. Aber ein Blitz.

Ich hatte zwar nicht die richtigen Worte, aber Bonner hatte die richtigen Worte! Nate kapierte sie nicht. Aber David, für den sie bestimmt waren, *musste* sie verstehen.

»David«, schrie ich.

Er saß bereits auf der Rückbank, zog die Tür zu. Nun öffnete er sie wieder einen Spaltbreit und schaute mich an. Auch der Taxifahrer musterte mich durch die Scheibe. Passanten. Schiffspassagiere von der Köln-Düsseldorfer. Vögel. Die Welt. *Egal.*

»Hast du nicht den letzten Satz des Buchs gelesen? Du musst unbedingt den letzten Satz le —«

David lächelte. Traurig. Und dieses Lächeln filetierte meinen letzten Hoffnungsschimmer. Erstickte meine nächsten Worte.

»Ruf dir gleich auch ein Taxi, okay? Wir reden die Tage noch mal, ich melde mich bei dir.«

Erneut schloss er die Tür. Das Taxi fuhr los. Ich sah ihm hinterher, bis es verschwand.

Es ist vorbei.

23. Kapitel

Ich hatte nicht den blassesten Schimmer, wie David es anstellte. Vielleicht war sein Taxi kein normales Taxi, sondern eines der ersten Flugtaxis, eine Beta-Version mit Sondergenehmigung – war auch erstaunlich schnell aus meinem Sichtfeld verschwunden –, denn obwohl ich kurz nach seiner Abfahrt selbst ein Taxi zu unserer Wohnung nahm, war er schon weg, als ich dort ankam.

Oder noch gar nicht da, weil sein Taxi, ganz im Gegenteil, besonders langsam war.

Mit Öffnen unseres Flurschranks verpuffte auch diese kleine lächerliche Hoffnung. Sein Koffer war weg. Er war mit dem Licht gereist. Hatte mit dem Licht seine wichtigsten Sachen zusammengepackt. War mit dem Licht zu Ben verschwunden.

Oder ich hatte eben doch länger fassungslos auf die Straße gestarrt, als ich dachte. Erklärte es auch.

Was tun, was tun, was tun.

Fahrig lief ich vom Flurschrank zur Küche, öffnete den Kühlschrank, obwohl ich gar nicht hungrig war, dafür ging's mir viel zu übel, so ein menschlicher Urinstinkt, durch den Flur, am Wohnzimmer vorbei, zu meinem Arbeitszimmer, half normalerweise immer, diesmal ein Backfire-Effekt, der mich an die Katastrophe erinnert, zu Davids Arbeitszimmer.

Und hier blieb ich nun stehen. Mein Herzschlag erinnerte mich an ein außer Kontrolle geratenes Newton-Pendel, schlug schmerzhaft gegen ein anderes Organ in meinem Körper, aber dauerhaft, ein Perpetuum mobile des Schmerzes.

Wann war ich zuletzt hier drin gewesen? Vor zwei Jahren? Drei? Es war deutlich kleiner als mein Arbeitszimmer, kaum größer als eine Abstellkammer, fensterlos, mit einem Bücherregal, in dem ein paar Ordner standen, einem Schreibtisch mit stationärem Computer und, ja, typisch David, einem heillosen Durcheinander von Dokumenten und Briefumschlägen davor. Ein starker Schwall von Erleichterung durchflutete mich beim Anblick seines Wichtige-Unterlagen-Ordners. Wenigstens dafür musste er zurückkommen, er konnte mich nicht von jetzt auf gleich ausknipsen. Daneben an der Wand hing ein ... ein Foto von *mir*. Nicht von Melba Roy Mouton. Nicht von Cristiano Ronaldo. Von *mir*. Lachend, bei einem Urlaub in den Alpen vor etlichen Jahren.

Das Atmen fiel mir wieder schwer. Plötzlich unendlich erschöpft, ließ ich mich auf seinen Schreibtischstuhl sinken und fuhr gedankenverloren mit den Fingern über die Papiere.

Rechnungen, ausgedruckte Überweisungsbelege, Versicherungsunterlagen. Von ihm und von mir. Er kümmerte sich um unsere Lebensorganisation, um die Miete, damit der Gerichtsvollstrecker nicht eines Tages vor der Tür stand, weil ich es verpeilt hatte.

Und das hatte er immer schon getan. Über das gesamte vergangene Jahrzehnt hinweg. Nur hatte ich das mit meinem Tunnelblick schlichtweg nicht mitbekommen. Nicht gewürdigt. Die ganze Arbeit, die er sich jenseits seines Arbeitsplatzes gemacht hatte. Für mich, für uns. Vielleicht stimmte wirklich etwas nicht mit mir. Vielleicht fehlten mir irgendwelche Rezeptoren, die normale Menschen besaßen. Areale in meinem Gehirn. Einfach nicht mitgegeben bei meiner embryonalen Entwicklung, wie fehlende Teile bei einem Baukasten. *Aber natürlich ist das Einzige, was deine Gehirnzellen prozessieren können,* Arbeit.

Mist.

Meine Fingerkuppen ertasteten ein robusteres Papier, Pappe. Wieder so eine Einladungspostkarte wie beim Barbecue. Ich nahm sie in die Hand und ließ meinen Blick über die Schrift wandern. Nicht annähernd so professionell wie die Kanzlei-Einladung. Ganz klar von einem Design-DIY-Menschen ohne jegliches Design-Verständnis zusammengebaut. Über einen Fotoservice bestellt. Mehrere hexagonförmige Fotos auf glänzendem Papier, mit den merkwürdigsten fotografischen Ausschnitten, keine Ahnung von Design, keine Ahnung von Fotografie, ein Stück dreckiger Rasen, ein Mannschaftsfoto mit abgeschnittenen Köpfen, ein Bild vom Kölner Dom, auf dem man nur eine der beiden Kreuzblumen-Spitzen sah, so dass es gar nicht mehr nach Kölner Dom aussah, in der Mitte ein Porträt von David, völlig verschwitzt, mit Grashalmen und Dreck an der Nase, einem Finger im Auge. Aber grinsend. Breit grinsend. Daneben, völlig falsch positioniert, mit einer Times-New-Roman-ähnlichen formellen Schrift: *DANKE, DAVID!*

Ich drehte die Karte um. Auf der Rückseite befand sich ein kurzer handgeschriebener Text.

Lieber David,
der Erste Jeckenverein Köln-Kalk bedankt sich für deinen unermüdlichen Einsatz als ehrenamtlicher Trainer der U16-Mannschaft. Ohne dich wäre es nicht möglich, die U16 zu behalten. Danke im Namen des gesamten Vereins und der Kids.

Darunter ein paar Unterschriften. Von einem Bruno, von dem ich noch nie gehört (vielleicht auch: nie *zugehört*) hatte, von den Kids, den Jungs. Die David offenbar ehrenamtlich trainierte. Während ich der festen Überzeugung war, dass er mit seinen Schulfreunden spielte. Just for fun. Und ich brauchte keinerlei Phantasie, um zu wissen, dass ihm diese Karte mit fragwürdigem Design tausendmal mehr bedeutete als das Hochglanz-Barbecue seiner Kanzlei, auf dem er von einem selbstverliebten Workaholic in einem Atemzug gelobt und im nächsten unter Druck gesetzt wurde. Über den seine »Freundin« auch noch ein Buch geschrieben hatte.

Verdammt, wie falsch konnte man liegen? Wie viel Zutat *schlechter Mensch* passte in einen Körper? Antwort von Charlotte Fröhlingsdorf: Ja.

Wie in Trance schaltete ich Davids Computer ein und googelte den *Jeckenverein*, geleitet von so einer rein masochistischen Motivation. Ich musste mich dem aussetzen, voll und ganz, Schonzeit mehr als vorbei. Gelangte auf eine Retro-Homepage mit einem Foto in der Mitte, das Hunderte Leute zeigte, groß und klein, alle U-Mannschaften zusammen, alle Trainer und Funktionäre, darunter irgendwo David, als kleines Punktgesicht.

Über uns.

Der Erste Jeckenverein Köln-Kalk wurde 1978 gegründet und hat sich unter dem Motto *Fußball für alle* zum Ziel gesetzt, inklusive Fußballtrainings anzubieten, unabhängig von Herkunft, sozialem Milieu, Nationalität. Finanziert durch großzügige Spenden unseres Freundeskreises, können wir so die Trainings auf freiwilliger Basis anbieten – jeder zahlt, was er kann, aber jeder ist dabei.

Wie ich so die Zeilen weiter überflog, fühlte sich mein Hals dicker und zugleich enger an, meine Augenhöhlen unangenehm prickelnd und heiß, bis etwas passierte, was mir jenseits der Pydra und Emmi-Problemen selten passierte: Ich musste weinen. Nicht so ein bisschen. Sondern richtig heftig, hässlich, ungehemmt.

Hörte auch nicht bewusst wieder damit auf. Erst als ich mich irgendwann in Davids und mein leeres, eiskaltes Bett schleppte, errichtete der Schlaf eine natürliche Barriere zwischen meinen Tränendrüsen und der kalten grauen Alptraumwelt da draußen.

Vielleicht weinte ich während des Schlafs aber auch weiter. Meine Lider waren jedenfalls wie zugeklebt, als ich sie am nächsten Morgen – Mittag, Abend, übernächsten Morgen? – wieder zu öffnen versuchte. Da steckte klumpenweise Tränenflüssigkeit in meinen Augenwinkeln, so hart wie Zement. Tat richtig weh beim Rausreiben. Hatte ich verdient. Und mein *Kopf.* Als hätte nachts jemand damit Squash gespielt. Gegen eine Betonwand. Ich brauchte einen neuen! Das war schlimmer als eine Gehirnerschütterung, das war eine Existenzerschütterung, vielleicht musste ich sogar ins Krankenhaus, um mir da nicht nur einen neuen Kopf, sondern eine neue Existenz zu organisieren, so mies hatte ich mich in meinem gesamten Leben noch nicht —

Das Rascheln eines Schlüssels im Schloss ließ mich besagten Kopf leicht vom Kissen anheben. *David,* schoss es durch meine Gedanken. Gefolgt von: *Fehler, den Kopf anzuheben.* Wie ein Wackerstein donnerte er zurück aufs Kissen.

Etwas klackerte in der Ferne leise über den Boden. Als würde jemand mit seinen Fingernägeln auf dem Laminat trommeln. Laufende Hände, in diesem Kopf war alles möglich. Im nächsten Moment machte das Etwas einen Satz auf mein Bett und überfiel mich.

Ich schlug die Decke zurück und hatte eine Hundezunge im Gesicht. Lollos Hundezunge.

»Ugh«, brachte ich hervor.

»Lollo, lass das.«

Unter Schmerzen richtete mich auf und hob Lollo auf

meinen Schoß, wo ich ihn an mich presste und meine Nase in seinem Fell vergrub. Er roch nicht gerade nach Parfum, sondern nach nassem Muff – er war auch ziemlich nass, doch es tat einfach so gut, ihn hier zu haben. Darüber vergaß ich, dass es mehr als unwahrscheinlich war, dass er allein gekommen war. Ich sah auf, und dort stand Maxi im Türrahmen, wahrscheinlich schon seit Minuten, mit verschränkten Armen und tadelnd zusammengepressten Lippen.

»Wie bist du hier reingekommen?«, fragte ich.

»Mit einem Schlüssel.«

Dumme Frage. Der Ersatzschlüssel.

»Du warst nicht zu erreichen, Charlotte. Erst schickst du mir diese kryptische Nachricht«, *oh shit, da war ja was.* »Und dann hört man nichts mehr von dir? Nicht mal ans blöde Festnetztelefon bist du gegangen!«

Das Festnetztelefon hatte geklingelt?

»Ich war im Lebenskoma, sorry«, brachte ich hervor.

Eine steile Falte fraß sich zwischen Maxis Augenbrauen. Eine Zornesfalte. Sie kam auf mich zu und bohrte über Lollos Kopf hinweg einen Zeigefinger in mein Schlüsselbein.

»*Nichts hat mehr Sinn, habe mich völlig verrechnet, alles ein einziges Millennium-Problem, mach dir keine Sorgen, habe es nicht verdient*? Dein Ernst? Ich war krank vor Sorge um dich nach dieser Nachricht!«

O Mann. Machte ich auch mal irgendetwas richtig? Selbst im Mich-Bestrafen war ich eine Niete.

»Ich hatte schon Panik, dass du dich vor deinem PC verschanzt und den Weltuntergang programmierst!«

»Ne, nix Weltuntergang, die Welt kann ja nichts für meine Blödheit.«

Die Falte auf Maxis Stirn blieb, aber ihr Blick wurde plötzlich weich und mitfühlend.

»O Gott, Charlie!«, stieß sie aus. »Was zur Hölle ist passiert?«

Dann tat sie es ihrem Hund nach und warf sich zu mir auf das Bett, wo sie mich und Lollo in eine Luft abschnürende Umarmung zwängte, ein merkwürdiges Mensch-Hund-Mensch-Sandwich.

So gut es in meinem aktuellen Zustand ging, gab ich Maxi beim Chips-Essen im Bett ein Update über die jüngsten Horrorereignisse. Analysieren aber taten wir nichts. Maxi besaß ein gutes Gespür dafür, dass das gerade nichts brachte. Ablenkung war das Einzige, was mir ein kleines bisschen half. Chips und Fernsehen und Lollo.

Den restlichen Tag verbrachte sie im Home Office, ich schleppte die Menschruine Charlotte mit Lollo spazieren. Später am Abend bestellten wir Pizza und schauten abwechselnd *The Big Bang Theory* und *Heartstopper*, Seelenbalsam, der für die Dauer der Folgen wirkte.

Auch die nächsten Tage blieb Maxi bei mir. Nahm mich in den Arm, wenn ich mal wieder wie eine Verwirrte wahllos Sätze vor mich hinwisperte. *Ich bin so blöd. Scheiß Szenarien. Dilettantisches Laborrumgefummel.* Sie bot simple Weisheiten an, die ich noch nicht, aber irgendwann vielleicht, akzeptieren würde. *Es musste so kommen. Wie bei der Forschung. Man weiß es vorher nicht. Man muss scheitern, um Dinge zu verstehen. Da ist auch viel Gutes, was du jetzt noch nicht siehst. Der* Nerd Code *ist gut. Du musstest ihn schreiben.*

Sagte aber auch Dinge, die eine beste Freundin sagen musste. *Gib David und dich noch nicht auf. Der letzte Satz des Romans* hat *eine Bedeutung, bestimmt versteht er die bald. Er liebt dich, er braucht nur etwas Zeit.*

Ne, die Zeit war mein Gegner. Der Abstand war mein Gegner. Je weiter David von mir weg war, desto klarer sah er, was für ein schlechter Mensch ich war. Wie bei mir mit Nate im Aufzug und danach. Er würde mit jedem Tag, den er bei Ben und nicht bei mir verbrachte, klarer sehen, dass er jemand Besseres verdiente als mich. Leute wie die Weber, andere Kolleginnen, Fußballerinnen vielleicht. Die ihn wertschätzten, ihm keine ungerechtfertigten Minderwertigkeitskomplexe verpassten. Eine nette Familie hatten wie seine eigene.

Kein Buch über seinen Chef schrieben, mit dem sie alles zerstörten.

Maxi blieb, David blieb weg. Nichts munterte mich in meiner Existenzerschütterung so richtig auf. Nicht einmal die Mail von Marianne, in der sie mir einen Job in ihrem Projekt anbot. Die perfekte Stelle im perfekten Forschungsumfeld. Schon gar nicht die Mail von Bonner, dass der *Nerd Code* eine weitere Woche auf der Eins blieb. Erst recht nicht die.

Maxi blieb. Schlief auf Davids Seite im Bett. Und nahm schließlich auch seinen Platz bei einem Event ein, zu dem sie mich fast zwingen musste: dem Polterabend mit Übernachtung in Jan-Philipps Kuhdorfheimat im Nirgendwo.

24. Kapitel

»Das ist der Loser-Tisch, richtig?«, fragte mich Maxi in einem Versuch, meinen Gesichtsausdruck beim Scannen der Leute am Tisch zu deuten, zu dem wir soeben geführt wurden. Wir waren reichlich spät dran für den Polterabend, der mit einem formellen Dinner startete.

Obwohl das hier ein schätzungsweise 2000-Seelen-Dorf irgendwo in der Mitte Deutschlands war, fand die Veranstaltung in einer Location statt, die mehr ein Schloss oder eine Villa oder ein Herrenhaus war als ein Hotel. Der Saal für die angeblich intime Runde war gigantisch groß. Aber schön. Stilvoll dekoriert und in ein angenehmes, honigfarbenes Licht getaucht. Altmodische Leuchter mit echten Wachskerzen hingen von der Decke über jedem der runden Tische. Maxi und ich saßen nicht am Tisch des Brautpaares. *Zum Glück*.

Wir wurden dem benachbarten Tisch zugewiesen, an dem schon Sarinas Patenonkel und ein paar andere Leute saßen, die ich vage kannte. Neben mir hätte David sitzen sollen. Tat gleich wieder so weh, als hätte ich mir den in einer blöden hübschen Sandale steckenden und lackierten großen Zeh gegen das Tischbein gehauen. Sandalen mit Absatz und ein Cocktailkleid bei einem Polterabend. Das

Brautpaar hatte *Smart* als Dresscode verordnet. Maxi hatte sich um das Outfit gekümmert und weder schwarz noch Sneakers noch Jeans als *Smart* akzeptiert (smarter ging's ja wohl nicht).

»Ja, definitiv«, raunte ich Maxi zu, als wir den Tisch erreichten.

Aber besser mir von Sarinas Patenonkel ein paar Kalauer zum Hauptgang servieren lassen, als bei Sarina und Jan-Philipp sitzen müssen. Bevor ich mich niederlassen konnte, fing meine Mutter meinen Blick auf und fror meine Bewegung in einer Kniebeuge ein. Sie reckte beide Daumen in die Höhe, strahlte und formte ein paar Sätze mit den Lippen. *Sorry, ich spreche kein* Gestisch, formte ich zurück und winkte.

»Sie findet dein, also *mein*, Outfit schön, liebt dein Buch und will dich später noch sprechen«, übersetzte Maxi, die ebenfalls zu meiner Mom schaute und sich nun hinsetzte.

Ihr Blick fiel auf das Namenskärtchen vor ihrem Teller.

»Ach ja, und wo David ist, hat sie auch gefragt«, fügte sie leise hinzu, bevor sie unsere Tischgesellschaft begrüßte.

»Ah, okay, danke«, murmelte ich und zwang mich selbst zu einem Mindeststandard an Höflichkeit.

Sarinas ehemalige Tanzlehrerin verwickelte mich sofort in eine öde Small-Talk-Konversation, die innerhalb weniger Sekunden zu einer einseitig geführten Diskussion darüber ausartete, welche Lebensmittel und Gerichte sich für die Tiefkühltruhe eigneten und welche nicht, während sich Maxi von Sarinas Patenonkel und dessen Frau unterhalten ließ. Als die Tanzlehrerin dazu ansetzte, mich darüber aufzuklären, was passierte, wenn man Salatblätter einfror – *konnte mich vor Spannung kaum auf dem Stuhl halten* –, schritten Jan-Philipp und Sarina wie ein Königspaar, nur mit Headsets auf den Köpfen, nach vorn für die Eröffnungsrede. Sarina sah in einem fliederfarbenen, glitzernden A-Linien-Kleid wie immer perfekt aus. Wenn auch etwas blass, wie Jan-Philipp mit seiner typischen Workaholic-Blässe. Sinnbildlich fasste ich mir mit meinem Zeigefinger an die eigene Nase.

»Liebe Familie, liebe Freunde«, begann Jan-Philipp in diesem professionellen Präsentationston, mit dem er vermutlich auch PowerPoint-Slides bei seinen Klienten präsentierte.

»Wie schön, dass ihr heute so zahlreich erschienen seid. Beim Polterabend, so vermutet man, handelt es sich um einen Brauch, der bis ins 16. Jahrhundert zurückgeht.«

Ich zog die Augenbrauen hoch und trank einen Schluck Sekt.

»Wir alle kennen ja das Sprichwort *Scherben bringen Glück*. Auch hier vermutet man einen Zusammenhang. Was auch besser wäre. Denn wir wollen heute ja nicht Sarinas und mein Liebesglück *in Scherben liegen* sehen«, er machte eine Kunstpause.

Kalkulierter Witz. *Ver*kalkulierter Witz. Die Anwesenden waren höflich genug, seine Pause mit verhaltenem Gelächter zu füllen. Maxi und ich lachten nicht. Die Augen meiner besten Freundin waren weit aufgerissen. *Was zum Teufel?!*, stand darin als Kommentar. Ich schaute zu Sarina, die sich auf die Lippen biss und ihr Handgelenk umklammerte.

»Nein, wir wollen, dass diese Scherben uns Glück bringen werden. Je mehr Scherben – je mehr Glück –, desto besser.«

Fremdscham flimmerte durch meine Adern. So ein Kipfel-Kapfel-Bratapfelgedicht-Gefühl überkam mich, der Drang, dem Geschehen meinen Rücken zuzuwenden. Aber das würde Sarina wieder nur als Zeichen meiner angeblichen Mittelpunktneurose deuten. Deswegen riss ich mich zusammen und schaute tapfer weiter nach vorn, zur Zwangs-Unfallgafferin verdammt.

»Das Glück dieser Ehe hängt schon jetzt vom Scherbenglück ab?«, zischte mir Maxi zu, so entsetzt klingend, wie ich mich fühlte.

»Ich weiß auch nicht, was er da tut.«

Aber wer war ich, mir ein Urteil zu erlauben? Stünde ich da vorn, würde ich noch viel größeren Unsinn erzählen. Vom Flugverhalten zerberstender Scherben oder so. Jan-Philipp war auf Excel und PowerPoint spezialisiert, ich auf Anaconda. Eine unliebsame Gemeinsamkeit, aber wenn man uns auf Worte losließ …

Jan-Philipp räusperte sich, bereit, zur nächsten Passage seines Spitzen-Redeskripts überzugehen, als sich ein Mann an den Tischen vorbei zu ihm nach vorn schlängelte und ihm etwas zuflüsterte. Jan-Philipp zog die Brauen zusammen, seine Stirn zerknitterte. Nachdenklich fixierte er einen imaginären Punkt zwischen Gästen und Wandtapete, bevor er an seinem Headset hantierte und den Kopf zu Sarina vorbeugte. Ein Knistern tönte durch die Boxen, gefolgt von:

»Sag mal, Darling, hast du gerade auswendig im Kopf, unter welchem Namen ich die Kalkulation für das *Moving Forward*-Projekt abgespeichert habe?«

Da hatte jemand definitiv den falschen Knopf am Headset gedrückt. Denn statt *mute* zu sein, schallte Jan-Philipps Stimme nur noch lauter durch den Saal. Erst am Ende seiner Frage fiel es auch ihm auf. Souverän überspielte er sein Missgeschick, indem er in die schockgesättigte Stille hineinlächelte und anschließend erneut auf einen Knopf an seinem Headset drückte. Diesmal auf den richtigen. Er sagte wieder etwas zu Sarina, nur drang es nicht zu uns.

Sarina wirkte seltsam gefasst. Versteinert, aber gefasst. Ihre Lippen bewegten sich, Jan-Philipp nickte, erzählte es wie bei Flüsterpost an den Typen weiter, der seine Rede unterbrochen hatte.

Dann fuhr er unbeirrt mit seinem Vortrag über Glücksscherben und andere Peinlichkeiten fort, bis Sarina übernahm, deutlich souveräner als ihr Verlobter. Sie bedankte sich ebenfalls für unser Erscheinen und leitete zum Essen über.

Wie aufs Zauberwort erschienen Kellner hinter uns, die synchron Teller mit Hauben vor uns abstellten. Maxi murmelte etwas von *Holy Guacamole*, danach erfüllte Small Talk und Schmatzen den Saal.

Der Polterabend fand im Hinterhof des Hotels statt. Maxi hatte günstiges gebrauchtes Geschirr aufgetrieben, weil weder sie noch ich überschüssiges besaßen. Überall klirrte und zerbrach es jetzt. Ich wünschte mir die Temperaturen vom Barbecue zurück. Es war herbstlich kühl und windig, wenigstens das Zerscheppern des Geschirrs lenkte ein wenig davon ab. Hatte etwas merkwürdig Befreiendes. Einfach mal den Kopf auszuschalten und nach Herzenslust Teller und Tassen auf den Betonboden zu knallen. Loslassen, sich daran auslassen. Doch auf jeder altmodische Tasse mit *Las Vegas Design* sah ich auch Davids Gesicht. Meine unterbewusste Zerstörungswut, die ich mit dem *Nerd Code* enthemmt hatte, wenn ich sie fallen ließ.

Wo ist eigentlich Sarina?, durchzuckte es mich nach einer Weile. Seit dieser seltsamen Aufführung vor dem Essen hatte ich sie nicht mehr gesehen. Die Tiefkühltruhengeschichten-Tanzlehrerin hatte mich währenddessen weiter auf Trab gehalten, aber danach … hier draußen an der frischen Abendluft … ihre Freundinnen waren da drüben. Jan-Philipp mit seinen Eltern und diesem Assistenten daneben. Rechts davon meine Mutter, die unerfreulicherweise meinen Blick auffing und mich zu sich heranwinkte. Auch Sophia stand dort mit einem steif wirkenden Typen, ihr Freund oder Date.

Wie wahrscheinlich ist es, dass Sarina dich verbal zerschellen lässt wie das Geschirr um uns herum, wenn du sie findest? 99 Komma Periode 9 Prozent. Wie wahrscheinlich ist es, dass du es trotzdem tust? 100 Prozent.

Keine Ahnung, warum, aber die Antwort war so klar, dass

ich nicht länger zögerte. Maxi war in bester Gesellschaft von Sarinas Patenonkel, meine Mutter speiste ich mit einem Macarena-Tanz-ähnlichen Move ab.

Ich ging einmal um das Gebäude herum auf den Hotelgarten zu.

Und wie schon bei David hatte ich den richtigen Riecher und fand meine kleine Schwester an einem Rosenbusch, der schwach vom Mondschein und einem Windlicht bestrahlt wurde. Mit dem Zeigefinger fuhr sie die inneren Blätter nach.

»Ich sag's gleich, damit du dich nicht erschreckst, ich bin hier.«

Sarina zuckte zusammen und fuhr herum. Dabei streifte sie den Busch so, dass einige Rosenblätter traurig zu Boden segelten.

»Scheiße, Charlotte!«

Das mit dem Vorwarnen hatte schon einmal super geklappt. Hoffentlich kein Vorbote für den weiteren Verlauf dieser Begegnung.

»Ich …«

Unbeholfen schritt ich näher.

»Ich …«

… war nicht plötzlich über Nacht zum Kommunikationsprofi geworden. *Schade.*

»Wow, die riechen gut.«

Automatisch zog es mich zum Busch, der süße Duft der Rosen legte sich wie Sirup über mein Gehirn, so dass ich kurz nichts anderes mehr wahrnahm.

»Die *rochen* gut«, korrigierte Sarina ironisch und zeigte auf den Boden. Gefolgt von einem Nasenhochzieher.

Ich sah wieder zu ihr auf. Bekam gerade noch mit, wie sie sich mit dem Ärmel ihres farblich zum Kleid passenden Cardigan Feuchtigkeit aus den Augenwinkeln tupfte.

»*Weinst* du?«

»Ne, ich schneide Zwiebeln, Charlotte.«

Ja, dumme Frage, sah ich ein.

Doch so richtig bissig-böse klang Sarinas Stimme nicht. Eher zu schwach … zu *traurig* für echte Schärfe. Sie lachte auf und hickste fast synchron. Mein Herz wurde schlagartig schwer.

Sarina presste die Lippen so fest zusammen, dass ich trotz der schwachen Beleuchtung sah, wie blass sie wurden. Als versuche sie, mit aller Macht etwas in sich zu behalten.

Bis es nicht mehr ging.

»Ich kann das einfach nicht mehr«, stieß sie aus.

Sie sagte nicht, was. Sie musste es nicht. Ich wusste es. Als wäre da doch etwas, eine Verbindung. Kümmerlich, aber da. Und als sie zu schluchzen anfing, zögerte ich keine Sekunde, sie an mich zu drücken. Sie wand sich nicht, sondern erwiderte die Umarmung. Weinte bittere Tränen an meinen Hals, und ich hielt sie, hielt sie, so fest ich konnte.

25. Kapitel

Minute um Minute standen wir so da, während das leise Klirren und Gelächter im Hintergrund munter weiterging. Bis es verblasste, die Leute wieder ins Hotel zogen und vollkommene Stille uns umgab, lediglich durchbrochen von dem Ruf einer Eule. Sarina löste sich von mir, ihr warmer Körper machte der kühlen Nachtluft Platz. Mit dem Handrücken tupfte sie sich über die Augen, ich tätschelte ihre Schulter.

»Was mache ich denn jetzt?«, flüster-wimmerte sie. Meine Hand ruhte noch immer auf ihrer nackten und viel zu kalten Haut. Sanft verstärkte ich den Druck.

»Hast du vielleicht irgendwelche schlauen Szenarien für mich? Einen Beziehungslösungsalgorithmus?«

Sie lachte auf, frei von Spott. Eher gefüllt mit … Hoffnung. Als setzte sie ihr Vertrauen in mich, ausgerechnet in mich. Weil ich ihre große Schwester war.

»Keinen Beziehungslösungsalgorithmus, aber einen Beziehungs*auf*lösungsalgorithmus«, murmelte ich und musste auf Sarinas Grinsen selbst ein bisschen lachen. Obwohl ich es todernst meinte. Und es zum Heulen war.

»Vielleicht hilft der dir mehr weiter als mir.«

Im nächsten Moment bildete sich ein kleines »v« auf ihrer Stirn, das durch die Lichtverhältnisse dunkel und tief wirkte.

»Stimmt, David ist heute gar nicht dabei, oder? Habe gesehen, dass Maxi auf seinem Platz saß, aber war mir nicht sicher, weil ihr —«

Sie unterbrach sich und lächelte gepresst. Griff nach einem der losen Rosenblätter, die sich im Strauch verfangen hatten, und wendete es zwischen ihren hübsch manikürten Fingern.

»Weil wir mal wieder viel zu spät dran waren«, beendete ich ihren Satz, fuhr mir mit der Hand über den Nacken und atmete geräuschvoll aus. »Ja, ich weiß, tut mir leid. Lag natürlich an mir. Aber mal nicht wegen Emmi. War nur so, dass als ich die Sandalen angezogen habe und Maxi den Zustand meiner- egal, wie auch immer. Und das mit David ist ein anderes Thema.«

Eines, über das ich nicht reden konnte. Oder wollte. Mit niemandem. Jemals. Wie ein Kleinkind. Wenn ich mir die Augen – den Mund – zuhielt, dann existierten die Probleme, die mich anschauten, nicht.

Themawechsel.

Ich machte ein paar Schritte über die leicht feuchte Wiese und atmete die blumig-grasige Frische ein. Mit der freien Hand tippte ich mir nachdenklich gegen die Stirn.

»Und was Szenarien angeht, da fallen mir gerade spontan nur zwei ein. Szenario 1: Du heiratest im falschen Kleid den«, ich zögerte kurz, zog es dann aber doch durch, Mut-Level: Ein-von-Alan-Turing-Melba-Roy-Mouton-und-Einstein-gemeinsam-erdachter-Brainteaser, aber das Level hatte ich mir freigespielt, »den falschen Mann.«

Pause. Gebannt beobachtete ich Sarinas Gesichtsausdruck. Leiser Wind raschelte durch die Zweige um uns herum durch die Grashalme, noch immer keine Verwandlung von ihr.

»Das Kleid«, wisperte sie schließlich mit einer großen Prise Wehmut.

»Ich hätte das Kleid nehmen sollen, das du ausgesucht hast, ich weiß.«

»Ja, hättest du«, erwiderte ich sachlich.

»Du elendige Besserwisserin.«

Sarina verdrehte die Augen, warf die Blüte in die Luft und lachte – ich beobachtete, wie sie zu Boden segelte, und schmunzelte. Ein bisschen.

»Und Szenario 2, was ist Szenario 2?«

»Szenario 2 …«, setzte ich an, als baute ich Spannung auf. Dabei hatte ich keine Ahnung, wie dieser Satz weiterging. Da war nichts zum Hochrechnen. Hochrechnen hatte bei mir selbst schon nichts gebracht. Ich wollte Sarina nicht in dasselbe Schlamassel bringen wie mich. Sie nicht enttäuschen, ihr wirklich helfen. Einmal eine gute große Schwester sein. Eine, an die sie sich wenden konnte, wenn es schwierig wurde. Künstlich-neuronal-verworren-schwierig wurde – so wie gerade.

Denn das war ich in den letzten Jahren auch nicht für sie gewesen.

Mein Blick glitt zum Himmel. Zum ersten Mal am heutigen Abend fiel mir auf, wie sternenklar er hier auf dem Land war. In meinem Bachelorstudium hatte ich mal eine

Veranstaltung zu Astronomie besucht. Der Himmel – das Universum –, so kam es mir damals vor, war auch nichts anderes als ein Land, das sich exakt kartographieren ließ. Da die Milchstraße. Dort der Orionnebel. Der Polarstern. Die Jupiter-Monde. Manches davon erahnte ich auch jetzt. Zum Beispiel den Mars – ein geradezu grellorange leuchtender Punkt in der Schwärze. Warum mir allerdings exakt in dem Moment, in dem ich ihn da oben entdeckte, einfiel, was das zweite Szenario war, ließ sich wissenschaftlich nicht erklären.

»Szenario 2 lautet«, und ich sprach nun jedes einzelne Wort klar und deutlich aus, ich klang nun beinah feierlich, »dass du mir vertraust, wir jetzt schlafen gehen und uns im Morgengrauen, noch bevor alle anderen wach sind, wieder auf dem Parkplatz treffen, um an einen Ort zu fahren, an dem wir beide unser Leben vielleicht endlich wieder klarer sehen.«

Ein Ort abseits des vernebelnden Smogs der Großstadt.

Ich führte auch meine andere Hand an Sarinas Schulter und sah ihr tief in die Augen. Unter dem Sternenhimmel, im Windlicht und durch die gerötete Bindehaut leuchteten sie ungewöhnlich schön.

»Glaubst du, du kannst mir vertrauen?«

Hinter ihrer Stirn arbeitete es.

»Ja, aber …«

… ich will es nicht. Ich brauche ein anderes Szenario.

»Du musst dir im Klaren darüber sein, dass wir im *sehr frühen* Morgengrauen aufbrechen müssen.«

Sie warf einen Blick auf eine Armbanduhr, die mehr wie ein Schmuckarmband aussah.

»Also eigentlich in drei, vier Stunden. Weil Jan-Philipp sonst garantiert schon wach ist und wieder arbeitet.«

Großer Alan, dachte ich, versuchte aber, mir nichts anmerken zu lassen, als ich einen Schritt zurücktrat und ihr feierlich meine Hand entgegenstreckte.

»Um vier Uhr auf dem Parkplatz. Abgemacht?«

Diesmal zögerte Sarina nicht. Zusammen mit dem nächsten Windstoß wehte so etwas wie Erleichterung über ihre Gesichtszüge. Sie griff nach meiner Hand und schüttelte sie entschlossen.

»Abgemacht.«

26. Kapitel

»Nicht dein Ernst, Charlotte.«

Zu spät, dachte ich. Denn ich manövrierte den Wagen bereits über einen Schotterweg an einem pfeilförmigen Holzschild vorbei, auf dem in abblätternder Schrift *Friedenshof* stand. Nach über zweihundert Kilometern fiel bei Sarina der Groschen.

Was mit pochendem Herzen als Abenteuer begonnen hatte, wirkte, im grauen Tageslicht betrachtet, nicht mehr ganz so attraktiv, zugegeben. Die Stimmung im Auto war auf einer Fünferskala recht rapide von fünf auf zwei gekracht, bei Sarina soeben auf eins. Wir waren hundemüde, hatten drei Stunden Autofahrt hinter uns, weil ich mich ein paar Mal verfahren hatte, und bislang nur wässrigen Kaffee aus Pappbechern gefrühstückt.

Doch als ich, noch vor meinen fünf sorgfältig entlang der verschiedenen Eskalationsstufen beschrifteten (so viel Zeit musste sein) Sicherheitsweckern, um halb vier senkrecht im Bett gesessen hatte, war mir völlig klar gewesen, dass wir diese Fahrt auf uns nehmen mussten. Maxis begeisterte Reaktion, als ich ihr nachts noch davon erzählt hatte, und mein merkwürdiger Traum hatten auch dazu beigetragen. Darin hatten sich Sarina und Jan-Philipp das Ja-Wort gegeben; kurz danach hatte sich Sarina in eine modrige Schreckensgestalt, wie die Frau in der Badewanne von *The Shining* (dieser Film verfolgte mich), verwandelt. Blut war ihr aus den Augen gelaufen, meine Mutter und meine Oma waren zu ihr gerannt und hatten ihr die blutenden Augen mit Kosmetiktüchern abgetupft.

Bei der Erinnerung daran musste ich mich schon wieder schütteln.

»Sag ich ja«, murrte Sarina als Antwort auf meine Körperregungen.

»Hast du dir mal angeschaut, was für Schuhe ich anhabe?«

Holpernd legten wir die letzten Meter über die unbefestigte Straße zurück, die geradewegs auf den Friedenshof zuführte. Hier hatte sich schon einmal gar nichts verändert in den letzten zwanzig Jahren, ging es mir durch den Kopf. Direkt vor Marthes Fachwerkhaus parkte ich den Wagen.

»Hm?«

Sarina hielt einen ihrer zarten, in einem High Heel steckenden Füße vor die Windschutzscheibe. Was bei ihr graziös aussah, gelenkig wie sie war. Keine Stöcke in ihrem Embryo-Baukasten wie bei mir.

»Das sind Manolos. Wenn ich mir die mal eben so mit Kies und Schlamm ruiniere, dann …«, ihre Stimme lief aus.

»Tja«, sagte ich gefasst und zeigte auf meine eigenen *nackten* Füße. Hatte sich nämlich herausgestellt, dass ich meine Sneakers beim Packen vergessen hatte. Maxi hatte welche dabei, aber ihre Schuhe waren mir vier Nummern zu klein. Und mit Sandalen konnte ich nicht Auto fahren.

»Ob du's mir glaubst oder nicht – ich hätte auf der Desaströser-Polterabend-Packliste auch lieber die Anweisung ›Bringt Gummistiefel und Stoppersocken mit‹ stehen gehabt.«

Ich zuckte mit den Schultern.

»Und ›gute Laune‹. Ist jetzt, wie es ist. Szenario 1: Ich bringe dich in drei oder vier Stunden wieder zurück nach – wie hieß dieses Kaff noch gleich? –, Szenario 2: Du ruinierst dir deine Manolos, aber vielleicht nicht dein Leben, Szenario 3: Du ruinierst dir weder dein Leben noch deine Manolos, weil du kurz die Zähne zusammenbeißt und über diesen, ja, recht schmerzhaft aussehenden Kies auf bloßen Sohlen gehst.«

Sarina stöhnte auf, begann aber schon damit, sich ihre High Heels auszuziehen.

»Sind zehn Meter. Vielleicht zwölf«, fügte ich hinzu. »Zwölf Komma —«

»Ja, hab's verstanden, Charlotte. Bringen wir es hinter uns.«

Aus Solidarität ließ ich meine Schuhe ebenfalls im Auto. Zeitgleich rissen wir die Türen auf, kühle, nebelgesättigte Landmorgenluft schlug uns entgegen. 12,5 Meter, sprach ich mir gut zu, als ich die erste Zehenspitze auf feuchten Kies tippte.

12,5 Meter – oder auch: der Runway der Hölle.

Unter zunehmend vulgärer ausfallenden Flüchen hüpften

wir über den Parkplatz auf das Wohnhaus zu, als gingen wir über heiße Kohlen. Meine Augen tränten sogar, als wir endlich das rettende Ende, die Fußmatte, erreichten, eine kratzige Matte, auf der eine niedliche Kuh abgebildet war.

»Das war …«, stieß Sarina keuchend aus, ebenfalls mit schmerzbefeuchteten Augen.

»… Folter«, beendete ich ihren Satz. »So auf dem Niveau von Onkel Werners …«

»… Eisenpranken-Handschlag«, vervollständigte Sarina nickend meinen. Dann grinsten wir uns an. Anschließend erschien sowohl um Sarinas als auch meine Seite eine schwielige Hand.

»Wer hat euch gefoltert, ihr Armen?«

Wir drehten uns um. Tante Marthe schaute gutmütig lächelnd von einer Stufe unter uns zu uns hoch.

»Charlie, Sarina«, sagte sie, als wären wir verabredet und nicht nach mehreren Jahrzehnten urplötzlich in viel zu schicken Cocktailkleidern und barfuß auf ihrer Fußmatte aufgetaucht.

»Ich komme gerade vom Melken, Joschi und Anni bereiten drinnen das Frühstück zu. Habt ihr Hunger mitgebracht?«

Hatten wir. Auch woman power hatten wir mitgebracht, trotz Erschöpfung, Tatkraft. Bei Marthe wurden alle wie selbstverständlich sofort eingespannt, so auch wir. Das war früher schon so. Nachdem sie uns mit bauernhoftauglichen Klamotten ausgestattet hatte, die uns deutlich zu groß waren, halfen wir beim Tischdecken und später, nach einer köstlichen deftigen Brotzeit, beim Abräumen und Säubern der Küche. Auch in der Vorratskammer hatte Marthe Verwendung für uns. Während ihre beiden Neufundländer hechelnd und schwanzwedelnd um uns herumtrotteten, hocherfreut über den Zuwachs des Rudels, räumten wir Regale aus und wieder ein, tratschten mit Marthe über die Nachbarn, als wären wir nie weggewesen, und ließen uns von ihr über die Entwicklungen des Hofs auf den neuesten Stand bringen. Ein leider wenig erfreuliches Thema. Mir fiel auf, dass Sarina dabei besonders konzentriert zuhörte. Sagen aber tat sie nichts. Sie war ohnehin sehr schweigsam, vermutlich beschäftigt mit Tausenden Gedanken. Bei diesen simplen, aber irgendwie erfüllenden Tätigkeiten blubberten sie erst so richtig an die Oberfläche.

Der Vormittag floss regelrecht dahin. Irgendwann – Sarina und ich stritten uns gerade darum, ob es sinnvoller war, die Gewürze oben oder unten aufzubewahren, es war offensichtlich nur ein gewisses Maß an Harmonie zwischen uns möglich, und ich hatte halt auch einfach recht, weil ich im Kopf die Häufigkeit der Gewürzverwendung überschlagen hatte und –, na ja, jedenfalls stemmte Marthe die Hände in die Hüften und schaute uns an, die Stirn plötzlich in Falten gelegt.

»Ihr Lieben, ich würde euch ja fragen, wie es euch geht, aber man spürt auf mehrere Kilometer Entfernung, dass es euch beschissen geht.«

Sie zuckte mit den Schultern.

»Sonst wärt ihr ja schließlich auch nicht hier.«

»Wir wären sicherlich«, setzte ich an.

»Also in Gedanken warst du immer«, warf Sarina ein. Marthe winkte ab.

»Das war kein Vorwurf. Dafür ist der Friedenshof schließlich da. Aber er heißt eben *Frieden*shof.«

Ermahnte sie uns jetzt, dass wir uns mal zusammenreißen und zu kabbeln aufhören sollten? Für unsere Verhältnisse war unserer Umgang miteinander Level *Zen-Mönch*.

»Ihr sollt hier euren Frieden finden. Und den findet ihr nicht beim Regaleinräumen.«

Sie pfiff durch ihre Zähne. Die Fundis, wie ich die Hunde in Gedanken liebevoll nannte, kamen in Slow Motion zu uns geschlurft.

»Ihr schnappt euch jetzt mal die beiden und dreht eine Runde hinten über die Felder. Ein Spaziergang durch die frische Landluft hat noch immer geholfen. Gummistiefel findet ihr im Flur. Sucht euch einfach die raus, die am wenigsten schlecht passen.«

Damit war sie auch schon um die Ecke gebogen. Ich beneidete sie um ihre Energie. Dagegen kam ich mir selbst, zumal heute, wie eine 20-Watt-Birne vor. Die Fundis schienen ähnliches zu denken, als sie Marthe mit trottelig-süßen Mienen hinterhersahen.

»Hast du dir mal das Wetter angeschaut?«, fragte Sarina zweifelnd, als wir Seite an Seite mit den Hunden aus der Vorratskammer ins rustikal eingerichtete Wohnzimmer gingen. Durch das Fenster sah ich, dass der Himmel grau war, dunkel- bis schwarzgrau. *Verlockend.*

»Die haben da auch keinen Bock drauf«, fügte Sarina mit Blick auf die Fundis hinzu.

»Unterschätz sie mal nicht«, sagte ich deutlich enthusiastischer, als ich mich fühlte.

»Wir machen es jetzt so, wie Marthe sagt.«

Und glaubten an die heilende Kraft von Schlecht-Wetter-Spaziergängen.

Die Wolken hielten. Genau so lange, bis wir so weit auf dem Feld draußen waren, dass es wenig Unterschied machte, ob wir umkehrten oder unsere Runde zu Ende liefen. Und dann brach es so richtig auf uns herein. Als wüsste selbst der Himmel, was für zwei Häufchen Elend da in zu kleinen Schrägstrich zu großen Gummistiefeln durch den Matsch wateten. Die Fundis störten sich nicht am Regen, im Gegenteil, sie blühten richtig auf, bewegten sich mit etwas Ähnlichem wie Temperament voran.

»Das ist alles so ätzend!«, rief Sarina gegen die gießkannenartigen Wasserströme an, die uns der Wind ins Gesicht peitschte.

»Das … das geht sicherlich gleich vorbei!«, schrie ich zurück und schaute wenig hoffnungsvoll auf den unendlichen grauen Teich über uns.

»Das meine ich nicht, ich meine mehr so mein Leben im Gesamten!«

Oh. Ach so. Ja. Fühle ich.

An einem Lager fanden wir Unterschlupf und lehnten uns gegen die feuchte Holzwand. Es roch nach Matsch und Moos und Dunkel. Eine Weile schwiegen wir. Beobachteten die Fundis dabei, wie sie an Grashalmen und Büschen schnupperten.

Und dann, völlig unvermittelt, sagte Sarina:

»Wir schlafen nicht miteinander.«

»Wer, du und Jan-Philipp?«, fragte ich völlig überrumpelt.

»Ne, Jan-Philipps Chef und ich. Voll das Problem.«

Touché.

»Sorry«, seufzte Sarina. »Das war fies von mir.«

Ja, war es. Aber ihr ging es scheiße, mir ging es scheiße. So scheiße, wie das Wetter um uns herum war. Da musste man sich nicht wundern, wenn das dazu Passende den Mund verließ.

Ich schielte wieder zu meiner kleinen Schwester.

Sarina und ich hatten in den sechsundzwanzig Jahren, die sie auf der Welt war, noch nie über Sex gesprochen. Um ehrlich zu sein, war ich auch nicht so extrem scharf darauf, mit ihr darüber zu sprechen. Nur spürte ich auch ganz stark dieses Schwestern-Momentum in der petrichorgetränkten Luft. Und wenn Sex dafür der thematische Auslöser war … ich seufzte innerlich.

»Nie?«, überwand ich mich.

Sie schüttelte den Kopf.

»Er hat Probleme und … und selbst wenn er keine hätte – er hätte ja doch keine Zeit. Er arbeitet rund um die Uhr.

Jede Minute des Tages. Ich meine ... du hast es ja selbst miterlebt. Sogar auf unserem Polterabend fällt ihm nix Besseres ein, als irgendeine beschissene Anfrage von der Arbeit zu beantworten und mich vor allen lächerlich zu machen!«

Es war noch nicht allzu lange her, da wäre es mir deutlich schwerer gefallen, Sarinas Perspektive einzunehmen. Da hätte ich vielleicht aus Reflex so etwas von mir gegeben wie: *Aber wenn es doch wichtig und zeitlich drängend war? Nur mal ganz kurz seine Rede zu unterbrechen, ist ja jetzt nicht so das große Ding.*

Erschreckend.

Heute – hier und jetzt, im Matschregen – war ich weiser. Etwas zumindest.

»Ich habe das alles so satt. So unendlich satt. Es ist so, als würde ich das Leben von Mama und Papa nachleben. Immer nur Arbeit, Arbeit, Arbeit.«

»Ich wünschte, ich könnte dir etwas Weiseres sagen, aber ... ja ... richtig mies. Es macht so viel kaputt, wenn man die falschen Prioritäten im Leben setzt. Nur Arbeit im Kopf zu haben, macht so viel kaputt.«

Instinktiv wanderte meine Hand an die Stelle meines Marthe-Pullovers, an der das Pi kühl über meinem Herzen ruhte. Eine schmerzhafte Erinnerung an mein Versagen. Tonnenschwer lastete das Pi plötzlich auf meiner Brust und zerquetschte alle Organe darin, als ich hinterherschob:

»Wie bei mir mit David.«

Schweigen. Der Regen trommelte nun etwas leiser gegen das Dach des Lagers. Einer der Fundis hatte in der Ferne einen Vogel ausgemacht, dem er nun bellend hinterherlief. Hoffnungslos.

»Charlie.«

Ich hob den Blick. Sarinas Augen sahen müde aus, aber waren in diesem Moment glasklar.

»Ich weiß nicht, was genau bei euch vorgefallen ist … nur, ich habe dein Buch gelesen … ich kenne dich, und … ich bin mir recht sicher, dass ich weiß, was du willst. Was du die ganze Zeit über von David wolltest, ohne dass du das zugeben könntest. Ich habe dich beobachtet während dieser ganzen Hochzeitsvorbereitungen.«

Hatte sie?

»Du wolltest, dass er dir diesen märchenhaft romantischen Antrag macht, den Jan-Philipp mir gemacht hat.«

Mein Verstand wehrte sich. Wollte protestieren. *Ne, stimmt nicht, das siehst du vollkommen falsch.*

Mein Herz aber nickte kräftig. Wurde weich und schwer zugleich.

»Ist doch egal, was ich wollte«, murmelte ich in die Ausläufer des Regens hinein.

»Ich kriege es ja doch nie. Ich habe alles versaut. Mit dem blöden Buch und meiner krankhaften Arbeitssucht, und … David hat quasi mit mir Schluss gemacht. Er muss nur noch seine Sachen aus der Wohnung holen, seinen Wichtige-Unterlagen-Ordnung und die Jeckenverein-Dankeskarte und seine Playstation, dann war es das.«

»Ich kenne dich, Charlie«, wiederholte Sarina nachdrücklich.

»Aber ich kenne auch David ganz gut. Er wusste einfach nicht, was du wolltest. Und er liebt dich. So was schaltet man nicht von heute auf morgen ab. Auch nicht wegen eines Romans. Der Roman hat das richtige Ende. Und darauf kommt es doch an, oder nicht? Dass er im Grunde eine Liebeserklärung an David ist. Nichts anderes.«

Der letzte Satz … Bonners Worte … meine Worte, meine Herzensworte.

Auf einmal schlug mein weich-schweres Herz unwahrscheinlich schnell.

Sarina hatte recht. Eigentlich war das Buch eine Liebeserklärung an David. Nie über Nate gewesen. Es hatte mit Zweifeln an meiner Beziehung begonnen, ja, aber spätestens das Lektorat hatte mir die Augen geöffnet. Und unter Bonners Anleitung hatte ich genau das dort hineingeschrieben, was ich mir für mein eigenes Leben so sehnlichst wünschte, obwohl ich es mich jahrelang nicht einmal zu denken gewagt hatte.

Eine Liebeserklärung an David – an das gemeinsame Leben, das wir führen konnten. Weil eben doch beides möglich war, nicht 0 oder 1, sondern 0 *und* 1.

»Und das mit diesen Laborbedingungen … was du da geschrieben hast … das ist doch auch eigentlich ziemlicher Quatsch, oder?«, fragte Sarina, irgendwie so, als hätte sie mir beim Denken zugehört und würde nun daran anknüpfen.

»Ich weiß, ich bin keine angesehene Wissenschaftlerin wie du, kein Super-Brain, aber … sind an Versuchen nicht *immer* auch Menschen beteiligt?«

»Ja, klar, irgendwer muss ja die Geräte bedienen«, sagte ich stirnrunzelnd, ihren Punkt noch nicht so ganz sehend.

»Wie wäre es dann also mit einem Heiratsantrag, nicht unter Laborbedingungen, bei dem du wartest, was passiert, sondern den du ganz selbstbewusst in die Hand nimmst? Um David gleichzeitig deine Liebe zu beweisen? Würde das nicht auch so viel besser zu dir passen?«

Ich starrte geradeaus. Irgendwo zwischen feuchte sattgrüne Gräser und Kuhfladen. Hinter meinen Augenhöhlen lief mein Rechner auf Hochtouren. Verarbeitete ich die Worte meiner kleinen Schwester, scannte sie auf den verborgenen Sinn ab. Laborbedingungen … Teil des Versuchs … Heiratsantrag …

Und dann schnallte ich es endlich. *Komplett, alles.*

»Das Stern-Gerlach-Experiment«, wisperte ich atemlos. »Die Spuren von Raumquantisierung, die überhaupt nicht sichtbar geworden wären ohne diese Billo-Zigarre …«

»Hä?«

»Sarina.«

Ich fasste meiner kleinen Schwester an den Arm und strahlte sie an. Vielleicht ein bisschen irre, in jedem Fall aber erleuchtet.

»Ich habe keine Ahnung, was du da faselst.«

»Du bist genial, wirklich. Brillant!«

»Okay?«

»Und es tut mir leid, aber ich muss sofort zurück nach Köln.«

27. Kapitel

Mein Herz hüpfte wie auf Sprungfedern in meiner Kehle, als ich in Marthes zu großer Funktionskleidung und mit ihren zu großen Gummistiefeln wieder ins Auto stieg und den Motor startete. Sarina war spontan auf dem Hof geblieben. Auch dank Marthe. Die da so ein übersinnliches Gespür besaß. Dass es meiner kleinen Schwester ganz gut tun würde, einfach mal ein paar Tage lang in ihrem Leben auf Standby zu gehen. Das Letzte, was ich von den beiden aufschnappte, war etwas von Sarina zum Thema Hofladen und Hofcafé, ich schmunzelte noch immer leise vor mich hin. Da bahnte sich was an.

Im Radio lief Taylor Swifts *Wildest Dreams*, der Herzschlag-Beat des Songs vermischte sich mit meinem eigenen, alles war nur noch zittriges Herz und schwitzige Finger am Lenkrad und Hoffnung, atemlose, irrationale, sehnsüchtige Hoffnung. Keine Ahnung, ob David überhaupt da war. Eine ganze Woche lang hatte er sich nicht blicken lassen, keine SMS geschrieben, nicht angerufen. Andererseits war gerade auch der perfekte Moment für ihn, ungestört seine Sachen zu packen. Weil er sich in Sicherheit, mich in Jan-Philipps Heimatkaff wähnte.

Wildeste Träume.

Über ein Jahrzehnt lang war das mit uns eher so selbstverständlich und beständig wie eine traumlose Nacht gewesen, aus der man in den immergleichen Alltag erwachte. Mit jedem Kilometer, den ich auf der Autobahn zurücklegte, aber wurde ich jetzt nervöser, so nervös, wie schon lange nicht mehr, so nervös, wie mich selbst Nate in meinem verblendetsten Gehirnnebel-Moment nie gemacht hatte. Weil ich wieder wilde Träume hatte. Wilde Träume davon, dass das mit uns vielleicht, ganz vielleicht – wenn David mir nur ein paar wenige Sekunden seiner Aufmerksamkeit schenkte –, doch noch mal etwas werden könnte. Zwölf Jahre für ein paar Sekunden. Das musste doch drin sein, oder?

Die halbstündige Fahrt rauschte passend zum Speed auf der Autobahn an mir vorbei. Und als ich bei uns vor der Wohnung anhielt, war ich sehr froh darum, keine Smartwatch zu besitzen, die meinen Puls maß und an den Notruf gekoppelt war. Weil hier sonst schon ein Krankenwagen auf mich gewartet hätte.

Ich schloss nicht mal den Wagen ab, schlappte gleich in diesen lächerlichen Gummistiefeln über den Asphalt über die Türschwelle. Streifte die Gummistiefel ab, rutschte auf meinem Weg zum Wohnzimmer fast auf dem Laminatboden aus, wo – Da waren Geräusche. Hastiges Klicken. Fanchöre. Ein Kommentator. *Dieser Ball ging aber kilometerweit am Tor vorbei!*

David. Auf unserer Couch. Allein. Mit Controller in der Hand. Vermutlich aus Sentimentalität. Ein letztes Spiel in unserer gemeinsamen Wohnung, bevor er die Playstation abbaute und mitnahm. Aber doch ... so etwas wie ein Zeichen?

Ba-dam, ba-dam, ba-da-da-da-dam. Mein Herz drehte durch, wie ich mich David Schritt für Schritt näherte. Eine Weile lang schien er mich überhaupt nicht zu bemerken. Weil er nicht mit mir rechnete. Zu vertieft in das Spiel war. Ich nutzte die Gelegenheit, um *ihn* wahrzunehmen.

Keine tiefen Augenringe. Keine rot geäderten Augen. Keine aschfahle Haut. Keine fettigen Haare und pizzabefleckten Joggingklamotten, weil er ohne mich einfach nicht mit seinem Leben klarkam.

Ne. Er sah normal aus. *Gut.* Besser denn je vielleicht. Mit gestylten Haaren. In lockeren Freizeitklamotten, Jeans und einem Jeckenverein-Hoodie, aus dem zwei Kordeln hingen, die das Bedürfnis in mir auslösten, sie um meinen Finger zu wickeln. Frisch rasiert. Umgeben von seinem vertrauten zitronigen Duft, der immer intensiver wurde, je näher ich ihm kam.

Ja, das hier war ein Zeichen, ging es mir durch den Kopf, während mein nutzlos heftig schlagendes Herz ein paar Etagen in den Keller fuhr.

Ein Zeichen des Abschieds. Weil David ohne mich so richtig aufblühte. Als wäre eine Last von ihm abgefallen. Charlotte Fröhlingsdorf war von ihm abgefallen nach zwölf Jahren. Wie so ein Schmetterling, der aus einem Kokon schlüpfte. Unsere Beziehung war ein Kokon für ihn gewesen. Ein schlechter Kokon. Aus Granit. Ein Gefängnis. Eine überschüssige Haut, die er endlich abstreifen konnte. Er wirkte so unbeschwert. So befreit. *Shit.*

Auf dem Bildschirm brach die 60. Spielminute an. Weniger als eine Halbzeit blieb mir noch, um meine zum Scheitern verurteilte Mission durchzuführen. Meinen persönlichen Stern-Gerlach-Fehlversuch.

Aber ich hatte mir das vorgenommen. Und wenn ich mir etwas vornahm – zumal ein wissenschaftliches Experiment – dann zog ich es auch durch ohne Rücksicht auf Verluste. Hatte man ja mit dem *Nerd Code* schon gesehen.

Ich knetete meine feuchten Hände, bevor ich mich leise räusperte. Sofort drehte David mir seinen Kopf zu. Ließ er den Controller sinken, ignorierte das Spiel.

Seltsam.

»Hey … Nerdy.«

Einer seiner Mundwinkel zuckte nach oben, verzog seine Lippen zu einem schiefen Lächeln. Ein letztes *Nerdy*, ein letztes Abschiedslächeln. Ein Kloß bildete sich in meinem Hals. Wurde einmal mehr zu einer Hürde.

Kommunikation, mein Endgegner. Doch auch wenn es hoffnungslos war – dieses eine Mal musste ich ihn besiegen.

»Was machst du denn hier? Ist der Brunch schon vorbei?«

Schock? Ärger? Weil ich ihn daran hinderte, sich ungestört aus dem Staub zu machen?

Egal. Zieh es durch.

»Und …«

Er runzelte die Stirn.

»Was hast du da überhaupt an? Warst du *so* in diesem

Luxushotel? Hat deine Mom keinen Herzinfarkt bekommen?«

Warum redete er so mit mir, als wäre nichts? Das irritierte mich! Er machte damit alles noch viel schwerer.

»David«, sagte ich. Formell, roboterhaft. *Stelle um auf determiniert-leidenschaftlich.*

»Ich muss mit dir reden.«

Klappte nicht.

»Ich muss dir etwas sagen.«

Ich redete ja schon. Ich sagte ja was. Die Falten auf Davids Stirn wurden mit jedem unbeholfenen Wort, das ich hervorpresste, tiefer. Er saß noch immer auf dem Sofa. Ich stand noch immer vor ihm, aber das war falsch. So machte man das nicht. Er musste eigentlich stehen. Wenn er schon nicht stand, dann ... *Gott, das wird so lächerlich hier.*

In Zeitlupe ließ ich mich vor ihm auf die Knie sinken. Auf beide. Lächerlich, lächerlich, kipfel-kapfel-lächerlich. Der innere Kampf trieb mir die Hitze in die Wangen, ich wagte es nicht, David in die Augen zu schauen. Er war gekommen, um unsere Beziehung sang- und klanglos zu beenden – und jetzt wurde er unfreiwillig Zeuge eines Kommunikationscrashs.

Ich seufzte tief. Das musste schneller gehen, ich durfte nicht mehr nachdenken, raus, raus, raus mit allem, was ich viel zu lange schon für mich behalten hatte.

»Hör zu. Ich bin nicht gut mit Worten. Schon gar nicht mit deutschen. Die Python-Befehle sind alle englisch. *Import. Install. Print.* Schon gar nicht mit gesprochenen. Schon gar nicht, wenn es um Gefühle geht. Wenn ich wie mit Bonner da so ein bisschen drüber nachdenken kann … egal, es ist jedenfalls so, dass ich jetzt viel mehr kapiere. Überhaupt was kapiere. Richtiges package installiert oder so, der Mars hat geholfen, Sarina hat geholfen, kannst du dir das vorstellen? Bonner hat geholfen. Der letzte Satz. Ich weiß, dass du das alles traurig findest. Ich bin traurig. Also so ein trauriges menschliches Avatar-Projekt, aber was ich dir sagen muss, ist … als wir da so durch den Matsch gegangen sind, Sarina und ich, also da an der Hütte standen, da hat sie so was gesagt, das … das war so der letzte Hinweis, den ich brauchte. Um dieses Rätsel zu lösen. Lebensrätsel. Das alles, dieses Chaos. Zwei meiner Hypothesen waren völlig falsch. Erstens: Dass Liebe und Leben so binär funktionieren wie ein Von-Neumann-Rechner – also das ist so das Grundding, nach dem alle modernen Computer entworfen – wie auch immer –, ich dachte: entweder Heiraten oder Wissenschaft. Das war falsch. Letzter Satz eben. Es kann beides in einem Zustand koexistieren, Liebe gehorcht vielleicht doch quantenphysikalischen Gesetzen, Bonner hat das gleich geschnallt. Und ja … zweitens: Liebe funktioniert eben auch nicht unter lupenreinen Laborbedingungen. Ich dachte, dass ich das alles so steril hochrechnen könnte, eine saubere, perfekt durchdachte Extrapolation mit bereinigten Daten. Und dann habe ich mich wahnsinnig geärgert, dass das mit dem *Nerd Code* passiert ist, weil das so richtig auf den Chaosknopf gedrückt hat, weil ich mit dem Buch in den Versuch reingepfuscht habe, aber, und das ist so augenöffnend: Ist dir eigentlich klar, dass Otto Stern ohne seine schwefelhaltigen Billigzigarren niemals auf die Idee gekommen wäre, Silber für den Versuch zu nehmen? Dass wir so viel weniger wüssten, wenn er mit seiner Zigarre eben *nicht* hineingepfuscht hätte und alles steril geblieben wäre? Und so ist das jetzt auch, ich *musste* mit dem *Nerd Code* alles verpfuschen und ich —«

»Charlie, Charlie, Charlie.« Ich hob den Kopf, um zu sehen, wie David sich die Schläfen rieb. »Irgendwie habe ich den Punkt verpasst, an dem ich einhaken kann, um dir zu sagen, dass ich kein einziges Wort von dem kapiere, was du da sagst. Deswegen muss ich dich hier unterbrechen: Ich check's nicht. Ich habe nicht den blassesten Schimmer, was du mir sagen willst. Und warum du dich dafür in Oversize-Funktionskleidung vor mir auf den Boden hocken musst.«

Verzweifelt fuchtelte ich mit den Händen in der Luft.

»Ja, weil ich nicht so gut mit Worten kann, aber das wird noch klarer, du wirst es noch verstehen, lass mich nur diesen Gedanken zu Ende bringen, *bitte*!«

David riss die Augen auf und holte geräuschvoll Luft. Ich nervte ihn, ich musste auf den Punkt kommen.

Aber immerhin ließ er mich weiterfaseln, das war gut.

»Was ich sagen will, ist …«

Ich habe keinen Ring. Das hier ist völlig absurd und verzweifelt, aber ich habe keinen Ring, und das ist blöd.

Ein spontaner Einfall kam mir. Umständlich zog ich mir meine Pi-Kette über den Kopf, sie verhakte sich in meinen Haaren, doch blieb zum Glück heil. Nun sortierte ich sie auseinander, drapierte das Silberband um das Pi herum auf meinem Handteller und hielt es David entgegen. Seine Augen wurden noch größer.

Zieh's durch. Nicht den Rücken zuwenden, sondern den metaphorischen Bratapfel zu Ende aufsagen, du hast es bald geschafft, und dann hast du wenigstens alles versucht. No regrets.

»Ja, David, ich will heiraten. Ich weiß eigentlich schon lange, dass ich es will. Ich habe mich nur nicht getraut, es zu sagen … es mir selbst einzugestehen. Weil das eben kein Widerspruch ist. Wissenschaft, Feminismus und kitschige Liebe, das ist Quantenphysik. Kein Binärcode, kein Entweder-oder, nur ein *und, und, und.* Dazu habe ich eben auch verstanden, dass das mit dem Antrag kein Experiment sein muss, bei dem ich einfach danebenstehe und beobachte und warte, dass was passiert. Sondern dass es auch ein Stern-Gerlach-Versuch sein kann. Dass ich da quasi reinpfuschen kann und das sogar gut ist. Nicht mit einer Billo-Zigarre, sondern mit … mit diesem Pi. Als Platzhalter. Als Symbol sozusagen. Für das alles. Für meine Liebe zur Wissenschaft und meine Liebe zu dir. Weil ich dich heftig liebe, David. Deswegen will ich dich fragen: David, willst —«

»Ne.«

Ich sah vom Pi wieder in Davids Gesicht. Er hatte die Lippen zusammengepresst und schüttelte resolut den Kopf.

»Ne, ernsthaft nicht, Charlotte.«

Er wollte das nicht. Er war gekommen, um aus meinem Leben zu verschwinden. Natürlich wollte er keine 180-Grad-Wende vollziehen und mich plötzlich heiraten.

Mist. Matsche. Große Kuhfladenmatsche.

Die immer stärker aufflammende Verzweiflung trieb mich weiter an. *Gib noch nicht auf. Improvisieren, improvisieren!*

»Ich wollte dich nicht überrumpeln, David. Was ich dir vor allem sagen wollte, ist, dass es mir so unfassbar leidtut, dass ich so ein Kommunikationsunfall bin, dass ich nicht viel zu bieten habe außer eine im echten Leben recht nutzlose und, ja, ich weiß, oft sehr nervige Inselbegabung im Programmieren, ich gelobe auch, dass ich nicht mehr über Emmi spreche, zumindest fast nicht, wenn du nur einfach bei mir bleibst, wenn du mir eine zweite Chance gibst, ich vermisse dich, ohne dich ist echt alles richtig Matsche, wenn wir allein schon einfach in Unterszenario *50er-Zeitmaschine* zurückkehren könnten, ganz ohne heiraten, dann wäre ich der glücklichste Mensch über —«

»Charlie.«

»Bitte, David, *bitte*. Ich weiß, dass du viel Bessere haben kannst als mich. Frauen, die gut in hübschen Cocktailkleidern aussehen wie die Weber, vielleicht auch Fußballerinnen, Trainerinnen beim Jeckenverein, für den ich mich in der Vergangenheit viel zu selten interessiert habe, okay, *gar nicht*, aber das werde ich auch ändern, ich schwöre es dir, denn ich weiß jetzt, was die für tolle Arbeit machen, was *du* für tolle Arbeit machst —«

»*Charlie.*«

»David —«

»*Nerdy.*«

Und das brachte mich schließlich zum Verstummen. Im nächsten Moment stand David von der Couch auf, um sich zu mir auf den Boden zu knien. Er nahm die Pi-Kette aus meiner Hand und legte sie mir um den Hals. Ein Abschiedsgeschenk. Wie in diesen Liebesfilmen. *Behalt es. Damit du dich immer daran erinnerst, wie schön es einst mit uns war.*

Mein Herz schlug noch immer so schnell, aber diesmal nicht aus Hoffnung, sondern aus blanker Panik. Weil es das jetzt wirklich endgültig war.

»Vielleicht probiere ich es mal mit einer Liste. Ich glaube, dass dein Gehirn die Information in Listenform besser verarbeiten kann.«

»Erstens: …«

… danke für die schö- für die okayen Jahre.

»Ich weiß, du hast dir wirklich Mühe gegeben. Und es ist, ganz nebenbei, sehr süß, dass du dich über den Verein informiert hast. Aber das mit dem Erklären kannst du nicht besonders gut, sorry. Zweitens: …«

Ein Lächeln umspielte seine Lippen. Als Nächstes griff er in seine Jeanstasche. Mein Atem stockte, mein Herz überschlug sich. *Was wird das hier, was wird das hier?*

»Zweitens: Romantik ist auch echt nicht dein Ding, Nerdy.«

Seine Hand kam wieder zum Vorschein, und jetzt lag eine kleine schwarze Schachtel darin.

Mein Körper kam völlig zum Stillstand.

Das passiert gerade nicht …

»Und schließlich drittens: Feminismus hin oder her, aber

du machst mir keinen Antrag. Abgesehen davon, dass ich nicht weiß, ob ich dich überhaupt verstanden hätte; du kannst gerne alles haben: den besseren Job, das größere Gehalt, meinetwegen auch ab sofort die Versicherungen und die Verträge, aber das mit dem Antrag überlässt du schön mir, okay?«

Er öffnete die Schachtel. Darin befand sich ... der perfekteste kitschig-schöne Verlobungsring, den ich je gesehen hatte.

»In der letzten Woche auf Bens unbequemer Couch hatte ich sehr viel Zeit zum Nachdenken ... zum *Lesen*. Ich weiß nicht, warum ich es vorher nicht gesehen habe, aber auf einmal ist mir völlig klar geworden, was du in diesem Buch eigentlich gemacht hast: mir auf deine merkwürdig verkopfte, überkomplizierte, unverständliche Art zu verstehen geben, was du eigentlich willst. Was du eigentlich für mich empfindest. Ich habe mich viel zu sehr auf diese eine blöde Szene und die blöden Hochrechnungen versteift. Anstatt zu sehen, dass es auf diesen letzten Satz nur eine sinnvolle Antwort gibt, eine sinnvolle Frage.«

Nun winkelte David ein Knie zur traditionellen Antragspose an. Da ich aber noch immer auf dem Boden hockte, waren wir weiterhin auf Augenhöhe.

»Charlie ... *Nerdy*, ich liebe dich. Willst du mich heiraten?«

Und noch während ich mit den glücklichsten Tränen in den Augenwinkeln, die sich je dort befunden hatten, nickte, so etwas wie »Ja, ja, ja«, nuschelte und mir von David den

Ring an den Ringfinger stecken ließ, verstand ich: Ja, ein Buch konnte mehr über dich wissen als du selbst. Die Antwort auf alle meine Fragen hatte die ganze Zeit über im *Nerd Code* geschlummert, in diesem letzten Satz:

Es mag sein, dass die Liebe eine komplizierte Phase ist, aber sie ist eine, in der andere Naturgesetze herrschen, als wir oft denken, in der das Unvereinbare vereinbar, das Binäre Eins und das Unmögliche möglich wird.

Epilog

Sechs Monate später

»... und um sich selbst ein besseres Bild von meinem Projekt machen zu können, lade ich Sie nun dazu ein, Emily 3.0 all Ihre Fragen zu stellen, keine falsche Scheu.«

Ich rückte das Pi über meinem schwarzen T-Shirt zurecht, den Ring an meinem Ringfinger, so dass dessen Diamant exakt auf einer Achse mit meinem Nagelbett war, und lächelte – strahlte – ins Publikum meines ersten Vortrags an meiner neuen Arbeitsstätte. Draußen war es schon dunkel, der Kontrast zwischen dem schwarzblauen Abendlicht und den Industrielampen des Vorlesungssaals so gemütlich, dass mir ein warmer Schauer über den Rücken lief.

Zum ersten Mal in meinem Leben waren sie alle gekommen. Nicht nur meine neue Chefin Marianne, die mich nun freundlich, vielleicht sogar ein bisschen stolz anlächelte. Meine ehemalige Kollegin Tine, die mich schon immer unterstützt hatte. Sondern auch David, der wie ich vor Kurzem den Job gewechselt hatte und unter Gehaltseinbußen in die Rechtsabteilung eines lokalen Fußballvereins gewechselt war, vermittelt über den Jeckenverein, wo er nun auch beruflich seiner Leidenschaft nachging, aber zeitlich deutlich flexibler war als in der Großkanzlei. Maxi, die, da war ich mir ganz sicher, kurz davor stand, den Mut zu fassen, sich von Francis zu lösen und ihre eigene Agentur zu gründen. Meine Eltern, die sich dazu hatten hinreißen lassen, mal zu schauen, was ich da *eigentlich genau machte*, mit vielen Fragezeichen in den Augen. Sarina. Sie war deutlich länger als ein paar Tage auf Marthes Hof geblieben. Hatte die Hochzeit abgesagt, sich von Jan-Philipp getrennt und auf ihrer Arbeit die Option eines Sabbaticals gezogen, das sie nun auf dem Friedenshof verbrachte. Statt weiterhin Vorstellungen eines scheinbar perfekten Lebens hinterherzuhetzen, die nicht von ihr selbst kamen, brachte sie ihr geballtes BWL-Know-how nun bei der Rettung des Hofs ein. Sie hatte mir angeboten, dass David und ich einfach ihre Hochzeitslocation nutzen konnten, weil ja eh bereits alles bezahlt war, doch wir hatten dankend abgelehnt. Wir würden etwas eigenes finden in unserem Tempo, was zu uns passte.

Und schließlich war sogar Bonner erschienen, gegen dessen Überredungskünste ich mich tatsächlich nicht hatte wehren können. Aber das war okay. Mehr als okay. *Cool*. Wir planten bereits ein weiteres Frauen-in-MINT-Roman-Projekt, auf das ich mich sehr freute. Und seitdem ich meinen binären Tunnelblick abgestellt hatte und die Fragen des Lebens öfter quantenphysikalisch anging, war so viel mehr möglich. Denn auch Wissenschaft und das Schreiben von Romanen konnten im selben Zustand, in einem, *meinem*

Leben friedlich koexistieren. Marianne machte das möglich (und vielleicht die Quantenphysik).

Bonners Hand schoss in die Luft, sein für ihn typisches enthusiastisches Grinsen nahm seine Lippen ein. Doch bevor ich ihn drannehmen konnte, ertönte bereits Davids Stimme. Unsere Blicke trafen aufeinander. In seiner Marslandschaft funkelte, *blitzte* es.

»Emily«, sagte er.

»Was hältst du eigentlich von den philosophischen Unternehmungen, die Erkenntnisse der Physik auf lebensweltliche Fragen, wie zum Beispiel die nach dem Sein oder nach der Liebe, anzuwenden?«

Mein Mund klappte auf. David zwinkerte. Kurz. Nur für mich. Und hätte ich mich nicht vor knapp dreizehn Jahren bereits außerhalb meines natürlichen Habitats auf der Tanzfläche in diesen Mann verknallt, wäre es mir spätestens jetzt, *in* meinem natürlichen Habitat, passiert.

»Mit Liebe und Sein kenne ich mich als KI nicht aus. Soll ich dir die Adresse einer spirituellen Dienstleistung in deiner Nähe heraussuchen?«

Nicht nötig, Emmi. Wir haben längst unsere Antworten gefunden.

Danksagung

Erstens: Ich habe Sorge, jemanden zu vergessen. Zweitens: Ich habe Sorge, euch lieben Menschen mit meinen Worten nicht gerecht zu werden. Drittens: Es führt kein Weg daran vorbei, ich fange nun an. Jetzt. Gleich. *Sofort*.

Liebe Anne, ohne dich wäre dieser Roman niemals das geworden, was er jetzt ist. Von Herzen danke ich dir für deine grandiosen Anmerkungen und Ideen, für die viele Arbeit und für deine Begeisterung. Vor allem danke ich dir und dem gesamten Aufbau-Team dafür, dass ihr mir das Vertrauen geschenkt habt, das Beste aus dieser Geschichte herauszholen und sie als meinen Debütroman veröffentlichen zu dürfen. Damit geht ein Kindheitstraum in Erfüllung – und das ist so ziemlich das Unbeschreiblichste, was ich je erleben durfte. *DANKE*!

Ein großer Dank gilt auch meinem wunderbaren Agenten Carsten. Du warst der erste Mensch in dieser Branche, der etwas in mir und meinen Geschichten gesehen hat, und du hast für mein Debüt das großartigste Verlagszuhause gefunden, das ich mir hätte wünschen können.

Mama und Pit: Die Dankbarkeit, die ich empfinde, euch als Eltern, Wegbegleiter und Unterstützer in meinem Leben zu wissen, lässt sich nicht in Worte fassen. Ohne dein »Bitte mehr davon«, Mama, als LIEKP-Testleserin der ersten Stunde, würde ich vielleicht immer noch verzweifelt schlechte Fantasy statt RomCom schreiben – und obwohl du die Geschichte vermutlich kaum wiedererkennst, ist sie in erster Linie dir gewidmet. Und hättest du, Pit, mir nicht diesen liebevollen Schubs gegeben, wären Charlie, David, Nate und Co womöglich in meiner Schublade verendet.

Max: Dass du mit Liebesromanen, die ich zum Überleben brauche, nicht allzu viel anfangen kannst, du aber trotzdem der wichtigste Mensch in meinem Leben bist und mich auf deine Weise gepusht hast, dieses Buch zu schreiben, ist vielleicht auch Quantenphysik – *danke* ♡

Dann danke ich meinen lieben Agenturschwestern. Innerhalb kürzester Zeit seid ihr mir so sehr ans Herz gewachsen, dass ich mir kein Leben mehr ohne eure motivierenden 🔥-Emojis, euren konstanten Life-Support und euer immens wertvolles Feedback vorstellen möchte. Besonders dir, Steffi, danke ich für deine Liebe für diese Geschichte, in einem Moment, in dem sie unter einem Berg von Selbstzweifeln verborgen war – what would I be without you?

Ein großes Dankeschön geht auch an meine lieben Freundinnen Jola und Linn, dafür, dass ihr immer für mich da seid und bei jedem Schritt dieses Weges so mitgefiebert habt. Eure Freundschaft ist ein solches Geschenk! Ebenfalls danken möchte ich Carla Berling für die tollen inspirierenden Gespräche, für die weisen Ratschläge und den leckeren Kaffee ☕

Schließlich danke ich von Herzen allen Menschen, die

mir mit diesem Buch eine Chance gegeben haben! Ihr seid der Grund, warum ich jede freie Minute in diesen Text gesteckt habe, und ich hoffe so sehr, dass euch dieser Roman Freude macht.